NAS ONDAS DO *RAP*

Surfar na arte de narrar

Editora Appris Ltda.
1.ª Edição - Copyright© 2024 dos autores
Direitos de Edição Reservados à Editora Appris Ltda.

Nenhuma parte desta obra poderá ser utilizada indevidamente, sem estar de acordo com a Lei nº 9.610/98. Se incorreções forem encontradas, serão de exclusiva responsabilidade de seus organizadores. Foi realizado o Depósito Legal na Fundação Biblioteca Nacional, de acordo com as Leis nos 10.994, de 14/12/2004, e 12.192, de 14/01/2010.

Catalogação na Fonte
Elaborado por: Dayanne Leal Souza
Bibliotecária CRB 9/2162

S586n 2024	Silva, Antônio Leandro da Nas ondas do rap: surfar na arte de narrar / Antônio Leandro da Silva. – 2. ed. – Curitiba: Appris, 2024. 183 p. : il. color. ; 23 cm. (Coleção Ciências Sociais – Antropologia). Inclui referências. ISBN 978-65-250-6255-6 1. Rap (Música). 2. Cultura. 3. Hip hop (Cultura popular). I. Silva, Antônio Leandro da. II. Título. III. Série. CDD – 372.87

Livro de acordo com a normalização técnica da ABNT

Appris
editora

Editora e Livraria Appris Ltda.
Av. Manoel Ribas, 2265 – Mercês
Curitiba/PR – CEP: 80810-002
Tel. (41) 3156 - 4731
www.editoraappris.com.br

Printed in Brazil
Impresso no Brasil

Antonio Leandro da Silva

NAS ONDAS DO *RAP*

Surfar na arte de narrar

Appris editora

Curitiba - PR
2024

FICHA TÉCNICA

EDITORIAL Augusto Coelho
Sara C. de Andrade Coelho

COMITÊ EDITORIAL Ana El Achkar (UNIVERSO/RJ)
Andréa Barbosa Gouveia (UFPR)
Conrado Moreira Mendes (PUC-MG)
Eliete Correia dos Santos (UEPB)
Fabiano Santos (UERJ/IESP)
Francinete Fernandes de Sousa (UEPB)
Francisco Carlos Duarte (PUCPR)
Francisco de Assis (Fiam-Faam, SP, Brasil)
Jacques de Lima Ferreira (UP)
Juliana Reichert Assunção Tonelli (UEL)
Maria Aparecida Barbosa (USP)
Maria Helena Zamora (PUC-Rio)
Maria Margarida de Andrade (Umack)
Marilda Aparecida Behrens (PUCPR)
Marli Caetano
Roque Ismael da Costa Güllich (UFFS)
Toni Reis (UFPR)
Valdomiro de Oliveira (UFPR)
Valério Brusamolin (IFPR)

SUPERVISOR DA PRODUÇÃO Renata Cristina Lopes Miccelli

REVISÃO Maria do Socorro Carvalho Cardoso
Camila Dias Manoel

DIAGRAMAÇÃO Andrezza Libel de Oliveira

CAPA Pádua Carvalho

REVISÃO DE PROVA Renata Cristina Lopes Miccelli

COMITÊ CIENTÍFICO DA COLEÇÃO CIÊNCIAS SOCIAIS – ANTROPOLOGIA

DIREÇÃO CIENTÍFICA Fabiano Santos (UERJ-IESP)

CONSULTORES

Alícia Ferreira Gonçalves (UFPB)	José Henrique Artigas de Godoy (UFPB)
Artur Perrusi (UFPB)	Josilene Pinheiro Mariz (UFCG)
Carlos Xavier de Azevedo Netto (UFPB)	Leticia Andrade (UEMS)
Charles Pessanha (UFRJ)	Luiz Gonzaga Teixeira (USP)
Flávio Munhoz Sofiati (UFG)	Marcelo Almeida Peloggio (UFC)
Elisandro Pires Frigo (UFPR-Palotina)	Maurício Novaes Souza (IF Sudeste-MG)
Gabriel Augusto Miranda Setti (UnB)	Michelle Sato Frigo (UFPR-Palotina)
Geni Rosa Duarte (UNIOESTE)	Revalino Freitas (UFG)
Helcimara de Souza Telles (UFMG)	Rinaldo José Varussa (Unioeste)
Iraneide Soares da Silva (UFC-UFPI)	Simone Wolff (UEL)
João Feres Junior (Uerj)	Vagner José Moreira (Unioeste)
Jordão Horta Nunes (UFG)	

À minha mãe, Maria Leandro da Silva
(in memoriam)

AGRADECIMENTOS

Meu penhorado agradecimento inicial ao meu pai, Pedro Paulo da Silva, aos meus irmãos e às minhas irmãs.

Aos meus confrades da Província Franciscana Nossa Senhora da Assunção, presentes no Maranhão e Piauí, pelo apoio e incentivo para a publicação do livro.

Aos manos do *hip hop* paulista com quem mantive os primeiros contatos: Devanir, Marcelo, Sinval e Julho, pela atitude e solidariedade com a periferia.

À Prof.ª Dr.ª Teresinha Bernardo, a quem dirijo meus sinceros agradecimentos pelo incentivo.

Ao King Nino Brown, coordenador da Zulu Nation Brasil, com quem aprendi muito sobre a vida dos jovens da periferia por meio das longas horas em que ficamos a debater sobre o *hip hop* paulistano. Este reconhecimento se estende aos diletos amigos Nelson Triunfo, Marcelinho Back Spin, DJ Erre-G, Laudia, coordenadora da Casa do Hip Hop de Diadema, Júnior Dandara e tantos manos e minas que me acolheram nesse espaço de positiva sociabilidade juvenil.

Aos manos e minas do "Fórum Hip Hop e Poder Público", do qual participei desde a sua construção, manifesto meus protestos de grande alegria, pois com eles aprofundei o conhecimento da realidade dos jovens negros e pobres da periferia de São Paulo.

Em Teresina, agradeço aos *b-boys*: Francisco Ferreira Lima (Piva), Raimundo Nonato Costa Filho (Costinha), José Francisco ("Re"), Mauro Alves da Silva, Pedro Barroso, Júlio César Monteiro Alves e Rogério Marcos, pelas profícuas discussões em torno do Movimento *Hip Hop* de Teresina.

Aos *rappers*: Flanklin Romão ("Morcegão"), Gil Custódio Ferreira ("Gil BV"), Washington Gabriel Cruz ("WG"), Marconi Apolinário dos Santos ("Preto MAS"), Carlos Augusto Cabral do Nascimento (Mano "C"), Sebastião Sousa Silva ("Sebastian"), Carlos Eduardo da Silva ("K-ED"), Marcos Antônio Alves de Almeida, Francinês Gomes de Matos, ("Preta Gil") e "Preta Cristiane". Agradeço pelo tempo de magnífico aprendizado e intercâmbio de experiências.

Ao *rapper* maranhense Lamartine, pela sua contribuição tanto para a consolidação do Movimento *Hip Hop* em Teresina quanto para a elaboração desta pesquisa.

Ao Francisco Júnior, coordenador do Movimento Pela Paz na Periferia (MP3), pela profunda gratidão e partilha dos projetos sociais executados em parceria com a minha província.

Ao historiador Leandro Sousa, pelas longas discussões e contribuições.

Ao Ruimar Batista, negro autêntico e baluarte cultural da história do Movimento Negro piauiense, pela sua determinação, utopia e luta para a construção da cidadania e justiça social para as comunidades quilombolas do Piauí.

Ao Lima, proprietário da creche "O Lima".

A dois grandes mentores intelectuais dos eventos culturais para a juventude, Lumasa e Nilo Gomes, que contribuíram direta ou indiretamente para o surgimento e a consolidação do *hip hop* teresinense.

À amiga Artenildes Soares, pelas profícuas contribuições sobre seu trabalho com a juventude negra do Grupo Cultural Afro Afoxá.

À professora Virgínia Maria de Melo Magalhães, pelo prefácio do livro.

À amiga Francisca Emanuely Barros de Melo pela, colaboração na revisão bibliográfica dos filmes.

PREFÁCIO

UM OLHAR SENSÍVEL SOBRE O *RAP*

O livro *Nas ondas do rap: surfar na arte de narrar*, de Antonio Leandro da Silva, objetiva analisar a música *rap* como narrativa contemporânea de atores sociais que vivem em uma grande metrópole (São Paulo) e em uma cidade de porte médio (Teresina). Não é objetivo fácil de atingir, seja pelo delicado objeto, pois, como o próprio autor afirma, reduzidos são os estudos sobre o tema em Teresina, seja pela distância geográfica e cultural dos locais escolhidos.

O livro que o leitor recebe é resultado de um estudo etnográfico realizado pelo autor, com todo o rigor que lhe é peculiar, de interpretação das narrativas dos atores com quem manteve intenso contato. A partir dessa interpretação, construiu-se a trajetória histórica, social e cultural dos atores que integram o Movimento *Hip Hop* teresinense, concluindo que os atores do *hip hop* paulista e teresinense transitaram no processo de organização e consolidação do movimento.

A mais importante contribuição de Antonio Leandro da Silva é, sem dúvida, a análise que faz do que o *rap* (*rhythm and poetry*) representa, ou seja, não apenas um discurso politizado e crítico da sociedade, mas uma forma de narrativa contemporânea que, além de "salvar" a palavra, resgata aquilo que havia sido negado aos seus atores: a sua própria fala. Quanto ao *hip hop*, a afirmação de que é um espaço tanto de sociabilidade como de construção de identidade étnica. Nas palavras do autor:

> A música *rap* (*rhythm and poetry*) é uma modalidade narrativa contemporânea e, sendo um dos elementos de maior poder e valorização dentro do Movimento *Hip Hop*, resgata a palavra. E isso ocorre por meio das narrativas cuja base reside nas experiências coletivas dos atores. Não são "velhos", mas adolescentes, jovens e, em sua maioria, negros de classe baixa, porém verdadeiros narradores, os novos *griot* contemporâneos. Eles constroem suas mensagens e comunicam-nas pelo *rap*, veículo acessível para atores socialmente excluídos. Identificando-se com esse gênero musical, eles revelam tudo o que experimentam no cotidiano: desemprego, fome, pobreza, analfabetismo, doença, morte, violência. O *rap* torna-se a "poética da exclusão" (SILVA, 2018, p. 169).

Esta é uma obra que, certamente, interessará àqueles que estudam o tema, como rica fonte de dados e de teorização, mas também àqueles que dele queiram se aproximar para entender suas origens, seus significados, atores e sua evolução. Com rico acervo fotográfico – são 29 fotografias! –, o texto torna-se ainda mais rico a um e a outro interessado.

Um texto de Antonio Leandro da Silva é sempre um convite à leitura, dispensando qualquer apresentação. Uma boa leitura a todos!

Virgínia Maria de Melo Magalhães

Mestre em Educação pela Universidade Federal do Piauí (2008).
Coordenadora pedagógica do Instituto Camillo Filho (ICF)

SUMÁRIO

INTRODUÇÃO..13

1
METAMORFOSE DA CIDADE...19

2
GÊNESE DO *BREAKING* E DO *RAP*..29

3
FASES DO *BREAKING* E DO *RAP* TERESINENSES 47
3.1 PRIMEIRA FASE (1980-1989) – DE ESCOLAS, PRAÇAS E CLUBES AO "LAZER NOS BAIRROS" E "CIRCUITO JOVEM": gênese de duas escolas de *b-boys*......................48
3.2 SEGUNDA FASE (1990) – "CIRCUITO JOVEM": emergência de novos grupos de *breaking* e dos pioneiros *rappers*........................67
3.3 TERCEIRA FASE (1992) – DO "CIRCUITO JOVEM" A RUAS E PRAÇAS: gênese dos grupos de *rap*........................88
3.4 QUARTA FASE (1993-1995) – ORGANIZAÇÃO E AUTODENOMINAÇÃO DO MOVIMENTO *HIP HOP*: "Questão Ideológica" e construção de um "novo" espaço social, a praça Pedro II........................96
3.5 QUINTA FASE (1995- 2004) – TENSÕES INTERNAS, ASCENSÃO DOS *RAPPERS* DAS ZONAS SUL/SUDESTE, PRIMEIRO PROGRAMA DE *RAP* E BAILES *BREAKING*........... 111

4
NAS ONDAS DO *RAP*: SURFAR NA ARTE DE NARRAR...............................129
4.1 "TERESINA PERIFÉRICA" NARRADA PELOS *GRIOT*........................ 130
4.2 UM OLHAR DOS *GRIOT* SOBRE A CIDADE 142
    4.2.1 Grupo Flagrante 142
    4.2.2 Grupo União de Rappers........................ 154
    4.2.3 Emergência do *rap* feminino........................ 166

CONSIDERAÇÕES FINAIS..171

BIBLIOGRAFIA...177
1. Sítios sobre *Hip Hop* 181
2. Revistas...181
3. Jornais...182
4. Filmes...183

INTRODUÇÃO

A pesquisa que gerou este livro teve como objetivo analisar a música *rap* como narrativa contemporânea de atores sociais que vivem nas grandes metrópoles e médias cidades – neste caso, Teresina. Por meio da prática antropológica, produzi um conhecimento a partir do intenso envolvimento com os atores pesquisados. No campo, não só estabeleci relações, selecionei informantes, transcrevi textos (GEERTZ, 1998), como também fotografei eventos, estabeleci códigos de fidelidade, aculturei-me ao modo de vida do outro, internalizando alguns elementos da sua forma de viver, pensar e agir. Com isso, como aprendiz dessa ciência, mantive o diário de campo atualizado.

Toda essa experiência somente foi possível devido à *observação participante* mediante a qual experimentei a realidade em que viviam os atores do *hip hop*; estabeleci uma relação repleta de "intersubjetividade"[1] e empatia, elementos fundamentais para a análise/interpretação da cultura do "outro". Ou seja, procurei sentir, ouvir e perceber a cultura material do "outro" do seu interior, e não simplesmente por outras fontes ou vendo-o de maneira externa. Neste caso, inseri-me no universo dos atores estabelecendo relações de amizade e simpatia. Evidentemente, a *observação participante* não implicou deixar minha residência e ir morar com os "nativos", como bem exigia dos seus colegas Malinoswki (LABURTHE-TOLRA; WARNIER, 1997).

Foram seis anos de experiências no movimento, inserindo-me nos seus trabalhos sociais e culturais, compartilhando desafios, conflitos, tensões e necessidades materiais de seus integrantes. Por meio desse engajamento, obtive rápido acesso aos dados sobre situações habituais e conflitantes em que os membros do movimento se encontravam envolvidos, ou mesmo àqueles dados que o grupo considerava de domínio privado. Enfim, procurei transpor possíveis barreiras sociais entre os informantes e o pesquisador, a fim de que a investigação não sofresse implicações na qualidade das informações registradas.

Via relatos dos atores, descrevi os lugares de sociabilidade, quais sejam: as escolas públicas e privadas, as ruas e praças, os parques da cidade, onde geralmente se realizaram os eventos do "Lazer nos Bairros", a creche "O Lima", o Clube do Marquês, *locus* dos bailes do "Circuito Jovem", o bairro Mocambinho, onde se realizaram as primeiras reuniões, cujo objetivo era organizar o movimento; mais tarde, o bairro Dirceu, zona sul, e finalmente a praça Pedro II, na qual o movimento ganhou visibilidade social com as rodas dominicais. Por-

---

[1] Legitimar a "mobilidade da subjetividade como modo de produção de saber e à intersubjetividade como suporte de trabalho interpretativo e de construção de sentido para os autores dos relatos" (JOSSO, 2004, p. 23).

tanto, interpretando as narrativas, reconstruí a trajetória sócio-histórico-cultural dos atores que integram o Movimento *Hip Hop* teresinense.

A observação participante favoreceu-me a participação direta em alguns eventos culturais, tais como: seminários, shows, oficinas, palestras, filmes, exposição de fotos. Depois, o método levou-me a inserir nos lugares de sociabilidade dos atores do *hip hop*, quais sejam: o Centro de Referência da Cultura Hip Hop do Piauí, coordenado pelo Movimento "Questão Ideológica", o Movimento Pela Paz na Periferia (MP3), a Casa do Hip Hop de Diadema-SP, onde uma vez ao mês há oficinas de *hip hop*, e os eventos promovidos por essas formações sociais. Esse processo de inserção na cultura do "outro" foi fundamental não só porque me permitiu compreender o movimento desde dentro, como também me possibilitou estabelecer o intercâmbio intersubjetivo entre os atores. Aqui se encontram correlações de motivações e de ações sociais.

A Casa do Hip Hop de Diadema tornou-se um laboratório bastante relevante para minhas experiências de campo. Nesse *locus* cultural, último sábado de cada mês, acontece o projeto "Hip Hop em Ação", o qual atrai uma quantidade expressiva de atores que se encontram para dançar, cantar, grafitar e arranhar o vinil nas *pick-ups*. O prédio é um complexo relativamente grande, onde existem salas, banheiros, pátio e um espaço amplo, com um pequeno palco, sobre o qual os DJ's e os MC's animam uma expressiva quantidade de jovens dos bairros da região do ABC e de outras regiões de São Paulo. Lá, senti-me apoiado pela coordenadora da casa, Maria Laudia F. M. de Oliveira, e por King Nino Brown, coordenador da ONG Zulu Nation Brasil[2].

Na casa, os vários grupos têm a oportunidade de fazer suas performances. Cada um ao seu modo. Há um MC que comanda as apresentações, estimulando o público a não parar. Eles chegam trajados de uma estética que os identifica com o movimento: calças largas, camisas coloridas, blusões e jaquetões, bermudões, camisetas com slogan de algum líder negro; outros usam tiara, brincos, pulseiras e colares. Esses lugares foram fundamentais para a construção de relações intersubjetivas e interpessoais. Na casa, todavia, mantive contato direto com os praticantes da cultura *hip hop*.

Em meu diário de campo, como instrumento imprescindível de pesquisa, registrei todas as vivências com os atores. Agucei a audição e a percepção. Descrevi os rituais, os gestos, os símbolos, as falas, as práticas culturais, pois tais

---

[2] O Mano King Nino Brown, um dos pioneiros fundadores do Movimento *Hip Hop* Paulista – na década de 80 –, coordena o projeto Zulu Nation Brasil. O objetivo dessa ONG é disseminar os elementos do Movimento *Hip Hop*, utilizando-os para promover a consciência étnica e cidadã dos jovens negros e pobres da periferia da cidade. As ações do projeto visam solucionar os problemas que mais atingem os jovens: a violência, o uso de drogas, a discriminação racial e social, a gravidez na adolescência, as DST/aids, a desigualdade de gênero. A ONG teve origem nos EUA, na década de 70, por um dos maiores articuladores do movimento, Africa Bambaataa. A Zulu Nation está espalhada por alguns países da África e da Europa (Fonte: Folder da ONG Zulu Nation Brasil, 2005).

representações tornavam-se elementos relevantes para a pesquisa. O gravador tornou-se também um companheiro inseparável. Nesse instrumento técnico, registrei momentos, falas, músicas e lugares importantes no processo de sociabilidade dos atores pesquisados.

Parte da documentação foi recolhida em forma visual, chamada pelos etnólogos de *imagística etnográfica* (LABURTHE-TOLRA; WARNIER, 1997, p. 433). Essa técnica compreende a etnografia feita com o auxílio da fotografia, retratando os lugares sociais em que os atores do *hip hop* paulista e teresinense transitaram no processo de organização e consolidação do movimento. Utilizando-me desse recurso técnico, construí um acervo com 311 fotos. No livro, uso apenas 29 fotos, objetivando ajudar o leitor a compreender os territórios nos quais circulavam esses atores e criaram laços interpessoais com outros grupos sociais. Esses registros revelaram uma realidade carregada de experiências e vivências cotidianas repletas não apenas de ambiguidades, antagonismos, violências, conflitos, mas também de luta, autoestima, conquistas de espaços sociais e visibilidade nas relações sociorraciais no meio urbano tanto de São Paulo quanto de Teresina.

Os encontros com os atores entrevistados favoreceram o avanço dos estudos. Graças à solicitude dos atores, estabeleci uma agenda com datas, locais e horas para as entrevistas. Em alguns casos, tivemos que negociar e adiar tais encontros em razão de choques de horário dos entrevistados e suas atividades no movimento. Uma experiência frustrante foi com um ex-integrante do movimento, por sinal uma pessoa bastante importante no processo de organização do *hip hop*, que ao ser procurado recusou-se a dar qualquer informação sobre sua vida e o movimento. Ele alegou duas razões. Primeira, criticou alguns pesquisadores que, aproveitando-se do grupo, haviam se comprometido em socializar o trabalho final com os seus integrantes, e não o fizeram. Ficaram decepcionados com a academia. Percebi que foram explorados e não receberam nada em "troca". Segunda razão, ele disse que o grupo estava resgatando a sua própria história, sem precisar da interferência de pesquisadores de fora, pois eles mesmos teriam "valores morais e culturais" para escrever sua história.

Esses encontros foram pautados na alegria e solicitude dos atores sociais. Como não trazer os nomes dos pioneiros *b-boys* e *rappers*! Assim, a pesquisa foi enriquecida com as narrativas dos *b-boys* Francisco Ferreira Lima (Piva), Raimundo Nonato Costa Filho (Costinha); depois, outros dois *b-boys* – José Francisco (Re) e Mauro Alves da Silva –, os quais considero ponto de intersecção entre a "primeira escola" e a "segunda escola". Ouvi também as narrativas de oito *rappers*: Cley Flanklin Romão (Morcegão), Gil Custódio Ferreira (Gil BV), Washington Gabriel Cruz (WG), Marconi Apolinário dos Santos ("Preto MAS"),

Carlos Augusto Cabral do Nascimento (Mano "C"), Sebastião Sousa Silva (Sebastian), Carlos Eduardo da Silva (K-ED) e a única mulher, Gilvânia Márcia Santos Pintos (Preta Gil).

Faz parte desse elenco importante o *rapper* maranhense Lamartine, integrante do grupo Clã Nordestino, devido à sua relevância tanto para os grupos de *rap* quanto para a organização do Movimento *Hip Hop*. Além dele, entrevistei os *b-boys*: Francisco Marcos Carvalho de Freitas – pioneiro e ex-integrante do *hip hop* –, Júlio César Monteiro Alves, Rogério Marcos, Pedro Barroso e os ex-integrantes do grupo The Prince of Rap: Bruno, Cley, Luciano e Nauben. Obtive, por meio de Francisco Júnior, informações sobre o Movimento Pela Paz na Periferia (MP3). Algumas dúvidas foram esclarecidas pelo historiador Leandro de Souza.

Duas entrevistas de relevância foram: uma com Lumasa, organizador do projeto "Lazer nos Bairros", e outra com Nilo Gomes, um dos mentores intelectuais do "Circuito Jovem". Para me encontrar com este último, estive em São Luís-MA. Conversei também com Lima, proprietário da creche "O Lima", no bairro Mocambinho. Depois, os depoimentos de Nina Rosa de Oliveira Rego e de Joselina Rosa da Conceição tornam-se pertinentes, pois foram contemporâneas aos eventos do "Lazer nos Bairros". Enfim, na Casa do Hip Hop de Diadema entrevistei três dos pioneiros *hip hoppers* paulistas: King Nino Brown, Nelson Triunfo e Marcelinho Back Spin.

Em diferentes lugares aconteceram as entrevistas, quais sejam: na praça Pedro II; nas residências dos integrantes do *hip hop*; no Centro de Referência do Hip Hop do Piauí; nos lugares de trabalho dos atores; na Biblioteca da Universidade Federal do Piauí; no Convento de São Raimundo Nonato, bairro Piçarra; na Casa do Hip Hop de Diadema e, enfim, nos lugares onde aconteciam os eventos culturais do movimento.

A grande aventura da pesquisa foi transpor as barreiras da escassez de fontes bibliográficas sobre a temática estudada, visto que tais lacunas relacionavam-se não somente aos atores da pesquisa, como também aos negros urbanos nesta cidade. Nesse contexto, constatando os reduzidos estudos sobre o negro teresinense[3], e, mais especificamente, sobre a sociabilidade

---

[3] Nos últimos anos, pesquisadores negros têm realizado estudos na área educacional relacionados ao aluno negro (GOMES, 2000; DUARTE, 2000; SOUSA, 2001; RODRIGUES, 2001). Há também uma pesquisa sobre a *Africanização das aparências no movimento negro em Teresina: a construção de uma estética à brasileira* (ARTEMISA MONTEIRO, 2003. Monografia de conclusão do curso de Ciências Sociais da UFPI); finalmente, o estudo sobre *TV cor e branco: o afrodescendente como repórter e o apresentador de televisão em Teresina-Piauí* (EDILSON NASCIMENTO, 2001. Monografia de conclusão do curso de Comunicação Social, UFPI). Há ainda em andamento o doutorado – pela Universidade Federal do Ceará – de Beatriz Gomes, que trabalha *A prática pedagógica do movimento negro*, no Piauí. Além disso, há também o trabalho de iniciação científica de Dailme Tavares (1995), que estudou *O reggae em Teresina*. É importante destacar a existência de profícuos ensaios, publicações jornalísticas e poesias que estão relacionados à questão do negro piauiense. Assim, em meados da década de 90, surgiram vários desses atores sociais, como: Artenildes, Ruimar Batista, Stâneo, Cláudio, Solimar, Leandro Souza, Francisco Júnior. Ademais, vários projetos socioculturais vêm sendo construídos, tendo como objetivo resgatar a história do negro piauiense,

dos atores do *hip hop*, procurei, por meio das análises dos dados coletados e fotografados, produzir um conhecimento novo a respeito da compreensão do fenômeno pesquisado.

Enfim, para mergulhar nas ondas do *rap* e surfar na arte de narrar, escolhi três letras de *rap*, sendo duas do grupo Flagrante e uma do grupo União de Rappers. Faço ainda uma rápida análise de dois pequenos trechos do *rap* feminino. O critério de escolha desses grupos não se caracteriza por preferências, mas por motivos metodológicos, ou seja, para que o texto interpretativo não só se tornasse repetitivo como também tomasse uma grande extensão do capítulo, tornando-se cansativo para o leitor. Ademais, muitos dos integrantes desses grupos fazem parte, direta ou indiretamente, do processo de articulação e consolidação do Movimento *Hip Hop*. Aliás, alguns deles ou são da "primeira escola" ou são eles que a unem à "segunda escola" de *rappers* teresinenses. Enfim, algumas letras estão distribuídas no desenvolvimento do texto.

O primeiro capítulo analisa a cidade de Teresina no processo de metamorfose, sobretudo apontando os contrastes entre duas "cidades": uma que, devido à valorização dos terrenos, foi se configurando e se verticalizando por meio da construção de condomínios fechados e luxuosos, com aluguéis caríssimos, e localizados próximos a dois shoppings centers, à rede bancária, a hospitais e supermercados; e uma "outra cidade", que surgiu nos interstícios da primeira (LIMA, 2003). Esta surge como consequência do processo de exclusão dos desfavorecidos ao acesso aos serviços sociais e aos bens culturais. Tal hipótese se justifica pela especulação do mercado imobiliário, que passou a valorizar os espaços vazios privados e públicos, fazendo surgir novos espaços sociogeográficos marcadamente formados de vilas e favelas, cuja população é, em sua maioria, de negros, pobres e trabalhadores.

O segundo capítulo objetiva construir a linha do tempo da gênese do *hip hop*, enfatizando dois dos seus elementos o *breaking* e o *rap*. Analisa a emergência do *hip hop* como fenômeno urbano que tem marcado diferentes contextos sociais urbanos internacionais e nacionais, porquanto surge como um estilo de vida juvenil, manifestando-se no som, na dança, na arte, ou seja, nas performances e temáticas sociopolítico-raciais.

O terceiro capítulo descreve cinco fases – a trajetória sócio-histórica (1980-2004) – pelas quais passou o Movimento *Hip Hop* teresinense. Além disso, elenca também os lugares sociais recorrentes nas narrativas dos atores *hip hoppers*, pontuando, primeiro, o surgimento da dança *breaking* e, posteriormente, a origem da

---

como é o caso do Movimento Negro Unificado, dos agentes de pastorais negros e dos grupos culturais: Coisa de Nêgo, Grupo Afro Cultural Afoxá, Maravi, Delê, Vozes da África.

música *rap*. Por meio dessas fases, os lugares públicos tornam-se espaços onde os atores praticavam suas experiências de lazer, conheceram seus pares, produziram bens culturais e construíram ações coletivas.

Finalmente, o quarto capítulo, "Nas ondas do *rap*: surfar na arte de narrar", interpreta o *rap* como um estilo de narrativa contemporânea. Torna-se um convite ao leitor para surfar nas ondas das letras de *raps* masculinos e femininos, mostrando como esses *griot* contemporâneos revelam as representações que têm das suas próprias temporalidades e subjetividades vividas nos mais diversos contextos existenciais.

Portanto, apoiando-me na teoria benjaminiana, compreendo o *rap* não só como um discurso politizado e crítico da sociedade, mas também como uma forma de narrativa contemporânea, pois além de "salvar" a palavra ele resgata aquilo que havia sido negado aos atores: a fala. Ademais, há também outra especificidade do *hip hop*: ser um espaço de sociabilidade e de construção de identidade étnica.

1

METAMORFOSE DA CIDADE

Aí, na noite teresinense, labaredas, gritos, sirenes, baldes d´água, prisões, sinos, crianças esturricadas. Nerodes redivive, na macabra noite, enquanto nos seus quentes ares carismáticos voz ecoa sobre a dor, a agonia, o desespero, a fúria do fogo: Trabalhadores do Brasil!

(Airton Sampaio, Fogo sobre Teresina, 2002)

A epígrafe acima traz ao imaginário do teresinense um passado não tão distante carregado de intenso realismo. O cronista Airton Sampaio[4] leva-nos de volta ao tempo-espaço marcado por imagens que descrevem o cenário do "inferno": labaredas de fogo, gritos, sirenes, sinos, desespero de homens e mulheres, crianças esturricadas. O fenômeno aconteceu nas décadas de 1940-50, período de crise econômica extrativista no Piauí e de "política desenvolvimentista" nacional. Nesse contexto político-econômico, Teresina passava por um processo de modernização, intensificando-se nas décadas posteriores.

A "higienização" da cidade foi marcada por acentuados incêndios das "casas de palha", começando na avenida principal, Frei Serafim, expandindo-se aos bairros de classe baixa, localizados próximos ao centro, Palha de Arroz, Barrinha e Mafuá. Quarteirões inteiros, misteriosamente, foram tomados pelas labaredas de fogo. Terror e desespero caracterizaram o cenário. Narrativas de moradores, relatórios governamentais, boletins policiais, autoridades políticas, crônicas e jornais da época relataram enfaticamente esse período de terror por que foi tomada a cidade de Teresina. Pesquisadores problematizaram o fenômeno e apontaram algumas possíveis causas, contudo sem evidências que dessem nomes aos supostos mandantes da barbárie.

O grupo de *rap* Flagrante, com a música "Setor", descreve a situação da periferia da cidade[5], quando canta:

> Eu fico analisando o que eu mais preciso, grana pra poder respirar, esquecer de tudo ou pelo menos tentar; mas não dar essa parada ainda fode a minha cabeça, só quem é do setor sabe do que eu tou falando: explo-

---

[4] Airton Sampaio de Araújo nasceu em 23 de março de 1957, em Teresina. Considerado contista, cronista e crítico literário da geração pós-69, cursou Direito na UFPI, e atualmente é professor de língua portuguesa, estilística e literatura no Departamento de Letras da UFPI. Publicou *Painel de sombras* (1980) e *Contos da terra do sol* (1996).

[5] Esta pesquisa durou dos anos 2004 a 2006. Portanto, esse *rap* retrata a situação da periferia de Teresina no ano de 2004.

ração, miséria, sangue [...], desgraça na família, ódio, e tristeza; pouca coisa para rangar em cima da mesa; alcoolismo hereditário, de pai pra filho, uma cirrose de herança para o menino; mãe desesperada de madrugada, pegando seu moleque muito louco pra dentro de casa; a feição da tia (mãe) se desmanchando em lágrimas [...]; escolas galpões abandonados, educação falida, uma sala os professores e as cadeiras vazias; pois os moleques na rua, engatilhando os canos, os ferros e do que der pra matar; periferia mais do que suicida; o cemitério da quebrada faz se encher de novo esse ano [...]; boteco da esquina, enchendo a cara de cachaça; 15 facadas, moleque sangrando até morrer.... ("Setor", música do CD-Demo do grupo Flagrante, de Teresina).

O "setor", na compreensão dos jovens *rappers*, é o *lugar* (CASTORIADIS, 1982, p. 53), seja esse físico ou simbólico, a partir do qual eles vivem suas *temporalidades* e *subjetividades* cotidianas. Com efeito, o significado de "setor" associa-se a uma conotação negativa, pois os *rappers* narram as experiências vividas nesse *locus*, cujas necessidades objetivas, como a falta de "grana para poder respirar"[6], privam-nos de uma melhor qualidade de vida e acesso tanto à igualdade de oportunidades quanto aos bens de consumo e serviços. Ademais, mostram como essa situação pode desencadear vários outros problemas, como percebemos no trecho da música citada.

Os *rappers* descrevem uma situação social objetivamente localizada, o "setor", o qual pode também ser interpretado como vila, favela ou "quebrada", cujas características são: exploração, miséria, sangue, desgraça na família, ódio, tristeza, alcoolismo, mãe desesperada, moleque na rua, escolas abandonadas, educação falida, moleques engatilhando os canos, botecos, cachaça, 15 facadas etc. Essas são as representações que têm do "setor", a "periferia". O *rapper* Edy Rock, em sua música "Periferia é periferia", descreve o conceito de periferia:

Periferia é periferia. Este lugar é um pesadelo periférico; fica no pico numérico de população. De dia a pivetada a caminho da escola; à noite, vão dormir enquanto os manos "decola" na farinha, hã! Na pedra, hã! Periferia é periferia. Milhares de casas amontoadas; em qualquer lugar, gente pobre; vários botecos abertos. Várias escolas vazias e a maioria por aqui parece comigo. Mães chorando; irmãos se matando. Até quando? Periferia é periferia. Em qualquer lugar. É gente pobre. Aqui, meu irmão, é cada um por si. Molecada sem futuro, eu já consigo ver. Aliados, drogados, então, deixe o crack de lado, escute o meu recado [...].[7]

Analiticamente, o conteúdo a respeito desse referencial – a periferia – é transmitido por meio de um estilo musical *rap* (ritmo e poesia), cuja mensagem está carregada de subjetividades coletivas, "vividas num espaço social inglório"

---

[6] Trecho da música "Setor" – Banda Flagrante, CD-demo de 2004, Teresina.
[7] Gravada em 1997, a música dos Racionais MC's faz parte do selo *Sobrevivendo no inferno*.

(AZEVEDO, 2000, p. 45). Com a música, os atores sociais manifestam as representações do que sabem, pensam e sentem a respeito de si mesmos, das suas experiências e de suas perspectivas. Uma realidade sem muitas opções de trabalho, saúde, educação e lazer.

A "quebrada", na linguagem dos atores, significa o lugar onde moram, cujas representações que trazem à memória são de pobreza, desemprego, violência policial, tretas entre os grupos, falta de infraestrutura, assassinatos. Mas também é lugar dos encontros, das baladas, do namoro, das festas, da solidariedade. Há uma concepção negativa construída pela mídia, quando se fala de "quebrada", ou seja, lugar da malandragem, do perigo, do tráfico, das gangues, da violência, do lugar sem lei.

Para Chauí,

> A população das grandes cidades se divide entre um "centro" e uma "periferia". O termo periferia sendo usado não apenas no sentido espacial-geográfico, mas social, designando bairros afastados nos quais estão ausentes todos os serviços básicos (luz, água, esgoto, calçamento, transporte, escola, posto de atendimento médico), situação, aliás, encontrada no "centro", isto é, nos bolsões de pobreza, as favelas. (CHAUÍ, 1994, p. 58).

Tanto a epígrafe quanto o texto da música retratam o processo de urbanização da cidade de Teresina. Ambas as narrativas denunciam a questão social nessa cidade. Via narrativas, podem-se compreender os condicionamentos conjunturais e estruturais que levaram a cidade a profundas transformações socioeconômicas. As consequências desse contexto implicaram a reconfiguração dos seus espaços físico-sociais segregacionistas, sobretudo quando são relacionadas não só aos atores de classe baixa e negros, como também aos lugares de sua sociabilidade.

Para o sociólogo Luiz Eduardo Wanderley, a "questão social" refere-se, essencialmente, às desigualdades, às injustiças e aos antagonismos que fundam a sociedade latino-americana causados pelos modos de produção, reprodução e desenvolvimento implementados nestes 500 anos no continente. Nesse sentido, a natureza da questão social se expressa em cada conjuntura sob distintas modalidades, tais como nas questões indígenas, nacional, negra, rural, urbana, gênero, atravessando aspectos econômicos, políticos, culturais, religiosos, étnicos, geracionais etc. (WANDERLEY, 1996, p. 102).

O processo de transformações estruturais de Teresina – iniciando-se na segunda metade do século XX – culminou nos conflitos urbanos a partir dos anos de 1980, cujos impactos conjunturais intensificaram-se na década de 1990-2000. Com efeito, as inversões das políticas governamentais – grandes investimentos em infraestruturas – atenderam setores sociais e econômicos das classes hegemônicas[8], abandonando, segundo Lima, as "políticas sociais" que levassem em consideração as questões do "movimento migratório campo-cidade", como também a execução de "políticas habitacionais para as camadas populares". Para a autora, "esses investimentos na modernização da cidade provocaram ainda mais a formação de um quadro de grandes contradições e conflitos sociais, com fortes traços segregadores e excludentes das populações pobres" (LIMA, 2001, p. 41-43).

Essa inversão em políticas urbanas para a cidade fazia parte do processo de urbanização pelo qual estavam passando vários centros urbanos brasileiros desde a segunda metade do século XX. Códigos de Posturas foram elaborados e executados pelos governos, que justificavam a execução de tais resoluções para banir as "classes pobres" ou a "classe perigosa" (CHALHOUB, 1998, p. 19) desses centros urbanos, segregando-os nas periferias, onde, sem nenhuma estrutura habitacional, formavam os bolsões de pobreza e miséria. Com efeito, tal situação iria substancialmente agravar mais as relações sociais, pois as elites passaram a se cercar por todos os lados de cercas de arames, câmaras, vigias, alarmes. O que estava em jogo era a "higienização" do centro das metrópoles. E isso os Códigos de Posturas deixavam bem claro em seus procedimentos: manter a ordem social, revitalizando os seus espaços físicos e sociais.

No Rio de Janeiro, no início do século XX, o cortiço Cabeça de Porco, com mais de duas centenas de casas, foi demolido de forma autoritária pelo prefeito Barata Ribeiro. Segundo Chalhoub (1998, p. 16), "o Cabeça de Porco – assim como os cortiços do centro do Rio em geral – era tido pelas autoridades da época como um 'valhacouto de desordeiros'". Com a dramatização da destruição do Cabeça de Porco, em 1893, iniciava-se "o processo de andamento de erradicação dos cortiços cariocas...e a cidade do Rio já entrava no século das favelas" (CHALHOUB, 1998, p. 17). Nesse mesmo sentido, Gilberto Velho (1999, p. 12) afirma que o "surto imobiliário, ocorrido no Rio de Janeiro a partir dos anos 40", alterou drasticamente o "panorama local".

Gilberto Velho analisa esse contexto da seguinte forma:

> É a partir de 1940 que se dá a grande expansão vertical do bairro. Copacabana foi se transformando aceleradamente com a intensificação da construção de edifícios e a demolição de casas. Terrenos comprados a

---

[8] No sentido gramsciano, *hegemonia* "é a capacidade de uma classe específica para dirigir moral e intelectualmente o conjunto da sociedade, produzindo consensos em torno de seu projeto político. De acordo com Gramsci, a disputa entre as classes pela hegemonia tem lugar predominantemente na órbita da sociedade civil, completando-se na sociedade política (Estado)" (COSTA, 2002, p. 40). Conforme Gramsci, "o desenvolvimento político do conceito de hegemonia representa, para além do progresso político prático, um grande progresso filosófico, já que implica e supõe necessariamente uma unidade intelectual é uma ética adequada a uma concepção do real que superou o senso comum e tornou-se crítica, mesmo que dentro de limites ainda restritos" (GRAMSCI, 1999, p. 104).

preços irrisórios são aproveitados para a construção de edifícios, permitindo lucros fantásticos às companhias construtoras. (VELHO, 1999, p. 13).

A cidade de São Paulo não fugiu a essa lógica urbanística. Conforme Caldeira, no início do século XX, havia uma "tendência de a elite ocupar a parte mais alta da cidade [de São Paulo] [...] e os trabalhadores viverem nas áreas mais baixas, ladeando as margens dos rios Tamanduateí e Tietê e próximo ao sistema ferroviário" (CALDEIRA, 2003, p. 14). Nesse contexto de industrialização da cidade, debatiam-se questões habitacionais que atendessem às demandas das camadas populares, visando, assim, organizar o espaço urbano. Portanto, moradia e organização urbana tornaram-se o tema central das preocupações da elite e das políticas públicas durante as primeiras décadas do século XX (CALDEIRA, 2003, p. 214). Essas políticas urbanas tinham como objetivo, diante da complexidade do fenômeno, instaurar uma "nova ordem" a partir da modernização da cidade cuja consequência foi a segregação das camadas populares. Segundo Nascimento (2002, p. 28), "o processo de modernização da sociedade brasileira sustenta-se na forma autoritária de governar imposta pela elite".

A cidade de Teresina também foi tomada pela "ideologia da modernização": a primeira ação política do prefeito Lindolfo do Rego Monteiro, em 1941, foi transformar uma das principais avenidas, Frei Serafim, "em cartão de visita da nova cidade" (NASCIMENTO, 2002, p. 152). Em nome dessas mudanças, ditadas tanto pelos "interesses dos grupos" quanto por um conjunto de regras rígidas e excludentes, os espaços físicos e sociais foram se metamorfoseando. Isso demonstrava, na verdade, a intenção das autoridades de "higienizar" o centro da cidade. Por conseguinte, o processo de "higienização", assegurado pelos Códigos de Posturas, visava retirar as "casas de palha" localizadas próximas ao centro, justificando, assim, o seu "embelezamento". Contudo o que se objetivava era assegurar os espaços geofísicos, que passaram a ser controlados pelas classes dominantes, por meio do capital imobiliário, removendo, portanto, os indivíduos supostamente "perigosos" para as periferias.

Para Nascimento,

> Se, por um lado, as autoridades municipais pretendiam evitar que a zona urbana fosse tomada por incêndios, não tinham a mesma preocupação com os habitantes da periferia que construíam suas habitações fundamentalmente com a palha. A tese da "limpeza" do núcleo central da cidade é formalizada. (NASCIMENTO, 2002, p. 213).

Nesse contexto de "limpeza", criaram-se projetos e a cidade tornou-se um "canteiro de obras", já que para embelezá-la previam-se o alargamento e a pavimentação de ruas e avenidas, reformas das praças, construção de rodovias e pontes (LIMA, 2003). Tais espaços sociogeográficos foram se reconfigurando e dando visibilidade à segregação. Na avenida Marechal Castelo Branco – localizada às margens do rio Poti, no bairro Ilhotas, na zona sul/centro – encontram-se as grandes "mansões" e os "luxuosos edifícios de apartamentos", símbolo do "fenômeno de verticalização" (LIMA, 2003, p. 44).

Para o pesquisador Façanha (1998, p. 24), o "fenômeno de verticalização" pode ser conceituado como

> [...] um símbolo de uma geografia dos espaços metropolitanos, o qual representa o surgimento de edifícios em uma determinada área da cidade, implicando alterações na propriedade e no uso urbano. A compreensão dessa geografia da verticalização obriga que se adentre nos meandros dos processos de modernidade.

Nesse fenômeno há, para o autor, evidente relação entre "áreas verticalizadas" e "valorização dos terrenos" que, geralmente, estão localizados em "espaços vazios", onde surgiram os suntuosos condomínios fechados e localizados próximos aos shoppings centers, redes bancárias, hospitais, cujos aluguéis são caríssimos. Esses novos espaços produziram a visibilidade de "áreas de segregação" (FAÇANHA, 1998, p. 24), cuja paisagem contrasta com outros espaços sociogeográficos marcadamente formados de vilas e favelas, de população, em sua maioria, composta de negros e pobres.

No contexto de destituição social, destaca-se a participação do Movimento *Hip Hop* no embate de luta social. O movimento engajou-se na luta pela moradia, participando ativamente, no dia 3 de junho de 1998, do Dia Nacional de Ocupação, cujos resultados foram relatados pela FAMCC. Segundo a federação, esse dia foi marcado por atos em pelo menos 20 estados do país, com o apoio do Movimento Nacional de Luta pela Moradia (MNLM). O lema do movimento dos sem teto foi "ocupar, resistir pra morar". O engajamento político do *hip hop* torna-se relevante porque o movimento traz, no processo de sua gênese, um conteúdo de fundamento crítico e politizado, isto é, baseado nas questões sociais e raciais. Tal postura faz diferença se comparado com o movimento paulista, que, primeiramente, surgiu por meio da prática do *breaking* e da música *rap* e, num segundo momento, organizou-se como movimento politizado e crítico. Em Teresina, ao contrário, os adeptos do *hip hop* trataram, a princípio, de organizar-se e, posteriormente, configurar os elementos do *hip hop*.

Karl Marx (1818-1883), quando disse que "as concentrações urbanas acompanharam as concentrações de capitais" (MARX apud LEFEBVRE, 1982, p. 8), estava referindo-se ao processo de industrialização pelo qual passaram algumas cidades da Europa da sua época. O pai de *O capital* mostrava os resultados que a indústria poderia trazer: seus próprios centros urbanos, cidades, aglomerações industriais ora pequenas (Le Creusot), ora médias (Saint-Etienne), às vezes gigantes (Ruhr, considerada como *conurbação*) (LEFEBVRE, 1982, p. 8).

A industrialização, no contexto da urbanização dessas cidades, não produziria apenas empresas (operários e chefes de empresas), mas também estabelecimentos diversos, centros bancários e financeiros, técnicos e políticos. Cidades industriais da Europa e dos EUA criaram cidades-dormitórios nos subúrbios, distantes do centro da cidade. E por força da produção capitalista estabeleceu-se uma segregação socioespacial. Nesse contexto sociopolítico, percebe-se a unidade no processo de urbanização/industrialização, pois o crescimento das cidades passou a ser analisado a partir do desenvolvimento da indústria. Nesse caso, haveria um duplo processo, que seria inseparável, entre industrialização e urbanização (LEFEBVRE, 1982, p. 8-9).

No entanto esse duplo processo foi complementar e contraditório, porquanto houve, "historicamente, um choque violento entre a realidade urbana e a realidade industrial" (LEFEBVRE, 1982, p. 9). Conforme Lefebvre, essa realidade tomou as cidades antigas por assalto, rompendo os antigos núcleos e apoderando-se deles. Ademais, o conflito instalou-se quando massas de famílias camponesas, atraídas não só pelas vantagens das cidades como pela indústria, deixaram seus lugares para se instalarem nas cidades em busca de trabalho na indústria. Isso resultou no engajamento de mulheres e crianças em jornadas de trabalho de pelo menos 12 horas, sem férias e feriados, ganhando um salário de subsistência (mulheres e crianças ganhavam salários inferiores aos dos homens) (MARTINS, 2006, p. 13). As consequências dessa realidade urbana e realidade industrial, como na Inglaterra, manifestaram-se no aumento assustador da prostituição, no suicídio, no alcoolismo, no infanticídio, na criminalidade, na violência, nos surtos de epidemia de tifo e cólera que dizimaram parte da população (MARTINS, 2006, p. 13).

Na hipótese de Lefebvre, torna-se inseparável o binômio industrialização/urbanização. Mas o autor, em relação à França, analisa que uma (industrialização) não seria a causa da outra (urbanização). Ele constata que havia "uma ampliação maciça da cidade e uma urbanização (no sentido amplo do termo) com pouca industrialização". O autor ainda afirma que é possível observar um "tipo de urbanização sem industrialização ou com uma fraca industrialização, mas com uma rápida extensão da aglomeração" (LEFEBVRE, 1982, p. 9). Conforme Façanha, "a cidade de Teresina não pode ser considerada como uma cidade industrial [...]. A fragilidade do parque industrial de Teresina é percebida quando se tenta identificar os núcleos da indústria" (FAÇANHA, 1998, p. 9).

Segundo tal hipótese, o desenvolvimento urbano de Teresina não estaria associado diretamente ao processo de industrialização, considerando a fragilidade do parque industrial da cidade. Então, deveria haver um circuito que explicasse o fenômeno; ou seja, um circuito mediante o qual se pudesse confirmar a hipótese de que a concentração urbana da cidade acompanhou as concentrações de capitais. A questão é bastante complexa e precisaríamos de maiores aportes teóricos para se fazer uma análise mais aprofundada. Contudo, para se promover a discussão em torno do processo de urbanização da cidade, apresentamos um circuito relevante para uma possível explicação: a "especulação dos terrenos e imóveis" (LEFEBVRE, 1982, p. 10). Nesse caso, por meio desse circuito especulativo, a classe política e economicamente dominante acumulou capital, investindo-o na construção de imóveis e na pequena indústria, cuja prosperidade, segundo Lefebvre, "não deixa de ser ficticiamente mantida pelo circuito imobiliário" (LEFEBVRE, 1982, p. 10).

O circuito especulativo foi beneficiado pelas "grandes inversões governamentais em infraestrutura" (LIMA, 2003, p. 41), como sugere Campos Filho,

> a concentração de renda em poucas parcelas da população provocou uma concentração espacial, em algumas partes da cidade, especialmente naquelas mais centrais. Conjuntamente à concentração da renda, e dela decorrente, ocorreu a verticalização excessiva da cidade (CAMPOS FILHO, 1989, p. 45).

Para Lima,

> A deteriorização das condições e da qualidade de vida da população de Teresina tornou impraticável, para os pobres, manter o pagamento do aluguel ou a compra de um pequeno lote de terra. Assim, na impossibilidade de uma saída plausível, não restava alternativa senão a da *ocupação de vastas áreas ociosas*, que conformam uma outra dimensão da cidade, exatamente a dominada pelos proprietários fundiários, *que vivem da especulação*. (LIMA, 2003, p. 69, grifo da autora).

Corrêa, referindo-se à fragmentação e ao caráter social do espaço urbano, afirma que:

> O espaço urbano, especialmente o da cidade capitalista, é profundamente desigual: a desigualdade constitui-se em característica própria do espaço urbano capitalista, bem como sendo reflexo social e porque a sociedade tem dinâmica própria, o espaço urbano é também mutável, dispondo de uma mutabilidade que é completa, com ritmos e natureza diferenciados. (CORRÊA, 2002, p. 8).

A segregação urbana denuncia que, como debate Castells (1983, p. 210), "a distribuição das residências no espaço produz sua diferenciação social e especifica a paisagem urbana, pois as características das moradias e de sua população estão na base do tipo e do nível das instalações e das funções que se ligam a elas". E para Milton Santos (1979) a cidade torna-se criadora de pobreza não apenas pelo seu lado socioeconômico, mas também por sua estrutura física, que transforma os habitantes da periferia em indivíduos ainda mais pobres.

Teresina está localizada no centro-norte do estado do Piauí. Situa-se "num recanto agreste da chapada do corisco, assim conhecida pela frequência de quedas de faíscas elétricas em seu circuito" (CHAVES, 1993, p. 30). A cidade foi idealizada pelo conselheiro José Antônio Saraiva, que, navegando os rios Poti e Parnaíba, percebera a relevância desses rios tanto para o desenvolvimento econômico da Província quanto para a sua integração regional. A cidade surge de uma visão desenvolvimentista de Saraiva. Inspiração que lhe coube pôr em prática o projeto de transformar a Vila Nova do Poti em capital do estado. Ademais, o conselheiro também almejava uma cidade "rigidamente planejada", seguindo "os padrões de planejamento europeu, geometricamente retilíneo" (NASCIMENTO, 2005).

Os "estudos urbanos" ajudaram-me a "mergulhar no 'interior' da cidade", buscando compreender os múltiplos processos espaciais, que revelaram uma história parcial dentro de um "jogo de (re)ordenamento de formas" (FAÇANHA, 1998, p. 8). Alguns pesquisadores buscaram compreender as transformações socioespaciais pelas quais passava a cidade nas décadas de 80/2000, apontando as consequências desse fenômeno para as classes populares, cujos reflexos são perceptíveis em tempos atuais. Esses estudos foram necessários para a compreensão do processo de urbanização de Teresina[9], cujas consequências respingaram nos espaços sociais em que viviam e ainda vivem atores de classe baixa e, na maioria, formada por negros.

Os atores jovens negros e pobres das periferias brasileiras, muitos deles trabalhadores, passaram a dar atenção à questão racial e a criticar o sistema social a partir do momento em que se identificaram com a música *rap*, pois, além de ter suas raízes na comunidade negra, ela narra o cotidiano dos atores sociais. O *hip hop* tornou-se um dos espaços de sociabilidade privilegiado pelos *b-boys*, *rappers*, DJ's e grafiteiros. Por meio do discurso, da fala, passaram a descrever seu cotidiano mediante letras do *rap*, como forma de denunciar e resistir às experiências de racismo, miséria, violência policial e à falta de oportunidades por causa da cor.

---

[9] As obras que utilizei na análise do fenômeno da urbanização de Teresina foram: *A evolução urbana de Teresina: agentes, processos e formas espaciais da cidade* (FAÇANHA, 1998); *A cidade sob o fogo* (NASCIMENTO, 2002); *As multifaces da pobreza – formas de vida e representações simbólicas dos pobres urbanos* (LIMA, 2003); *A bruxa má de Teresina: um estudo do estigma sobre a Vila Irmã Dulce como um "lugar violento"* (1998-2005) (EUGÊNIO SILVA, 2005).

2

GÊNESE DO *BREAKING* E DO *RAP*

> *Pacto de sangue, aí Flagrante na rima/ Avisa pros pilantra ao redor de Teresina/ pois o ódio já subiu, ultrapassou o pescoço/ Tomou conta dos neurônios e deixou seis pretos loucos/ prontos pro jogo, pra guerra, pro combate/ é hora de agir, repara o contraste/ fome no sertão, seca mata/ desnutrição, ambulância, maca/ corredor do hospital, aí depois necrotério/ caixão, quatro velas, sete palmos, cemitério...*

> *(Flagrante, Pacto de Sangue – CD Demo, 2004)*

O presente capítulo objetiva construir a linha do tempo da gênese do *hip hop*, enfatizando dois dos seus elementos – o *breaking* e o *rap*[10], embora, em minha pesquisa, o *rap* torne-se referencial central. Essa postura se justifica porque considera a letra como narrativa de experiências vividas no cotidiano de atores contemporâneos. Durante seis anos, além de sentir, ouvir e observar as realidades vividas por esses atores sociais, eu percebi também que o *rap* – além de ser um dos elementos de maior poder e valorização dentro do movimento – recupera a palavra por meio das narrativas dos *rappers*[11].

A emergência do *hip hop*, como fenômeno urbano, tem marcado diferentes contextos sociais dos centros urbanos brasileiros. Seu surgimento ocorreu mediante um estilo de vida juvenil, do som, da dança, da arte, das performances[12] e de temáticas sociopolítico-raciais. Como expressão cultural da diáspora africana, o *hip hop* encontra-se mundialmente difundido dos EUA aos países latinos e orientais, passando pela Europa e pela África. Em alguns países, inclusive, sua atuação é bastante expressiva. No Brasil, a partir da década de 80, e começando em São Paulo, o *hip hop* ganhou visibilidade, expandindo-se, posteriormente, a quase todos os estados brasileiros. Em Teresina, existe forte e atuante articulação e organização do movimento.

Mas o que é o *hip hop*?

---

[10] Etimologicamente, o termo *rap* vem do inglês e significa "*rhythm and poetry*" (ritmo e poesia).

[11] *Rappers* são aqueles que cantam ou compõem *rap*. Chamam-se também MC, mestre de cerimônia, porém, devido à ampla divulgação do *rap* e da indústria cultural, o MC passou-se a ser chamado de *rapper*, ou seja, aquele que compõe e canta a música *rap*.

[12] O termo "performance" é usado no sentido de que estamos perante uma encenação, exibição ou publicação (no sentido de tornar público), divulgação de algo: por um lado, das atitudes características do *hip hop* (que inclui roupas, joias, calçados e dança); por outro, das mensagens contidas nas letras das músicas *rap* (quer sejam cantadas ao vivo ou gravadas) (FRADIQUE, 2003). Performance significa também desempenho dos atores em cena (interpretação e apresentação).

Segundo os praticantes, existem duas formas de analisá-lo. A primeira apoia-se na noção de "cultura de rua", sobretudo enfatizada pela mídia, ou seja, enquanto "sociabilidade de rua". Nesse sentido, o *hip hop* refere-se ao lado prático de produzir bens culturais. Aqui se sobressai a atuação artística por meio das performances da dança, do grafite, da música *rap* e da discotecagem. Costuma-se chamar essa prática de "cultura *hip hop*", destacando a estética e a performance.

A segunda forma de interpretação teoriza o *hip hop* segundo a categoria de "movimento social". Nessa visão, política e ideologicamente, os seus integrantes criam espaços de articulação, organização e participação tanto na luta contra as desigualdades e injustiças sociais quanto no combate ao racismo brasileiro. Ele ganha status de "movimento" porque seus integrantes têm uma clara consciência – "atitude" – de que são sujeitos de direitos civis, sociais e políticos no processo de construção de uma cidadania ativa e de uma identidade étnica.

Presumivelmente, em meados de 1968, surge o *hip hop* por influência de um dos grandes organizadores do movimento, Afrika Bambaataa. Esse americano teria se inspirado em dois movimentos cíclicos da sua época que se originaram nos guetos americanos, enquanto expressão de um estilo de dança popular. Daí o significado dos termos "saltar" (*hop*) balançando os "quadris" (*hip*). Conhecido como "cultura de rua", o *hip hop* configura-se a partir dos seguintes elementos artísticos: *breaking* (dança), *grafite* (arte plástica), *rap* (música) e DJ (*disc jockey*).

Assumindo uma postura antropológica, evitando cair na fragmentação da "cultura" – "cultura dos idosos", "cultura dos jovens", "cultura das mulheres" etc. – utilizo a noção de "movimento" tal como está argumentado acima, pois tal interpretação encontra-se calcada num víeis sociopolítico-cultural, pois se compreende o *hip hop* como espaço de articulação e participação na luta contra as desigualdades, as injustiças sociais e a discriminação racial.

E o *rap* – como um dos elementos de maior poder e valorização dentro do *hip hop* – apresenta-se como uma forma de narrativa contemporânea construída por atores sociais, em sua maioria negros e de classe baixa advindos das periferias das metrópoles e cidade de grande porte, como Teresina. Um estilo musical que, tendo como matriz a música africana da diáspora, ganha significado porque nele encontram-se especificidades que auxiliam os praticantes a, além de dar sentido às suas vidas, construir também identidades étnicas.

Tecnicamente, o *rap* é uma música "falada" e acompanhada, geralmente, por bateria eletrônica, sintetizadores, *samplers*, *scratches*, *mixer*, controlados por um DJ e interpretados por um MC. Segundo alguns críticos, a composição do *rap* não é considerada original, porque é uma música estruturada a partir da seleção e combinação de partes de faixas já gravadas, resultando, assim, na produção de uma "nova" música.

O conceito de "nova" ocorre no sentido em que os DJ's e *rappers*, ao ressignificarem as músicas, criam um lugar de originalidade, porquanto acabam se diferenciando das músicas nas quais buscaram referências, tornado do *rap* algo que não se assemelha a outros estilos, como o samba ou o *soul* (AZEVEDO, 2000, p. 154). Com efeito, o *rap* é um ritmo que está permanentemente sendo retrabalhado, atuando de forma criativa e inovadora. Como música polirrítmica, estrutura-se a partir das constantes colagens (*samplers*). Dessa forma, os *rappers* travam diálogo com outros estilos musicais e deles retiram fragmentos que têm importância para a configuração de uma nova música.

Historicamente, os contextos jamaicano e americano são vistos como os centros territoriais emergentes do *rap*. Na Jamaica – ou *Xaymaca*, "terra das primaveras" –, sob o chão da música africana, desabrocharam, implicitamente, os brotos do *rap*, pois, no princípio, eram dois: um *deejay* (mestre de cerimônia) e um *selector*. O *deejay* – inspirado nos *disc jockeys* (DJs) americanos, da década de 50 – animava as festas de rua; enquanto o *selector*, um técnico, tinha a incumbência simplesmente de colocar um vinil e tirar outro da *pick-up*. Ambos, em uma "caminhonete coberta de caixas de som e amplificadores" (ALBUQUERQUE, 1997, p. 47), chamados *sound-systems*, faziam chegar à periferia de Kingston a música, para animar a juventude negra e pobre.

O primeiro *sound-system* foi criação do jamaicano Sir Coxsone Dodd, que, regressando dos Estados Unidos, trazia consigo "um par de alto-falantes, uma boa *pick-up* e algumas dezenas de discos" (ALBUQUERQUE, 1997, p. 48, grifo do autor). Dodd democratizou a música para as massas e, ao mesmo tempo, tornou-se um dos maiores produtores e empreendedores do mercado fonográfico jamaicano. As músicas produzidas em seu estúdio eram levadas ao ar tanto pelas rádios quanto pelo seu famoso e concorrente *sound-system* – o *downbeat*. No começo, o estilo musical mais tocado foi o *rhythm and blues*, dada a influência dessa música americana na Jamaica. Mas sua hegemonia não durou muito em razão do surgimento dos estilos *ska*[13] e *rock-steady*[14], que passaram a dominar as baladas jamaicanas.

Essas festas eram agitadas por dois componentes: os *selectors* e os *speakers* (numa tradução livre, os "faladores"). Os *speakers*, ou *deejays*, eram "verdadeiros repórteres musicais do dia-a-dia" (ALBUQUERQUE, 1997, p. 91).

---

[13] *Ska* é um nome tirado de uma dança de rua, é uma fusão entre os estilos musicais *mento* (*calipso*) e o *rhythm and blues* americano, cujo surgimento deu-se na Jamaica, na década de 60, tendo como seu maior intérprete o grupo musical Skatalites com: Tommy MC Coock, Roland Alphonso, Lester Starling, Johnny Moore, Leonard Dillon, Jackie Miltoo, Lloyd, Knibs, Lloyd Brevette, Jah Jerry e Drummond (ALBUQUERQUE, 1997).

[14] No *rock-steady* encontram-se elementos do *soul-music*, *burru drums*, surgido no início dos anos 60 (ALBUQUERQUE, 1997).

Para Albuquerque,

> Os primeiros *deejays* nada mais eram do que animadores de festas. Era essa a sua função e para isso eles eram contratados pelos senhores das ruas, os donos dos *sound-systems*. Inspirados nos DJs americanos dos anos 50, seus primos jamaicanos tinham as músicas da programação na ponta da língua. Só que o trabalho não era em um estúdio, gélico e solitário. Os *deejays* da ilha trabalhavam ao ar livre, ao vivo e em cores. Sem espaço para tropeços e gaguejadas. (ALBUQUERQUE, 1997, p. 91, grifo do autor).

Consequentemente, dos estilos musicais *ska* e *rock-steady* surgiram as pancadas pesadas do emergente *reggae*[15]. No dizer de Albuquerque, "seu berçário, o *sound-system*. Os caminhões e seus enormes *speakers* eram um meio. E o *reggae* queria ser a mensagem" (ALBUQUERQUE, 1997, p. 51, grifo do autor). Os *sound-systems* foram fundamentais para a expansão da música na ilha do rei do *reggae*, Bob Marley. Porém no final da década de 80, com a chegada dos estilos *dub* e *dancehall* (vertente digital e acelerada do reggae), os *deejays* – por meio dos *sound-systems*, objetivando disputar o mercado e a fama – revolucionaram ainda mais as baladas jamaicanas. O DJ King Tubby teve a intuição de prolongar o tempo de vida de uma música, gravando, no lado "B" de um compacto, as "versões" musicais, ou "bases instrumentais", sem voz, sobre as quais os *deejays* mandam suas próprias mensagens e rimas. O lado democrático disso foi que o público também "aproveitava as bases das suas músicas preferidas para fazer uma espécie de karaokê ao vivo" (ALBUQUERQUE, 1997, p. 93).

Agora as baladas pegavam fogo. O *deejay* – senhor do microfone e distante dos donos dos *sound-systems* que estavam nos estúdios produzindo músicas – passou a improvisar suas rimas; enquanto o *selector* "bombardeava a versão com efeitos especiais, reduzia ou acelerava a rotação dos discos, aproveitava o máximo do estéreo, escondendo o som da bateria e reforçando as frequências graves" (ALBUQUERQUE, 1997, p. 93). Portanto, o mestre de cerimônia (*deejay*) encontrava o mestre dos efeitos especiais (*selector*).

Ainda segundo Albuquerque,

> Ao *deejay*, solto das armas da programação dos *sound-systems*, restava o improviso. Como pregador profano, ele se dirigia ao seu rebanho para falar de tudo e de todos. Seu tema preferido: sexo. Mulheres esculturais, aventuras (ou desventuras) amorosas, tudo que envolvesse as quatro letras servia de bateria para a tagarelice sacana e bem-humorada dos *deejays*. (ALBUQUERQUE, 1997, p. 93, grifo do autor).

---

[15] O *reggae* é um estilo de música que surgiu da influência das canções populares jamaicanas, sobretudo o *mento*, que teve uma batida do *proto-reggae*. Mas na década de 70 o grupo Wailers, formado por Bob Marley (Robert Nesta Marley, 1945-1981), Peter Tosh e Bunny Livingston, gravou o primeiro disco *Catch a fire*, que deu notabilidade à música *reggae* não só na Jamaica como também no cenário mundial. Mas na "terra das primaveras" não podemos nos esquecer de outros famosos ídolos do *reggae*, tais como: Jimmy Cliff, Dennis Brown, entre outros.

O autor traz a informação segundo a qual o *deejay* tinha a função de improvisar suas rimas; depois, destaca as temáticas preferidas pelos *deejays*. Porém eles improvisavam também rimas relacionadas à violência policial, à dura vida dos guetos, às delícias da *cannabis* e à autopromoção social. Com o tempo, surgiam o *dub* e o *talk-over* – mais tarde os *toasts* e, posteriormente, os *raggas*. Os *toasts* tinham a função de criar rimas por cima (*talk-over*) das versões, para animar a juventude da periferia de Kingston, como demonstrado acima. Dentre alguns *toasts* – Dennis Alcapone, I-Roy, Dillinger, Trinity – se destacaram o operário U-Roy, que veio a ser considerado o rei das ruas, e o taxista Big Youth (Manley Augustus Buchanan) (ALBUQUERQUE, 1997, p. 94).

Dessa inspiração e experiência de rua, brotaram dois dos emergentes elementos do *hip hop*, o DJ e o MC, tais como se conhecem hoje. Porque os termos *speakers*, *deejays*, *toasts*, *raggas* – imputados aos jovens jamaicanos – foram, no contexto sociocultural americano, ressignificados quando surgiu a música *rap*, passando a MC ou *rapper*. Depois, é interessante saber que o *selector* passou, artisticamente, a interferir "no trabalho de DJ, fazendo sua própria escolha musical e criando diversos efeitos sonoros" (ALBUQUERQUE, 1997, p. 47). Porém, nos EUA, com o surgimento do *rap*, o *selector* passou a chamar-se propriamente de DJ. Houve, nesse caso, uma inversão: o que era *deejay* passou a se chamar MC (*rapper*), e o que se chamava *selector* recebeu o nome de DJ.

Como as pessoas desterritorializadas de seus países de origem levam consigo valores, padrões culturais, crenças, estilos de vida, assim aconteceu com o DJ jamaicano Kool Herc, que, migrando para os Estados Unidos, levou consigo as práticas técnicas e artísticas dos *sound-systems* jamaicanos. Nesse novo contexto, ele iria inovar o uso das técnicas desses sistemas, apropriando-se de vários outros elementos musicais já existentes no universo artístico americano, fazendo surgir a música *rap*.

Devido à perseguição política em seu país, Kool Herc, no final da década de 1960, migrou para Nova York, onde foi morar no South Bronx. A partir de então, o DJ jamaicano passou a abalar a juventude afro-americana e hispânica com baladas realizadas nas "block parties" (festas de quarteirões ao ar livre) ou "house parties" (festas nas casas dos amigos) no Bronx.

As habilidades de um DJ já eram, evidentemente, conhecidas desde a década de 50, sobretudo por meio de dois dos grandes expoentes da arte de manipular toca-discos: Jonh Cage (1930) e Pierre Schaeffer (1940). A este último DJ coube a habilidade de tocar vários toca-discos ao mesmo tempo, criando um novo ambiente sonoro. Para o Movimento *Hip Hop*, a inovação chega com o DJ Kool Herc, quando reinventou e revolucionou a manipulação dos toca-discos. Ele, percebendo que os jovens nova-iorquinos não apreciavam muito o *reggae* nem seriam influenciados pelas rimas que estavam sendo feitas sobre as "bases" instrumentais desta música, até por serem de curta duração as improvisações, procurou adaptar seu estilo à nova realidade, apropriando-se dos *bets funk*, do *soul* e do *jazz*. Ou seja, criativamente, uniu duas plataformas de toca-discos e um *mixer*, ao centro, podendo, ininterruptamente, tocar duas canções, prolongando as mensagens e rimas dos jovens. Experiência não muito diferente da de King Tubby na Jamaica, quando prolongou o tempo de vida de uma música. Porém a diferença está no uso de duas *pick-ups* e um *mixer*, nos quais podia fazer efeitos sonoros. Hoje, ele é considerado o DJ pioneiro do Movimento *Hip Hop*.

Por meio desses aparelhos tecnológicos, o DJ Kool Herc não apenas tocava música como manipulava e criava novos sons. O passo seguinte foi democratizar o conteúdo musical com os jovens da comunidade. Assim, Kool Herc passou a oferecer o microfone aos seus amigos Coke La Rock e Clark Kent, para que improvisassem mensagens de ordem nos bailes, acompanhando o ritmo da música. Com frases curtas, eles chamavam a atenção da turma, dizendo: "Ya rock and ya don't stop! Rock on my mellow! To the beat y'all![16] Com essas improvisações espontâneas, "tagarelices", introduziam as experiências que já haviam sido iniciadas pelos *deejays*, *speakers*, *toasts*, *raggas* jamaicanos. Foi nos EUA, contudo, que surgiram propriamente o *rap* e seus primeiros intérpretes, os quais foram chamados de MC's e, posteriormente, de *rappers*. Este novo estilo originava-se das colagens de músicas já existentes como *blues*, *jazz*, *soul* ou *funk*. Neste contexto, formou-se também o primeiro "grupo" de *rap* americano com: *Kool Herc and the Herculoids*[17].

O processo continuou. Graças à criatividade e às habilidades dos *disc jockeys* (DJ's) de manipulação das *pick-ups*, o *rap* foi tornando-se complexo à medida que novos arranjos sonoros foram se misturando e se consolidando na arte da discotecagem. Assim, em 1977, o DJ Grand Wizard Theodore, intuitivamente, foi surpreendido com o fenômeno ocorrido. Depois, ele narrou: "Estava ensaiando no meu quarto, quando mãe veio me chamar. Segurei o disco para poder ouvi-la; ao fazer aquilo, percebi um som diferente no fone. Então, comecei a praticar em diferentes pontos do disco, procurando o melhor efeito"[18].

Do acaso surgia o *scratch*[19]. Posteriormente à descoberta dos efeitos sonoros dos arranhões no vinil, a música *rap* ganharia grandes inovações por meio dos DJ's que estavam sempre recriando formas de se fazer *scratch*. De

---

[16] Numa tradução livre ("Ya, abala e ya não pára! Abala no meu som! Para a batida ya total!").

[17] Disponível em: <http://www.realhiphop.com.br/institucional/historia.htm>. Acesso em: 20 abr. 2006.

[18] Idem.

[19] O *scratch* – do inglês, arranhão – é um movimento anti-horário que produz efeitos sonoros pelo atrito entre a agulha do toca-discos (*pick-up*) e o próprio disco. Então, *scratch* é o movimento que consiste em girar o vinil para frente e para trás com a ponta dos dedos em velocidades variadas.

forma que hoje há uma diversidade de *scratches*, sendo os mais conhecidos: *crab*, *scribble*, *baby scratch*, *tear*, *chop*, *transform*, *the orbit*, entre outros[20]. Mas o pai do famoso *scratch* é Grand Master Flash[21,] que criou o *back to back*, ou seja, a repetição de uma mesma frase em dois toca-discos, simultaneamente. Hoje, diz-se que os três elementos básicos para uma excelente performance de um DJ são: o *scratch mixing* ("cut"), o *punch phrasing* e o *scratching simples*.

A desterritorialização (APPADURAI, 1999, p. 318; SANTOS, 2002) do *rap* americano deu-se por meio das redes transnacionais, cruzando fronteiras, quer por meio de transportes e tecnologias, quer de intercomunicações por telefone, internet, fax, fanzines, cartas ou mesmo por encontros formais e informais, reuniões, festivais e shows. Tais redes são partilhadas e, potencialmente, absorvidas por outros tantos jovens em escala universal. Com esse deslocamento, o *rap*, sem perder as características originais, ganha especificidade da cultura na qual é absorvido. Aqui, há a tendência para a opacidade entre o global e o local (HANNERZ, 1997, 1999).

Segundo Manuel Castells,

> Rede é um conjunto de nós interconectados. Nó é o ponto no qual uma curva se entrecorta [...] Redes são estruturas abertas capazes de expandir de forma ilimitada, integrando novos nós desde que consigam comunicar-se dentro de rede, ou seja, desde que compartilhem os mesmos códigos de comunicação [...] Uma estrutura social com base em redes é um sistema aberto altamente dinâmico suscetível de inovação sem ameaças ao seu equilíbrio. (CASTELLS, 1999, p. 498).

A globalização econômica, segundo Castells, organiza-se "em torno de redes globais de capital, gerenciamento e informação cujo acesso a *know-how* tecnológico é importantíssimo para a produtividade e competitividade". Com isso, a "acumulação de capital prossegue e sua realização de valor é cada vez mais gerada nos mercados financeiros globais estabelecidos pelas redes de informação no espaço intemporal de fluxos financeiros" (CASTELLS, 1999, p. 499, grifo do autor).

No Brasil, na segunda metade dos anos 80, assiste-se à emergência dos primeiros grupos de *rap* nacional, cujas temáticas retratavam (e ainda retratam) a realidade social dos jovens negros e pobres da periferia das médias e grandes cidades. Com efeito, isso demonstrava um novo cenário de configuração de novos movimentos socioculturais juvenis.

Esse contexto histórico ocorre devido às influências dos videoclipes de Michael Jackson exibidos na tevê e empurrados pelos filmes *Beat street* (em

---

[20] Disponível em: <http://www.realhiphop.com.br/institucional/historia.htm>. Acesso em: 20 abr. 2006.

[21] Grand Master Flash, um dos grandes amigos de Kool Herc, criou o *scratch back to back*.

vídeo, *A loucura do ritmo*, de 1984), *Breakdance, Rock steady crew, Flashdance, New York City breakers*, que explodiram no centro e na periferia de São Paulo. O grupo que mais influenciou os jovens foi o Public Enemy, de Nova York, que enfatiza temática da discriminação e da violência racial. Com a influência e internacionalização da *black music*, surge, inicialmente, o primeiro grupo de dança, Funk & Cia, liderado pelo dançarino Nelson Triunfo, na rua 24 de Maio; depois, surgiram as posses Back Spin, Street Marriors, Crazy Crew, Hausa e Zulu Nation; finalmente, emergiram os primeiros grupos de *rap* nacional: Thaíde e DJ Hum, Racionais MC's, MC Jack, Código 13, Credo, e DMN (4P), os quais traziam em suas letras musicais um perfil contestador e denunciante da realidade social na qual vive a população negra da periferia de São Paulo. Os primeiros LPs com *rap* nacionais foram *Hip Hop cultura de rua* (1988) e *O som das ruas* (1989).

A "posse" é concebida como um espaço sociocultural em que os praticantes do Movimento *Hip Hop* se encontram para, com "atitude consciente", discutir os problemas da "quebrada", denunciar as formas de opressão, de racismo, violência policial, conflito familiar, descaso das autoridades. Além disso, deliberam as atividades culturais da posse e fazem suas performances por meio dos quatro elementos. Portanto, ela se caracteriza por um espaço democrático de tomada de decisões e de solidariedade entre os manos e minas da quebrada.

Em Teresina, em meados dos anos 80, os primeiros dançarinos de *breaking* tiveram como referenciais os filmes *Style wars* (1983), *Wild style* (1983), *Beat street* (1984), *Breakin* (1984), *Rappin* (1985), *Krush groove* (1985), *Break dance*; a novela da TV Rede Globo *Partido alto* (1984), cuja abertura era feita com alguns dançarinos do grupo de dança Funk & Cia, de Nelson Triunfo; e o clipe de "Thriller", de Michael Jackson. Os espaços sociais foram os clubes, as escolas particulares e públicas, as ruas e praças, onde os pioneiros *b-boys*, embalados pelo *beat* do *rap*, iniciaram suas primeiras performances para o público jovem teresinense.

No início da década de 1990, com o *boom* da música *rap*, surgiram os primeiros grupos *rappers* da cidade. Os referenciais americanos foram os clipes de "Rund MDC", do MC Hammer, trilha sonora do filme *Collors* (1992), fitas com *rappers* Cus blue e MDC Jack. Do *rap* nacional, beberam das batidas de Thaíde e DJ Hum, Racionais MC's e DMN (4P). Foram influenciados também pelos programas televisivos que exibiam campeonatos com jovens *breakers* e *rappers*, como o programa do Serginho Café, na TV Bandeirantes. Porém um referencial regional foi o *rapper* maranhense Lamartine, que, em 1992, tornou-se o primeiro a cantar *rap* para a juventude *hip hopper* teresinense. Os vinis, que eram solicitados em São Paulo ou Brasília, não o foram mais, dados os altos custos de transporte e correio.

O *hip hop*, originando-se nos interstícios da sociedade teresinense, paulatinamente ganhou visibilidade social, devido à resistência dos grupos que negociaram os lugares públicos antes frequentados apenas por sujeitos da cultura dominante, como clubes, praças, escolas públicas e particulares, além da mídia. Latentes a essas relações sociais, encontravam-se "trocas" que se manifestavam muito mais pelo "capital simbólico" do que pelo "capital material" (BOURDIEU, 2002). Mesmo diante da escassez de instrumentos técnico-eletrônicos, tomaram as ruas e praças como lugares para as performances do *breaking* e, posteriormente, do *rap*.

As ciências sociais, nos últimos anos, voltando-se consideravelmente para uma melhor análise da emergência do *rap* e do Movimento *Hip Hop*, têm contribuído significativamente com a produção acadêmica de conhecimento sobre o fenômeno urbano juvenil e seus impactos e implicações sociopolítico-raciais. Rose (1997) apresenta a discussão sobre o *hip hop* a partir do contexto "pós-industrial", nos EUA, analisando as questões sociorraciais que envolvem jovens negros e hispânicos norte-americanos. A autora, então, destaca tais questões e chama a atenção para os seguintes fatores:

> Com poucos bens econômicos disponíveis e abundantes recursos estéticos e culturais, a juventude da diáspora africana designou as ruas como o local para a competição e estilo, como um acontecimento de prestígio e recompensa. No contexto pós-industrial, de habitações de baixa renda, de emprego pífio para os jovens, de brutalidade policial em ascensão e de crescentes descrições demoníacas da juventude das cidades do interior, o estilo do hip-hop é uma "restauração negra" do urbano. (ROSE, 1997, p. 212).

Considerando-se tal processo, os elementos que estruturam o movimento – *breaking*, DJ, grafite e *rap* – surgem como arranjos sociais, ou seja, como formas sociais urbanas de integração e sociabilidade juvenil. Esses elementos tornam-se *locus* de formação de identidades ou, como afirma Rose, "fonte de formação de uma identidade alternativa e *status* social para os jovens numa comunidade, cujas antigas instituições locais de apoio foram destruídas, bem como outros setores importantes" (ROSE, 1997, p. 202).

A gênese do *hip hop* dá-se a partir da formação de uma identidade alternativa e status social, pois o Estado, para Rose, sem políticas e serviços sociais para as populações de baixa renda, havia transferido tais responsabilidades para os serviços das corporações. E uma destas foi o setor imobiliário que passou a adquirir e investir em velhos imóveis para transformá-los em condomínios luxuosos, "deixando aos moradores da classe operária uma pequena área residencial, um mercado de trabalho reduzido, e serviços socais igualmente limitados" (ROSE, 1997, p. 196).

Diante desse descaso governamental, surgiram, no Bronx, identidades alternativas locais, "forjadas a partir de modas e linguagens, de nome e ruas e, mais importante: do estabelecimento de grupos e turmas de bairro" (ROSE, 1997, p. 202). Ali surgiu o *hip hop* como um estilo estético e artístico que iria aglutinar e revolucionar jovens negros e pobres dos guetos nova-iorquinos. Por isso, segundo Rose (1997, p. 202, grifo da autora),

> A identidade do hip-hop está profundamente arraigada à experiência local e específica e ao apego a um *status* em um grupo local ou família alternativa. Estes grupos formam um novo tipo de família, forjada a partir de um vínculo intercultural que, a exemplo das formações de gangues, promovem isolamento e segurança em um ambiente complexo e inflexível. E, de fato, contribuem para as construções das redes da comunidade que servem de base para os novos movimentos sociais.

O sociólogo Shusterman (1998, p. 154) analisa o *rap* segundo a perspectiva de arte contemporânea, pois os *rappers* conseguem unir arte e vida em suas práticas musicais. Para o autor, como experiência, a arte é parte da vida humana, uma forma especialmente expressiva de sua realidade, e não simples imitação fictícia dela. Ele admite que o *rap* tenha nascido "da tecnologia comercial da mídia: discos e toca-discos, amplificadores e aparelhos de mixagem", entretanto isso se justifica, segundo ele, porque

> Seu caráter tecnológico permite que seus artistas criem uma música que não poderiam produzir de outra forma, seja porque não poderiam arcar com os custos dos instrumentos necessários, seja porque não teriam a formação musical para tocá-los. A tecnologia faz dos DJs verdadeiros artistas, e não consumidores ou simples técnicos. (SHUSTERMAN, 1998, p. 154).

A identidade do *rap* americano, para Shusterman, encontra-se enraizada no "gueto negro urbano", onde jovens negros e brancos trabalhadores sentiam, além dos conflitos raciais, uma realidade de exclusão social. Isso se percebe por meio da história de vida dos jovens operários e pioneiros do *rap* americano – Red Alert, Kool Herc, Grand Master Flash e Crazy Legs. Todos esses artistas, como relata Rose,

> Tinham poucos recursos e se encontravam numa circunstância econômica marginal, mas cada um deles encontrou uma forma de conquistar a fama, como animadores culturais, ao se apropriarem de uma das mais avançadas tecnologias e forma cultural emergente. Os artistas do hip-hop usaram os instrumentos obsoletos da indústria tecnológica para atraves-

sar os cruzamentos contemporâneos de perda e desejo nas comunidades urbanas da diáspora africana. (ROSE, 1997, p. 204).

O *rap* surge nos interstícios da sociedade contemporânea americana, em lugares sociais indesejáveis pela classe dominante, marcadamente integrado por jovens negros, hispânicos ou, economicamente, destituídos de condições objetivas para satisfazer suas necessidades de bens de consumo e culturais. Porém, criativamente, apropriando-se do que era obsoleto para a indústria tecnológica, deram novos traços estilísticos à música e conquistaram os espaços culturais juvenis.

No Brasil, estudos a partir das ciências sociais, sobretudo na década 1990, Costa (1993), Sposito (1994), Abramo (1994), Andrade (1999), Pimentel (1997), Silva (1998), Pimenta (1998), Diógenes (1998), Tella (2000), Herschmann (1997, 2000), Azevedo (2000), Dayrell (2002), Lindolfo Filho (2002), Vianna (2003), Zaluar (2003) e muitos outros iniciaram discussões sobre novas formais socioculturais e grupos musicais juvenis nos processos de socialização vivenciados, especificamente, por jovens pobres da periferia. Esses primeiros estudos analisam as *tribos urbanas* como novas formas e referenciais de sociabilidade juvenis. Destacando-se o *rap* e o *hip hop* existem, além dos autores supracitados, algumas pesquisas de pós-graduandos das universidades USP e PUC de São Paulo. Trabalho relevante foi realizado por Andrade (1999) quando reuniu vários estudos de pesquisadores e profissionais da educação no livro *Rap e educação, rap* é educação.

Muitos desses autores tematizam a trajetória histórica do Movimento *Hip Hop* no Brasil, tomando como matriz a cidade de São Paulo (ROCHA; DOMENICH; CASSEANO, 2001; HERSCHMANN 1997; 2000; AZEVEDO, 2000; LINDOLFO FILHO, 2002; VIANNA, 2003). Alguns enfatizam a questão educativa, isto é, analisam a importância do *rap* na sala de aula (ANDRADE, 1999); há ainda quem trabalhe as manifestações da "juventude e violência" (PIMENTA, 1998; DIÓGENES, 1998; ZALUAR, 2003); ou então aqueles que o analisam enquanto espaço de sociabilidade social juvenil (SPOSITO, 1994; DAYRELL, 2002).

Herschmann (2000, p. 18), comparando os "discursos e representações" tanto do *funk* quanto do *hip hop* (1990-1997), traz "à discussão alguns aspectos da lógica interna que rege a ação dos agentes sociais a eles relacionados". O autor analisa que o processo de estabilidade do *funk*, no Rio de Janeiro, e do *hip hop*, em São Paulo, como fenômenos urbanos juvenis dos anos 90, aconteceu, por um lado, à margem e, por outro, nos interstícios da indústria cultural. Segundo Herschmann, "ambos, enquanto experiências participativas bastante presentes em importantes cidades brasileiras (como Rio de Janeiro e São Paulo), trouxeram implicações sociopolíticas relevantes e têm motivado um intenso debate na mídia e na sociedade brasileira" (HERSCHMANN, 2000, p. 187).

Dayrell (2002, p. 127), investigando o *rap* na cidade de Belo Horizonte, afirma que a experiência dos jovens nos grupos musicais revela múltiplos significados, interferindo diretamente na forma como se constroem e são construídos como sujeitos sociais e como elaboram determinadas identidades individuais e coletivas. Além dessas identidades, acrescentei também a identidade étnica.

Para Maffesoli (2002, p. 107), "ao contrário da estabilidade do tribalismo clássico, o neotribalismo é caracterizado pela fluidez, pelos ajuntamentos pontuais e pela dispersão". As *tribos* criam sentimentos afetivos e festivos de pertencimento. É o "estar-junto" que, compartilhando os mesmos sentimentos, dá sentido ao grupo. Aqui, considero como *tribos* contemporâneas os grupos juvenis do *hip hop – rappers*, grafiteiros, *breakers* e DJ's – que surgem das classes populares trabalhadoras, compostos por jovens das periferias e, em grande parte, negros.

Segundo Bernardo,

> O Hip hop parece ser uma experiência participativa que atingiu várias dimensões. Mais precisamente tem implicações sociopolítico-culturais. Tem-se aqui a eficácia do manejo político competente dos símbolos culturais que penetra na periferia, especialmente no eixo São Paulo/Rio, trazendo novos impulsos aos movimentos populares e denunciando as violências nas suas múltiplas formas, especialmente a do racismo, das desigualdades sociais, do autoritarismo. (BERNARDO, 2003, p. 168).

Esses teóricos deram-me aportes para análise do Movimento *Hip Hop* de Teresina, tomando o *rap* como espaço não só de sociabilidade juvenil como também de construção das identidades étnicas. Esse enfoque eu considero uma contribuição aos estudos das ciências sociais.

Em Teresina, Leandro Souza[22] abordou o tema *Traficando informações – do Bronx ao Piauí: itinerários do Movimento Hip Hop* (2002), no qual procurou resgatar e dar visibilidade ao processo histórico pelo qual passou o movimento nesta cidade. Contudo, percebendo algumas lacunas nos estudos do historiador Leandro, sobretudo a ausência de um olhar socioantropológico (relatos da história de vida dos jovens *rappers* com maior profundidade, elementos de uma matriz étnica africana, o *rap* enquanto um dos elementos importantes na construção de identidades étnicas dos jovens negros e pobres da periferia de Teresina), fui a campo não só para analisar os lugares de sociabilidade juvenil

---

[22] Leandro Souza da Silva é integrante do grupo de *rap* Mandacaru, faz parte do Movimento Pela Paz na Periferia (MP3) e em seu trabalho monográfico de conclusão do curso de História (2002), pela Universidade Federal do Piauí, explorou o aspecto sócio-histórico do movimento em Teresina.

em que se encontravam a semente do *hip hop*, nas décadas 1980/2000, como para ouvir dos atores do movimento suas histórias e elaborar um conhecimento que, preenchendo tais lacunas, permitisse-me uma maior compreensão desse fenômeno na realidade teresinense.

O pesquisador Tella mostra que, no Brasil, a população negra escrava produziu uma cultura de resistência porque os escravos utilizaram o ritmo como meio de resistência ao poder dominante. Embora não tivessem trazido consigo instrumentos musicais, os escravos, para manterem os laços socioculturais e ancestrais, buscaram preservar os elementos de suas culturas, reinventando formas com as quais pudessem manifestar seus sentimentos de pertença. E a expressão musical teve um papel fundamental, pois foi por meio da música que os negros africanos, na diáspora, ressignificaram seus mitos, suas regras e tradições. Para o autor, "as manifestações musicais também foram sempre ligadas com os rituais religiosos do candomblé, servindo como núcleo de inspiração" (TELLA, 2000, p. 31).

Nesse contexto de restauração da cultura negra urbana, o *rap* recupera essa "tradição cultural de resistência, protagonizada pelos descendentes africanos" (TELLA, 200, p. 19). Essa tradição produziu ritmos que representavam as lutas e amarguras do povo negro, preservando e reinventando, assim, elementos das culturas que tiveram como centros territoriais, a África. Por exemplo, encontram-se componentes que foram importantes para a construção da música afro-americana como: *work songs* (canções de trabalho), *gospel* (cantos religiosos), *blues*, *jazz*, *swung*, *soul music*, *funk* e *rap*.

O movimento da diáspora africana deve ser entendido como "fluxos" e "trocas" entre os africanos do passado que vieram para o Brasil, os que chegaram às Antilhas e aos EUA. Nesse movimento, os africanos reinventaram e ressignificaram as identidades socioculturais de suas comunidades de origens. Por isso, segundo Bernardo (2003, p. 37), "a diáspora significa necessidade de trânsito em várias direções, de transposições de fronteiras, especialmente das fronteiras de inúmeros grupos étnicos africanos que chegaram ao Brasil". Para Fradique (2003, p. 62), a "experiência diaspórica" dos africanos se constitui em uma estrutura otimizadora das experiências de "transnacionalidade e resistência".

A música *rap* tem raízes na cultura da diáspora que se encontra tanto na Jamaica como nos EUA e no Brasil. E isso se explica pela própria natureza desse estilo musical. Os DJ's, ao "samplearem" um *rap* com vários outros estilos da música negra, estão, de certa forma, apropriando-se de elementos culturais das comunidades de origens africanas. Dessa forma, em uma letra de *rap* encontram-se congelamentos, fluxos e rupturas sucessivas. Tais características não fogem aos estilos de músicas existentes na cultura africana.

Calado, analisando *O jazz como espetáculo* (1990, p. 67), identificou que um dos elementos importantes que nos leva não só a compreender a música africana como também a distingui-la da música europeia é a sua "natureza". O autor explica em que consiste essa natureza, pois contraria o conceito ocidental de "obra de arte" – um artefato desvinculado da vida cotidiana, circunscrito ao mundo da estética. A música africana é "puramente funcional, isto é, ela se presta fundamentalmente a determinados propósitos sociais e religiosos" (CALADO, 1990, p. 68).

A diferença entre esses dois estilos musicais está, basicamente, na sua funcionalidade, visto que, enquanto a música ocidental desvincula a vida da arte, estando presa ao mundo da estética, a música africana, pelo contrário, está vinculada à vida, ao cotidiano da tribo. De forma que o aspecto funcional da música na cultura africana encontra-se presente na diversidade de canções que são utilizadas por grupos de uma tribo para influenciar outros grupos, ou mesmo deuses. Portanto, inexiste separação entre música e arte, entre o público e o artista, entre a música e a linguagem.

A música na cultura africana, além de ser uma expressão comunitária e instrumento de articulação social, faz parte também da tradição oral, enquanto linguagem que comunica o tempo e o espaço da vida social. Esses dois aspectos são importantes para os estudos sócio-históricos da música africana no contexto tanto norte-americano quanto brasileiro, pois tal concepção ajuda-nos a compreender a funcionalidade que a música teve na diáspora (ROSE, 1997) durante a escravidão, desde as cerimônias religiosas nos engenhos brasileiros e nos campos de trabalho americano até chegar a nossos dias. Com efeito, a música africana tornou-se um meio de resistência e canal de comunicação entre os negros na diáspora africana. Conforme Rose (1997, p. 192, grifo da autora),

> a expressão cultural da diáspora africana, o *Hip Hop* tem se esforçado para negociar a experiência da marginalização, da oportunidade brutalmente perdida e da opressão nos imperativos culturais da história, da identidade e das comunidades afro-americanas e caribenhas.

Ao discutir a música *rap*, utilizo o conceito de cultura segundo a concepção de Geertz (1989, p. 81), que a define como "teias de significados e símbolos, nos termos dos quais os indivíduos definem seu mundo, expressam seus sentimentos e fazem seus julgamentos". Essas "teias de significados" são tecidas por grupos que, amarrados a elas, dão sentido ao que são no presente. É a partir delas que os grupos veem as coisas, os outros e a si mesmos.

O objetivo do estudo foi interpretar os significados e símbolos a partir das representações que os atores fazem de seu universo, no qual teceram teias e a elas estão presos e dentro delas vivem. Representações, nesse contexto, são as manifestações simbólicas que os atores fazem do seu universo cultural, as quais, por sua vez, estão repletas de sentidos e revelam as particularidades que fazem com que o grupo se identifique como grupo, ou o jovem se identifique com a cultura afro-brasileira[23]. Minha primeira atividade foi "apreender", interpretar e apresentar o sentido que essas teias têm para os seus praticantes.

A narração supõe um esforço da memória para narrar experiências coletivas vividas no passado. Narrar é a arte de contar, e quando isso não acontece corre-se o risco de perder a história oral dos atores envolvidos. As experiências de vida do narrador transformam-se em experiência de vida para quem as ouve. Esta foi minha aventura durante o tempo da pesquisa de campo: ouvir os antigos "figurantes mudos" (DIAS, 1998) que não tinham nem voz nem quem os escutasse. Assim, a reconstrução do passado desses atores deu-se por meio das suas narrativas, recursos que os auxiliaram a abrir as janelas da memória. Segundo Bosi (1994, p. 68, grifo do autor), "a narração da própria vida é o testemunho mais eloquente dos modos que a pessoa tem de lembrar. É a *sua* memória".

Sobre o recurso à memória, esclarece Bernardo:

> O recurso à memória pode possibilitar muito mais, à medida que permite descobrir situações conflitivas, discriminações, jogos de poder entre pessoas e grupos sociais e processos como o de construção de identidades, uma vez que memória e identidade se encontram imbricadas. Isso significa que o processo de memorização possibilita reconstruir e redefinir continuamente as identidades tanto individuais quanto coletivas do grupo negro. (BERNARDO, 1998, p. 30).

Recorrendo à memória dos atores, procurei reconstruir os lugares sociais que marcaram suas vidas em relação não apenas às suas famílias e ao trabalho mas ao lazer, à violência e à organização/consolidação do Movimento *Hip Hop*. Foi uma bela viagem ao mundo desses atores, que, engatilhando suas memórias, abriram os arquivos das informações, reconstruindo, assim, o seu passado. Segundo Halbwachs,

> É sobre o espaço, sobre nosso espaço – aquele que ocupamos, por onde sempre passamos, ao qual sempre temos acesso, e que em todo o caso, nossa imaginação ou nosso pensamento é a cada momento capaz de reconstruir – que devemos voltar nossa atenção; é sobre ele que nosso pensamento deve se fixar, para que reapareça esta ou aquela categoria de lembrança. (HALBWACHS, 1990, p. 150).

---

[23] Neste trabalho, a categoria "afro-brasileiro" compreende todos aqueles(as) que, a partir de uma estratégia política, e levando em consideração os critérios do IBGE ("preto" ou "pardo"), autodenominam-se «negros» ou «pretos» brasileiros e desenvolvem bens culturais materiais ou espirituais com bases nas raízes das culturas africanas da diáspora – e as utilizam como estratégias sociopolítico-culturais para autoafirmação de sua identidade racial e de reconhecimento de sua pertença ao povo brasileiro (LINDOLFO FILHO, 2002).

Esse recorte do tempo e do espaço foi buscado a partir das *rememorações* que os atores guardam dos lugares públicos, como locais de sociabilidade e suas formas de agir, e que apontam "imagens possíveis da identidade coletiva e do conflito social na cidade" (SPOSITO, 1994, p. 162). No parecer de Barros, "as noções de tempo e espaço, estruturantes dos quadros sociais da memória, são fundamentais para a rememoração do passado na medida em que as localizações espacial e temporal das lembranças são a essência da memória" (BARROS, 2001, p. 30).

As narrativas dos *rappers* foram matérias-primas por meio das quais se percebeu um conjunto de significados, símbolos, práticas organizacionais e linguagens que foram essenciais na construção tanto da vida social quanto das identidades étnicas. Observar esse referencial étnico na música *rap* ganha relevância, pois, segundo Bernardo (2003, p. 169), nela articula-se linguagem, memória, gestos, significados corporais e desejos. Os grupos de *raps* são espaços de sociabilidade e também de construção da etnicidade (BERNARDO, 2003).

Recentemente, vários autores franceses têm retomado a discussão em torno da categoria "etnicidade", relacionando-a com estudos sobre "imigração, racismo, nacionalismo ou violência urbana" (POUTIGNAT; STREIFF-FENART, 1998). Dada a complexidade e as implicações da categoria, compreendemos "etnicidade" como uma "forma de identificação alternativa de consciência de classe" (BRASS, 1991 apud POUTIGNAT; STREIFF-FENART, 1998, p. 26). Neste caso, os integrantes dos grupos de *rap*, por serem, em grande parte, negros, encontraram no referencial racial não só uma alternativa para se autoafirmar como grupo social, mas também porque são definidos por meio de uma herança cultural comum, cuja manifestação dá-se mediante a consciente identificação com os atributos negros. Bernardo (2003, p. 17) apoia-se na ideia segundo a qual um dos elementos fundadores da etnicidade é a "memória coletiva", porque a etnicidade oscila de acordo com o "movimento da memória".

O termo identidade, aqui, não é tomado como algo fixo, fechado num conceito ontológico (HALL, 2003), senão como constructo social e cultural, até porque os símbolos e significados são partilhados pelos atores em discussão, entre eles, mas não dentro deles. Nos grupos, os atores construíram uma consciência crítica da realidade em que estavam inseridos, bem como passaram a assumir *atributos negros*, tais como: forma de se vestir, corte de cabelo, espaços afros, bailes negros, ornamentos corporais, produtos afros. Depois, o *rap* torna-se um referencial de sociabilidade urbana, pois o surgimento de grupos de *raps* está ligado à formação de tribos (bandos, estilos, subculturas, culturas). Essas tribos, ademais de se identificam com determinados "estilos musicais e modos espetaculares de aparecimento" (ABRAMO, 1994, p. 43), também dão sentido à vida dos seus praticantes.

Utilizo-me do conceito benjaminiano sobre a "atividade narrativa", quando ele a concebe como uma "prática sociopolítica" (BENJAMIN, 1987), cuja base é a experiência coletiva (*Erfarung*). A essa experiência, Benjamin contrasta a experiência moderna, entendida como "experiência vivida do choque" (*Chockerlebnis*). Essa experiência é típica da sociedade capitalista e se caracteriza pelo indivíduo solitário. Na experiência fragmentada, o homem está submetido à ditadura do "tempo homogêneo e vazio"; ou seja, ao "tempo dos relógios". E isso, consequentemente, levou ao fracasso da *Erfahrung* e o ao "fim da arte de contar" (GAGNEBIN, 1987, p. 9), isto é, ao "tempo dos calendários": tempo da experiência e da tradição. Sua utopia apontaria para a reconstrução da "experiência autêntica" (*Erlebinis*), a partir de uma "nova forma de narratividade" espontânea. Essa experiência autêntica é experiência vivida no interior das relações sociais. Ela somente pode ser narrada pelo processo de *rememoração*.

O *rap* resgatou uma nova forma de narratividade, já que seus intérpretes, por meio da *rememoração*, salvam o que fracassou na contemporaneidade: a palavra; ou seja, as formas de contar as histórias vivenciadas no grupo social. Uma vez que a *rememoração* tem o poder de 'salvar' o que fracassou, a *redenção* o de cumprir o que nos foi negado. Os *rappers*, então, resgatam aquilo que lhes fora negado: a fala. Por meio das letras das músicas, nas levadas e rimas, eles fazem a síntese entre o *narrador* e sua matéria – a vida humana. Ou seja, trabalham a matéria-prima da experiência vivida – a sua e a dos outros, transformando-a num produto sólido, útil e único (BENJAMIN, 1987, p. 221). Por isso, as experiências transmitidas pela rima são comuns tanto aos *rappers* quanto aos seus ouvintes. Existe uma memória comum que garante "a existência de uma experiência coletiva, ligada a um trabalho e a um tempo partilhados, em um mesmo universo de prática e de linguagem" (GAGNEBIN, 1987, p. 11).

3

FASES DO *BREAKING* E DO *RAP* TERESINENSES

Neste capítulo, partindo das vozes dos narradores, descrevo cinco fases pelas quais passaram os emergentes praticantes do *hip hop* no processo de articulação e organização do movimento em Teresina. Ativada a memória afetiva, os atores revelaram os espaços sociais em que se originaram a dança *breaking*[24] e, posteriormente, a música *rap*. Dentre vários outros espaços de sociabilidade, destacam-se as escolas públicas e particulares (onde aconteceram as comemorações cívicas e gincanas), os bailes do "Lazer nos Bairros" e do "Circuito Jovem", as "rodas" nas praças públicas, quadras e ruas dos bairros da periferia. Enfim, ao longo desse processo, evidenciam-se também os conflitos de ideias e de práticas em torno do projeto de construção do Movimento *Hip Hop*.

Tomando como base as narrativas, construímos a trajetória artística dos emergentes *b-boys* e *rappers*: os espaços de entretenimento e a consolidação do Movimento *Hip Hop*. A "narração da própria vida é o testemunho mais eloquente dos modos que a pessoa tem de lembrar. É a sua própria memória" (BOSI, 1987, p. 64). Relembrar o passado por meio da memória pode ser "a recuperação de algo que estava perdido, algo que existia em algum lugar, mas que não se sabia onde buscar" (SILVA, 2005, p. 48).

A rememorização tornou-se o instrumento metodológico mediante o qual os atores retornaram aos espaços sociais, como assegura Halbwachs (1990, p. 150), aqueles que ocuparam, onde sempre passaram. Ou seja, os autores voltaram sua atenção a tais espaços, pois sobre estes fixaram seus pensamentos, fazendo reaparecer "esta ou aquela categoria de lembrança". Nosso papel, como pesquisador, foi estimular a memória dos atores, para que pudessem voltar aos espaços do passado e, com as imagens do presente, recuperar as lembranças que estavam lá, mas que ninguém ainda, no entanto, havia buscado para formatá-las em texto.

---

[24] *Breaking*, *b-boying*, *rocking* são denominações dadas a um único estilo de dança que, criado na década de 1970, era praticado pelos jovens negros e hispânicos dos guetos de Nova York. Muitos se confundem e chamam essa dança de break, no entanto essa palavra significa, não a dança, mas sim a batida, o som "quebrado" da música. Os *b-boys* e as *b-girls* dançam no *break*; isto é, na batida "quebrada" das colagens rítmicas. Por isso, esses termos se generalizaram e, hoje, denominam todos(as) aqueles(as) praticantes dos estilos *breaking*, *popping* e o *locking*. Detalhe importante: os estilos *popping* e *locking* surgiram também na década de 70, porém na costa leste dos EUA (Los Angeles, São Francisco).

3.1 PRIMEIRA FASE (1980-1989) – DE ESCOLAS, PRAÇAS E CLUBES AO "LAZER NOS BAIRROS" E "CIRCUITO JOVEM": gênese de duas escolas de *b-boys*[25]

Tudo começou em meados da década de 1980, quando os pioneiros dançarinos de *breaking* tinham como fim apenas o entretenimento e a curtição do *smurf dance*, do *funk* e do *rap* americano. Eram jovens da periferia que, espontaneamente, começaram a formar grupos para praticar os primeiros passos da dança. Os relatos dos atores entrevistados mostram que o primeiro elemento do *hip hop* a surgir foi o *breaking*, pois a música *rap* somente surgiria no início dos anos 90. Por isso, antes da análise das músicas *rap*, foco da pesquisa, foi necessário que se fizesse, inicialmente, a descrição dos espaços sociais em que surgira o *breaking*.

Por meio das narrativas dos *b-boys*, percebi que, em meados dos anos 80, surgiram vários grupos ou pares de *breakers* espalhados nas zonas norte, sul e sudeste de Teresina. Alguns grupos ganharam projeção e visibilidade social graças à sua participação em eventos culturais promovidos pelas escolas particulares ou públicas[26], os bailes *funk* e os concursos promovidos por alguns clubes. Fora desses espaços, os pioneiros *b-boys* utilizavam-se das quadras abertas, ruas e praças para praticar a dança.

Muitos desses *b-boys*, quando não se consideram pioneiros do *breaking* teresinense, talvez por humildade, nomeiam outros jovens contemporâneos aos seus grupos. Piva e Costinha[27], integrantes do antigo grupo Good Break (Foto 1), julgando-se os pioneiros *b-boys*, disseram que abandonaram o grupo porque precisavam trabalhar para sobreviver. Piva, dançarino do grupo entre 1981 e 1984, afirma que deixou de dançar devido ao serviço militar, e narra:

> A gente começou a dançar break em 81. Aí quando eu fui pra o Exército tive que deixar, porque eu não podia acompanhar. Os meninos tinham que treinar todos os dias. Aí eu entrei no Exército em 83, mas até 84 ainda eu fui, porque a última vez que eu fui, foi no São João que a gente dançou nas quadrilhas lá no Paulo Ferraz. Aí quando a gente foi campeão de break, eu deixei. Deixei só o Costinha continuar e o Messias que mora lá em Roraima.[28]

---

[25] O termo *b-boy* significa *break boy*, isto é, o jovem que pratica *breaking*; a dançarina chama-se *b-girl* (*break girl*). Porém, hoje, o termo foi generalizado para todos os jovens que dançam todos os estilos que estão associados ao *hip hop*, como o e o *popping* e *locking*. Duas escolas porque a "primeira" surgiu em meados de 80, enquanto a "segunda" no final de 1980 e início dos anos 90.

[26] As escolas públicas mencionadas pelos informantes foram: Escola Municipal Murilo Braga, fundada em 16 de agosto de 1952. Localiza-se à rua Coelho de Rezende, 1649, bairro Marquês. A escola aderiu à campanha "não ao pichador, sim ao grafite" implantada entre 1999-2000, nas escolas municipais de Teresina. E a Escola Pequeno Rubim localizada no bairro Mocambinho.

[27] Raimundo Nonato Costa Filho (Costinha) nasceu em 11 de fevereiro de 1968. Cursou o primeiro grau do ensino fundamental. Casado, quatro filhos. Profissão: artesão. Reside no bairro Monte Castelo, zona sul.

[28] Francisco Ferreira Lima (Piva), em entrevista concedida em 26 de janeiro de 2006, em sua residência, à rua Arimateia Tito, bairro Monte Castelo, zona sul. Profissão: militar; grau escolar: segundo grau completo.

FOTO 1 - GRUPO GOOD BREAK; SUAS PERFORMANCES EM 1981. COSTINHA (E), MESSIAS (D) E PIVA (FRENTE)
FONTE: acervo do *breaker* Piva. Teresina, 1981

O *b-boy* reconstrói o passado trazendo da memória afetiva alguns registros relevantes para a construção histórica do *breaking* em Teresina. O tempo em que iniciou foi 1981, cuja extensão vai até 1984. Saiu porque teve que servir ao Exército. Recorda que sua última apresentação aconteceu no bairro São João, zona sudeste, nas festas juninas promovidas pela Escola Municipal Paulo Ferraz. Entretanto ele fala ainda das últimas performances que consagraram o grupo campeão de *breaking*. Finalmente, o *b-boy* nomeia os nomes dos integrantes do Good Break: Costinha e Messias (Foto 2).

FOTO 2 - O GRUPO GOOD BREAK, EM 1981, COM PIVA, COSTINHA E MESSIAS. UMA DAS FOTOS MAIS ANTIGAS DO *BREAKING* TERESINENSE
FONTE: acervo do ex-*b-boy* Piva. Teresina, 1981

Em 1984, o grupo praticamente já não existia: Messias se mudou para Roraima, enquanto Costinha casou e montou sua oficina de artesão no bairro Monte Castelo. Além desses dois, Piva informou que havia muitos outros *b-boys*, como Dagoberto, Bicudo e "tantos outros grupos" que atuavam nos bairros Marquês, Cabral, Monte Castelo, Dirceu, Mocambinho, Vermelha, Mafuá.

Os *b-boys* Piva e Costinha narraram também os lugares em que fizeram apresentações de dança, quais sejam: as escolas particulares e públicas, onde eram convidados para as comemorações cívicas (Dia das Mães e das Crianças); o Centro Social dos Cabos e Soldados do Piauí, onde o grupo ganhou um troféu; as competições que se realizavam nos clubes e as "rodas" de *breaking* nas praças Saraiva, Rio Branco, Liberdade, Bandeira e Pedro II, em frente ao Cine Rex. As condições eram bastante escassas, já que somente utilizavam um gravador Sony, comprado por Piva, e fitas K7 que reproduziam (copiavam) dos vinis.

O *b-boy* Piva esclarece:

> Aí a gente foi pegando e copiando, e foi dançando [...] A gente naquele tempo não tinha, como tem hoje, DVD-clip. Aí a gente alugava fitas de vídeos, pra gente poder assistir, nas locadoras; ou então, pegava pelo vídeo-show, gravava pra poder depois ficar treinando. Música de Cindy Lauper, Madonna, Michael Jackson e Leonel Ritchie.

Os praticantes de *breaking* se inspiraram em alguns músicos e dançarinos da época, como foi o caso de Costinha, que afirma: "a gente aprendeu vendo na televisão [...]. Eu me lembro, tinha um cara que tinha um cabelão assim, não sei como é o nome dele [risos]. E começou com Michael Jackson"[29]. Depois, o *b-boy* Mauro Alves[30], também considerado um dos pioneiros, traz da memória o seguinte registro:

> O princípio de tudo, na minha visão, foi quando ficou quente, aqui em Teresina, quando, em 1984, Michael Jackson esteve no Brasil, eu comecei a dançar Michael. Aqui e acolá a gente sempre fazia uma coisinha e outra [...] Foram surgindo outros músicos norte-americanos numa linha diferente do Michael, que usavam dançarinos; mas a minha fonte de inspiração foi Michael Jackson. Eu fazia robozinho, fazia aquele passo, flutuação; aí foi surgindo aquele Leonel Ritchie, que usava muito esta linha. E surgiram uns grupos de dança brasileiros mesmo, que começaram a sair no jornal; saiu uma novela, se não me engano, "Partido Alto". Ela tinha um cara que era envolvido com a dança break, e todo o dia tinha os carinhas dançando break na hora em que ele entrava em cena, aí a galera come-

---

[29] Costinha em entrevista concedida em 17 de janeiro de 2006.

[30] Mauro Alves da Silva nasceu em Teresina, no dia 20 de julho de 1970; residente no bairro São Pedro, zona sul; casado com Janailde Pereira Mendes, com quem teve três filhos, Maurício Alves da Silva, Maurajane Mendes da Silva e Marcílio Caluanan Mendes da Silva. É cabeleireiro desde muito cedo. Pois sua mãe, Maria Alves da Silva, era vendedora de alimentação no famoso e conhecido Troca-Troca de Teresina. Seu pai chama-se José Matias Alves da Silva. Considerado uma pessoa importante para a consolidação do Movimento *Hip Hop* em Teresina.

çava a dançar. Dali muita gente bebeu, na hora da novela, era sagrado [risos]. A gente foi bebendo nessa fonte.[31]

As narrativas dos *b-boys* indicam que os pioneiros foram influenciados pelas músicas de Cindy Lauper, Leonel Ritchie, pelos filmes norte-americanos *Breakdance*, *Colors*, *Breakin* e *Beat street*, pelos clipes com Michael Jackson, sobretudo "Thriller"; pelo *rap* de Pepeu, os Irmãos Metralhas e os Balinhas. Alguns consideravam o estilo desses cantores um *funk* "falado", sendo apelidados de "os tagarelas"; outros tiveram como referência os grupos Paralamas do Sucesso, Ultraje Rigor, RPM, Gilberto Gil e a novela da Rede Globo *Partido Alto*.[32]

Além disso, a invasão do *reggae* nos clubes e discotecas marcou também essa juventude. Isso devido a toda uma influência do *reggae* maranhense, cuja capital, São Luís, passava a ser considerada a "Jamaica brasileira", onde surgiram várias *tribos rastas*, consolidando o estilo rastafári.[33] A divulgação de um dos maiores ícones do rastafarianismo, Bob Marley, chegou até aos jovens negros teresinenses, que passaram a se espelhar nas performances desse *reggaeiro* jamaicano. O *rapper* K-ED[34] lembrou que curtia reggae "desde os 13 anos".

Isso mostra que os atores negros teresinenses também foram bastante influenciados pela "internacionalização da cultura" *black* norte-americana, cujos símbolos socioculturais determinantes foram o Movimento *Black Power* ("Poder Negro")[35] e a *black music*: o *funk* e o *soul music*. Milton Salles, ex-produtor dos Racionais, organizava bailes *black power* em São Paulo desde os anos 70. Portanto, as novidades trazidas por este mercado fonográfico sacudiram não somente esse público do Rio, de São Paulo e da Bahia, como também o de Teresina.

A novela da TV Globo *Partido Alto* marcou muito a "primeira escola" de *b-boys* teresinenses, pois, segundo suas narrativas, sua abertura era feita por

---

[31] Mauro Alves em entrevista concedida em 25 de janeiro de 2005.

[32] "Novela de Agnaldo Silva e Glória Perez, exibida pela Rede Globo, em horário nobre, em 1984, apresentava o grupo Funk & Cia em sua abertura e em algumas cenas do enredo" (SILVA, 2002, p. 35).

[33] "Olhem para a África. Em breve um rei negro será coroado e o dia da libertação virá. Ele será o nosso Redentor". Este era o grande sonho do jamaicano Marcus Garvey (1887-1934): levar os negros das Américas de volta para a África, cuja profecia, a partir de 1930, foi amplamente divulgada após a ascensão de Ras Tafari Makonnen ao trono imperial da Etiópia, o qual se autoafirmou dizendo ser descendente da união do rei Salomão com a rainha de Sabá (títulos de: "Rei dos Reis", "Senhor dos Senhores"). Seu nome se popularizou na Jamaica porque Garvey viu a chegada de Makonnen ao poder como a concretização de sua profecia. Daí "consultas livres à Bíblia deram suporte teológico à crença imediata de que Makonnen era o Escolhido, o salvador da raça negra, o verdadeiro Messias. Logo os pregadores em Kingston estavam anunciando a divindade de Makonnen e dirigindo suas preces para ele". O resultado foi que se originou o "rastafarianismo", a religião (ou culto, ou seita, ou...) dos rasta. Assim, apareceu um estilo próprio de vida: cabelos com longas tranças (*dreadlocks*), naturalistas, consumidores de *cannabis* (tipo de maconha) antibabilônicos (Igreja Católica, polícia e governo), sendo Roma a capital da Babilônia (ALBUQUERQUE, 1997, p. 33).

[34] Carlos Eduardo da Silva, *rapper* K-ED, nasceu em 25 de fevereiro de 1976; filho de Domingos Gomes da Silva e Maria Nilza de Sousa. Casado com Maria dos Reis Rocha da Silva, com quem teve Maria Eduarda Rocha da Silva e Eduardo Rocha da Silva. Cursou até a oitava série do ensino fundamental, e trabalha com serigrafia. Mora na Vila Andaraí, zona sudeste.

[35] O *Black Power* foi um movimento político que surgiu no final da década de 1960, cujo objetivo era expressar uma nova consciência racial entre os negros, nos Estados Unidos. Robert Williams foi o primeiro a empregar o termo *black power*, no final da década de 1950. O movimento, originando-se dos antigos movimentos dos direitos civis, foi vigorosamente contestado. Conduzido, de certo modo, por Malcolm X, o Movimento *Black Power* promoveu o progresso das comunidades negras africanas por meio da luta por completa integração. O Partido Pantera Negra foi a vanguarda do Movimento *Black Power*. Tradução livre. Disponível em: <http://lists.village.virginia.edu/sixties/HTML_DOCS/Resources/Primary/Manifestos/SNCC-_black_power.html>. Acesso em: 10 mai. 2005.

"uns carinhas dançando break" ou, então, "tinha um cara que tinha um cabelão". Partindo dessa fala, busquei mais informações sobre esse "cara de cabelão". E na Casa do *Hip Hop* de Diadema encontrei o dançarino Nelson Triunfo, um dos pioneiros do *hip hop* paulistano e fundador do grupo de dança Funk & Cia. Na entrevista, ele confirmou que a abertura da novela *Partido Alto* era feita por esse grupo de dança, cujos integrantes foram "o Raul, o Byra, o Moacir, o Pierri, o Fred, o Mr. Betão, Deph Paul, e vários manos, vários manos mesmo, que fizeram parte". Portanto, o Funk & Cia, entre os anos 83/84, tornou-se um dos primeiros grupos de dança de rua nacional, e também foi referencial para os jovens negros de outros centros urbanos brasileiros. O ápice do Funk & Cia foi a gravação de um LP entre 88/89. Outro pioneiro dessa época foi King Nino Brown, membro da Zulu Nation Brasil[36].

Nelson Triunfo orgulha-se de fazer parte da galeria dos pioneiros do *hip hop* nacional. Com entusiasmo, descreve os espaços geográficos que os levaram à visibilidade social, tais como: rua 24 de Maio (Foto 3), onde existe uma galeria com lojas de produtos do Movimento *Hip Hop*. Nessa rua, segundo Nelson, havia uma das melhores pedras sobre a qual o grupo fazia suas performances, pois era lisa e possibilitava então escorregar melhor os pés; depois, a estação de metrô São Bento, a praça Rooselvet. Sem pudor, a garotada, estilo gravador sobre os ombros, fitas K7, pilhas, divertia-se ao som do *soul music* e do *funk* à moda de James Brown, Ray Charles, Sam Cooke, Sam & Dave, Marvin Gaye, entre tantos outros.

FOTO 3 - GRUPO FUNK & CIA – RUA 24 DE MAIO. SÃO PAULO, 1984
FONTE: acervo da Casa do Hip Hop de Diadema. Foto do autor (2005)

---

[36] Joaquim de Oliveira Ferreira – King Nino Brown – nasceu em 31 de março de 1962, em Canhotinho, Município de Garanhus-PE. Cursou somente o primeiro grau completo. Casado com Sueli Aparecida de Oliveira Ferreira, com quem teve Cirlene Aparecida Oliveira Ferreira e Cibele Aparecida Oliveira Ferreira. Profissionalmente é historiador do Movimento *Hip Hop* e coordenador da ONG Zulu Nation Brasil, com sede em Diadema. Reside à rua Pedro Vito, 64, bairro D.E.R., São Bernardo do Campo.

Nesse mesmo contexto, surgiram vários grupos de dança paulistanos, conhecidos também como de "posses", entre outros: Back Spin, Street Marriors, Crazy Crew e Zulu Nation – este último coordenado por Nino King Brown (Foto 4), dançarino de *soul funk* na década de 80. Outro pioneiro, além do Paul, é o Marcelinho Back Spin[37], que, em 1983, começou a dançar *funk*. Porém, somente em 1985, na praça São Bento, fundou, juntamente com Thaíde, Geléia, Hélio e Cícero (zona sul), a Back Spin. Tais dançarinos marcaram época na praça São Bento e, ainda hoje, são referenciais e orgulho da nova geração *hip hopper* paulista.

FOTO 4 - NINO KING BROWN, UM DOS PIONEIROS DO *BREAKING* PAULISTANO E COORDENADOR DA ZULU NATION BRASIL CASA DO HIP HOP DE DIADEMA
FONTE: foto do autor. São Paulo, nov. 2005

Em Teresina, os *b-boys* Mauro Alves e José Francisco[38] foram a intersecção da "primeira escola" com a "segunda escola", pois, segundo o *b-boy* Piva, os

---
[37] Marcelo Francisco do Nascimento nasceu no dia 19 de janeiro de 1966, em São Paulo. Conhecido como "Marcelinho Back Spin", é dançarino autônomo. Reside em Diadema, onde, na Casa do Hip Hop de Diadema, faz oficinas de *breaking*, *locking* e *popping*. Faz produção artística e, juntamente com sua equipe, é um dos diretores da direção artística da casa.
[38] José Francisco nasceu em 5 de novembro de 1972, em Pedra Mole, na época zona rural de Teresina. Hoje é um bairro, localizado na zona leste. Filho de mãe solteira, Maria de Lurdes da Conceição. Atualmente, reside à rua Aurora, 2467, Q A, bairro Aeroporto, zona norte; casado e tem um filho. Conhecido como "Re", o jovem tornou-se um aguerrido divulgador do *breaking* em Teresina.

jovens, quando completavam 18 anos, tinham que trabalhar para se manterem, ou então eram obrigados a servir ao Exército, como narrou: "Aí foi que apareceu o Mauro e os outros que não trabalhavam assim, porque no Exército tinha que ir de manhã e à tarde, muitas vezes, à noite"[39].

Piva delimita o período em que encerrou sua participação no *breaking*, em 1984; o motivo foi seu trabalho no Exército. Então, como a dança não era remunerada, os jovens tinham que procurar seu destino: "Cada qual procurou seu destino, porque não tinha fim lucrativo [a dança]. Costinha é artesão e eu sou militar. Aí por isso acabou tudo", conclui Piva.

Há também outra motivação pela qual o *b-boy* Piva teve que deixar a dança: o preconceito da instituição em relação ao *breaking*. Fala:

> Eu já estava no Exército; aí o pessoal discriminava: 'rapaz, tu é militar, tu não pode tá dançando break no meio da rua mais, se requebrando, nem pulando, rolando no chão, que tu é militar'. Aí foi me cortando [tirando-o da dança] que eu não queria ser preso nem punido no quartel; fui obrigado a deixar mesmo [risos][40].

Não somente o medo de ser punido pelas autoridades do Exército fez com que o *b-boy* encerrasse a dança, como também a pressão do "pessoal" da corporação que discriminava o militar, alertando-o para o tipo de comportamento que não seria compatível com a sua patente; isto é, uma dança de rua que lhe exigiria "rolar no chão". Além disso, Piva revelou que as próprias autoridades políticas "não se importavam; mas, muitas vezes, diziam que aquilo ali era coisa de malandro, moleque de rua". Além de Piva, o *b-boy* José Francisco foi também discriminado quando praticava o *breaking*, como narra: "quando a gente fazia os movimentos, muitas pessoas diziam que a gente estava drogado, porque [esse tipo de dança] era muito novo em Teresina; inclusive, eu fui criticado, chamado de vagabundo, de desocupado".

Para Piva, "acabou tudo" quando saiu do grupo Good Break. Mas o grupo não acabou porque "Mauro e outros" deram continuidade à dança, não esquecendo que existiam muitos grupos que estavam nos subterrâneos sociais e que não tiveram oportunidades objetivas para ascender socialmente.

Procurando construir a trajetória do movimento, observei que os *b-boys* Mauro Alves e José Francisco (Foto 5) fizeram com que o fenômeno *hip hop* ganhasse maior visibilidade social. Faz-se necessário lembrar que até então não haviam surgido os intérpretes da música *rap*, cujo estilo musical permanecia servindo simplesmente de suporte para a consolidação da dança.

---

[39] *B-boy* Piva em entrevista concedida em 26 de janeiro de 2006.
[40] Idem.

FOTO 5 - *B-BOY* "RE" EXIBE O APARELHO DE SOM COM QUE, USANDO FITAS K7S, FAZIA SUAS PERFORMANCES EM ESCOLAS, BAILES E PRAÇAS (CENTRO DE REFERÊNCIA HIP HOP DO PIAUÍ)
FONTE: acervo do *b-boy* "Re". Teresina, abr. 2006

A "segunda escola" ganhou força com a chegada de novos *b-boys* e grupos de *breaking* surgidos no final da década de 80 e meados da de 90. José Francisco distinguiu a passagem das escolas dizendo que "era criança na época" em que "houve aquela explosão mundial do break, juntamente com Michael Jackson, nos anos 80". No seu tempo de adolescente, a "primeira escola" estava ativa nos vários bairros da cidade, como descrevi acima. Entretanto José Francisco aprendia os primeiros passos do *breaking* com seu primo, Wilson Reis, um *b-boy* que, morando em São Luís-MA, vinha regularmente visitar seus parentes residentes no bairro Pedra Mole, zona leste de Teresina, onde também morava José Francisco. Isso ele mesmo narra:

> Eu comecei a dançar break no interior, imagina um dançarino de break no interior, como é que não é, né? [...] Eu conheci o Wilson e ele dançava o break tipo estilo americano. Estilo americano com moinho de vento. O break de solo e muitos passos diferentes do que o break paulista que era mais um break de mímica. E eu me interessei muito por aqueles passos de break americano, inclusive o de solo, porque eu gostei muito de acrobacias. E a partir daí, ele [Wilson] me deu muitos toques a respeito do break americano, sobre o moinho de vento, sobre o break de solo. E a partir daí, eu comecei a treinar, a treinar, inclusive é até engraçado, quando eu ia treinar não tinha um espaço legal, e eu treinava na frente da igreja [risos].[41]

---

[410] *b-boy* "Re" faz uma distinção entre o *break* americano ao *break* paulista. O primeiro, segundo ele, tem algumas características como: "moinho de vento", "solo", "flutuação", "tartaruga" etc.; enquanto o paulista seria um "break de mímica", cujas

O emergente *b-boy* José Francisco chama de "interior" o bairro Pedra Mole, pois, à época, ainda não era considerada zona urbana. Lembra que o espaço em que ensaiava era a calçada da igreja. Depois, além de um lugar não "legal"[42], ele descreve as condições objetivas dos primeiros momentos de contato com a dança *breaking*. Diz que dançava "sozinho, sem música, sem nada"; ou seja, faltava-lhe o aparelho de som.

Mudando-se para a zona norte, José Francisco escolheu dois espaços para ensaiar os passos do *breaking*: o Parque da Cidade[43] (Foto 6) e a Escola Municipal Eurípedes Aguiar.[44] O *b-boy* ganhou a simpatia da diretora, que autorizou que dançasse no interior da escola.

FOTO 6 - PARQUE DA CIDADE "JOÃO MENDES OLÍMPIO DE MELO", ONDE OS *B-BOYS* MAURO E "RE" SE ENCONTRARAM
FONTE: foto de Antônio Nunes. Teresina, ago. 2005

---

performances são similares aos movimentos de um robô. Fui, então, buscar as distinções entre esses dois estilos de dança. Assim, por meio das entrevistas com dois *hip hoppers* de Cuiabá, na Casa do Hip Hop de Diadema, no dia 12 de novembro de 2005, pude compreender o seguinte. "Re" relacionava o *break* mímica, *break* paulista, ao estilo *popping*. Este estilo presenciei o *b-boy* Mauro fazer nas rodas em Teresina. Depois, o estilo que o *b-boy* "Re" introduziu como novidade foi, originalmente, o *breaking* nas suas performances, usando os *power movies*.

[42] *Legal* não se refere a determinações legais, sujeitas a códigos de posturas, ditadas por leis, não tem conotação de permitido ou não permitido, mas é um termo popular que exprime ideias apreciativas: ótimo, certo, perfeito, excelente, digno.

[43] O Parque da Cidade João Mendes Olímpio de Melo, inaugurado em 9 de maio de 1982, com uma área de 17 hectares, está localizado na avenida Duque de Caxias, bairro Vila Operária, zona norte. Considerado área de preservação ambiental, constitui-se num local para realização de eventos culturais/ecológicos e de apoio às atividades de educação ambiental para escolas e grupos comunitários. Foram identificadas mais de 120 espécies vegetais entre árvores, arbustos e ervas, agrupadas em 48 famílias. A diversidade faunística encontrada no parque mostra grande quantidade de invertebrados, além de alguns vertebrados, e também várias espécies de peixes do rio Poti. No interior do parque, o visitante encontra banheiros públicos, pontos de descanso e de observação. As trilhas levam o visitante a um passeio por toda a área do parque (Fonte: site da Prefeitura Municipal de Teresina).

[44] A Escola Municipal Eurípedes de Aguiar (ensino fundamental) foi fundada em 28 de maio de 1965 e está localizada à rua Coelho de Rezende, bairro Marques, zona norte de Teresina.

O *b-boy* narra sua apresentação na Escola Murilo Braga, onde estudou:

> Eu participei de um concurso na minha escola Murilo Braga, em 1985. Houve uma apresentação de um grupo de break, e a escola chamou alguém que soubesse alguns passos, que gostaria de participar do concurso, aí por essa época eu participei [...] A gente fez muitas apresentações nas gincanas, neste caso, nas escolas. O Wellington era muito solicitado para os concursos nas escolas[45.]

Mas se surpreendeu com o que as pessoas falavam sobre o *breaking*, argumentando que já estava fora de moda. Porém permaneceu praticando a dança. Narra:

> Três anos depois que acabou a febre do break aqui na capital, depois que acabou a moda dos anos 80, eu fui praticar o break. Eu praticava e todos diziam que ele já estava fora de moda, mas eu mesmo assim persisti, persisti. E todos me chamavam de doido e me criticavam muito, pelo fato de girar no chão, de sujar as roupas. Mas aos poucos eu fui ganhando a confiança das pessoas [...]. O pessoal dizia que o break já havia saído de moda, já tinha acabado, e mesmo assim, eu não liguei; eu me interessei pela acrobacia do break, pelos movimentos, e continuei, continuei...[46]

José Francisco (*b-boy* "Re") narra: "depois que acabou a febre do break". Isso supõe que, antes dele, havia grupos de *b-boys* que já praticavam o *breaking*. Nesse mesmo reconhecimento, Cley Flanklin relata:

> E nesse tempo, eu era moleque [...]; e muito antes do "Re" [José Francisco] dançar break também tinham alguns caras em quem se inspirou, que se chamavam "Cabeça", que hoje em dia foi embora para Brasília. E ele [José Francisco] começou a se inspirar nesses caras para dançar o break[47.]

Portanto, surgiu uma "primeira escola" antes do *b-boy* "Re", que, não obstante as críticas, isolado, permaneceu dançando. Contudo descobriu que não estava sozinho na realização do seu ambicioso sonho de dançarino. Foi quando encontrou Mauro Alves, outro entusiástico *b-boy* que era não só conhecido, como também dançava com os pioneiros dançarinos. Isso o próprio "Re" revelou:

> Em 89, eu conheci uma pessoa que foi também uma peça principal no break de Teresina, é o Mauro. Porque ele dançava um estilo muito parecido com um robô, e a gente se tornou amigo em 89 [...] Inclusive eu conheci o Mauro

---

[45] *B-boy* "Re", entrevista concedida em sua residência, à rua Aurora, 2467, Q A, bairro Aeroporto, zona norte, em 21 de janeiro de 2005. A escola à qual "Re" se refere é o Complexo Escolar Murilo Braga, localizado à rua Coelho de Rezende, bairro Marquês, zona centro/norte, Teresina.

[46] Entrevista concedida em 21 de janeiro de 2005, em sua residência, zona norte, Teresina.

[47] Entrevista concedida em 21 de janeiro de 2005, no Centro de Referência Hip Hop do Piauí, zona sul.

foi por meio de um comercial do "Lazer nos Bairros"; eu vi ele dançando break, e uma semana depois, eu conheci ele no Parque da Cidade; ele veio em minha casa, até. [...] Eu comecei esta minha trajetória do break, a me envolver seriamente mesmo, querendo ser dançarino, foi em 89.[48]

O que se resgata da memória de Mauro Alves (Foto 7) é seu encontro com o *b-boy* Ré:

> No tempo do "Lazer nos Bairros", eu andava só; aí foi nessa brincadeira do "Lazer nos Bairros" que conheci o "Re"; nesse dia, o "Lazer nos Bairros" estava acontecendo lá no Parque da Cidade, e lá a gente dançando aqui e ali. Aí eu fiz amizade com "Re" até hoje.[49]

Como dançarino dos eventos do "Lazer nos Bairros", Mauro divulgava um estilo mais *popping* (com movimentos "tipo robô") nos bairros da periferia. Esses eventos, ocorridos entre 1989-1990, tinham como objetivo levar lazer para as camadas populares da cidade. Por meio de várias atrações, o idealizador do projeto, Lumasa, procurava envolver os jovens nas apresentações com a ajuda dos grupos de dança, atletismo, ciclismo, recreações. Implicitamente, criava-se um *locus* de sociabilidade urbana juvenil, onde os jovens se entusiasmavam pelo *breaking*.

FOTO 7 - MOVIMENTO *HIP HOP* (PARTE ALTA DA PRAÇA PEDRO II). RODA DOMINICAL (18 H ÀS 21 H). *B-BOY* MAURO (COM CAMISA ALARANJADA E BERMUDÃO BRANCO)
FONTE: acervo do autor. Teresina, 2002

---

[48] Idem.
[49] Entrevista concedida em 25 de janeiro de 2005.

"Lazer nos Bairros" foi um evento cultural implementado por Luis Marcus Salustiano Pereira (Lumasa)[50], cujo objetivo era a comemoração nacional de 25 Anos da TV Rede Globo. Segundo Lumasa, cada rede filiada deveria mostrar um projeto pela comemoração. De forma que a empresa Lumasa Produções ganhou a licitação com o projeto "Lazer nos Bairros", cujo fim era promover lazer para os bairros das classes populares de Teresina. Segundo o idealizador, o projeto "'Lazer nos Bairros' era basicamente ginástica, aquelas brincadeiras, recreação com quebra-pote, corrida-de-saco, várias recreações; e, dentre elas, havia muita música; implantamos a ginástica aeróbica no Piauí".

O narrador Mauro Alves traz à memória o projeto com as seguintes características:

> "Lazer nos Bairros" era um carinha que tinha um caminhão [Foto 8] com uma banda e aí ele saía para uma comunidade e armava o caminhão, e aquele caminhão pegava as atrações que ele trazia para a comunidade; e pegava algumas atrações da comunidade; aí nesse tempo, eu também dançava no "Lazer nos Bairros"; a gente dançava no caminhão com os caras. [...] O "Lazer nos Bairros" aconteceu antes do Marques [isto é, do 'Circuito Jovem'] e antes do hip hop; ele aconteceu entre 85/86. Era muito bom, porque tinha muita atração, tinha o cara que levava o violão, o Lumasa.[51]

FOTO 8 - EVENTO "LAZER NOS BAIRROS" – SOBRE UM CAMINHÃO, LUMASA ANIMA A JUVENTUDE
FONTE: álbum da Academia Hidroginástica Lumasa. Teresina, 1989

---

[50] Lumasa nasceu no dia 7 de setembro de 1964, cursou Administração na Uespi. Casado e pai de dois filhos: João Victor Lumasa Salustiano Duarte e Márcio Lumasa Salustiano Lopes. Há 25 anos trabalha com publicações e administração de empresas. Entrevista concedida no dia 18 de janeiro de 2006, em sua Escola de Natação e Hidroginástica Lumasa, centro.
[51] Entrevista concedida em 25 de janeiro de 2005.

O *b-boy* coloca a data entre 85/86, mas como acima demonstrado os eventos foram entre agosto de 1989 a setembro de 1990. Na entrevista, a Lumasa disponibilizou a foto (Foto 8), a qual representa este momento histórico: ele, sobre um caminhão, agita as juventudes. O "Lazer dos Bairros" torna-se um marco histórico de entretenimento e sociabilidade para a classe popular teresinense.

O *b-boy* "Re" avalia o "Lazer nos Bairros" nos seguintes termos:

> Era um "lazer" que acontecia todo final de semana, onde havia também aula de aeróbica, porque o rapaz que o promovia era de uma academia. Ele levava esse lazer para os bairros, apresentando várias coisas interessantes da cidade, mas os grupos de dança eram os que, realmente, chamavam a atenção. Aí ficou "Lazer nos Bairros"; foi muito famoso até![52]

As falas revelam a influência das emergentes academias que se expandiram em vários médios e grandes centros urbanos brasileiros. Expandia-se a aeróbica, por meio da qual as pessoas, sobretudo as mulheres, buscavam não só o condicionamento físico como também o rejuvenescimento visual, revelando maior preocupação com a estética corporal.

Contudo o *b-boy* Mauro, hoje, de forma mais crítica, diz que o objetivo do "Lazer nos Bairros" era eleitoreiro, e analisa:

> Eu acho que esses "Lazer nos bairros" eram uma estratégia para ele [Lumasa, patrocinador dos eventos] se candidatar; eu acredito que seja isso, ele foi até candidato a vereador; naquela época, a minha visão, neste campo político, era bem restrita; mas hoje pelo que entendo assim hoje das coisas, acho que era mais uma coisa, supor assim, um ano antes da candidatura para vereador, para fazer história e tal, talvez seja isso, pois é. Ele se aproveitava para fazer política.[53]

Por outro lado, não obstante tal afirmação sobre os objetivos eleitoreiros de Lumasa, Nina Rosa[54] lembra que esse evento foi uma forma de promover não só a cultura aos bairros por meio dos shows musicais, como também de outras atividades, por exemplo: "corte de cabelo, esporte: voleibol, capoeira". Depois, segundo ela, os organizadores começaram a trabalhar a questão da cidadania, emitindo carteira de identidade e certidão de nascimento. A informante traz um dado novo, porque, para ela, não era um evento organizado pela iniciativa privada, mas sim pelo município, sobretudo na atuação de políticos por meio dos seus gestores. Ela afirma ainda que um dos veículos de comunicação que mais divulgou seus eventos foi a emissora TV Rádio Clube de Teresina.

---

[52] Entrevista concedida em 21 de janeiro de 2005.

[53] Entrevista concedida em 25 de janeiro de 2005.

[54] Nina Rosa de Oliveira. Entrevista concedida em janeiro de 2005.

Os lugares das apresentações dos eventos, além do Parque da Cidade, como referencial central, foram as praças de maior fluxo de pessoas como: Praça do Dirceu, do Marques, do Bela Vista e do Promorar.

Joselina da Rosa Conceição[55] disse que ouviu falar muito do "Lazer nos Bairros", no entanto nunca tomou parte porque os pais proibiam-na de participar. Mas lembra que havia o som eletrônico para as várias apresentações dos grupos de dança. Ela reconhece que era uma "manobra política", porquanto muitos políticos exploravam o povo, enviando ônibus aos bairros e à zona rural a fim de trazer os eleitores para esses eventos.

O *b-boy* Cley[56], embora fosse criança à época, faz a seguinte avaliação do "Lazer nos Bairros":

> "Lazer nos Bairros" era um evento que acontecia aos domingos, muito antes de eu me envolver com o hip hop. Tinham alguns grupos que, nesse tempo, chamavam-se Turma do Balance, Companhia & Dance, que eram grupos de dança de rua, mas só que era o balanço, né? Aquele simples mesmo. Não entrava o break e nem o smurf-dance. Entrava só aqueles saltos, aqueles pulos. E nesse tempo, eu era moleque, eu via muito isso aí.[57]

Na análise dos eventos do "Lazer nos Bairros" há dois momentos distintos: o primeiro representa a influência da TV Globo em toda a sociedade brasileira por meio de sua extensa e densa programação cultural. Mediante tais eventos, o canal visava promover "lazer" para os pobres da periferia de Teresina. Contudo nem todos os pobres da periferia foram contemplados com essa cultura do entretenimento, pois havia uma classificação nas escolhas dos lugares, conforme se entende por esta fala de Lumasa:

> A prioridade foram aqueles bairros que eram mais populosos, que davam mais gente, até por causa da questão da mídia. Televisão, você sabe, que eles querem é vender o produto, a imagem; eles querem imagem com muita gente. Então, a própria direção da TV dava prioridade àqueles bairros que foram sucesso [...], o bairro que não tinha muito sucesso não repercutiu...[58]

Em seguida, ele descreve os lugares onde aconteceram os eventos e como estes eram agitados por muitos atores amantes do lazer:

---

[55] Joselina da Rosa Conceição. Entrevista concedida em janeiro de 2005.

[56] Cley Flanklin Romão, conhecido como "Morcegão", nasceu em Teresina, no dia 11 de março de 1974; filho de Luis da Silva Romão e Francisca Alves dos Santos. Tem o segundo grau completo. Atualmente faz um curso técnico em Administração – Gestão de Bens e Serviços. Foi cabeleireiro, tendo feito curso de Beleza Facial; trabalhou bem o *black power*. Está casado com a *rapper* Cristiane, com quem tem um filho. Foi introduzido no *breaking* pelo *b-boy* "Re", em 1989, tornando-se um dançarino oficial do "Circuito Jovem", em 1992; mas, saindo, tornou-se um *rapper*, consagrando-se o primeiro a cantar o *rap* no Piauí, em 1993. Desde 1997 integra a banda Flagrante, que gravou o primeiro CD-demo em 2004. É coordenador-geral do Centro de Referência Hip Hop do Piauí.

[57] Entrevista concedida em 21 de janeiro de 2005.

[58] Entrevista concedida em 18 de janeiro de 2006.

> O negócio foi como uma bola de neve, ela foi crescendo; chegamos a botar 10, 15 mil pessoas em praças, como no caso, a Praça da Bíblia, no Promorar, um dos palcos fantásticos, que tinham muitos grupos de jovens no Promorar, no Mocambinho, no Satélite. Descobria talentos dentro dos bairros. Eu me lembro muito do Promorar, porque no Promorar eles foram campeões, eles se destacavam; todos os bairros tinham grupos: Monte Castelo, Vermelha, Dirceu Arcoverde...[59]

Nesse contexto, vale citar Edgar Morin, para quem "é essencialmente este lazer que diz respeito à cultura de massa", porque ela "ignora os problemas do trabalho" e coloca-se à parte "dos problemas políticos e religiosos". Nesse sentido, a cultura de massa traz como objetivo suprir apenas as necessidades da vida de lazer, da vida privada, proporcionando-lhe consumo, bem-estar, amor e felicidade (MORIN, 1997, p. 69). Assim, o papel da Rede Globo, revestida da "ética do lazer", foi, naquele momento, *mobilizar o lazer* por meio dos espetáculos e das competições da televisão.

O segundo momento foi quando o projeto passou a ser cooptado pelos políticos, que se aproveitaram da audiência e influência do "Lazer nos Bairros" junto às camadas populares, usando-o para interesses pessoais, eleitoreiros. Contudo o mentor intelectual do projeto, Lumasa, esclarece:

> Implantamos nos bairros em parceria com empresas privadas. [...] Aí veio aquela, a chamada 'inveja doentia do homem'. Eu disse: 'não vamos usar isso na política'. Aí veio a política de 1990, eleição pra deputado, governador; aí foi aonde que acabou; ele [o diretor de Jornalismo] utilizou o projeto, que era durante o dia, passou pra noite; eu discordei do projeto da noite. O então cidadão fez uma trapalhada imensa, me mandou pra o "Verão Piauí", que era um outro projeto de minha empresa lá no litoral, e quando eu retornei em julho pra Teresina eles tinham surrupiado o projeto, já tinham tomado o projeto. O que me incomodou mais foi que eu criei o nome – "Lazer nos Bairros" –, saiu da minha cabeça, não tinha nenhum objetivo político.[60]

Lumasa, entretanto, avalia que, em 1990, a "inveja doentia do homem" transformou o projeto em fins políticos, cuja consequência foi o fim do projeto, pois o diretor de Jornalismo, por interesses políticos, proibiu que os eventos fossem promovidos durante o dia. Segundo Lumasa, o diretor fez um jogo, enviando-o para seu projeto "Verão Piauí", em Parnaíba, e, ao retornar, o projeto "Lazer dos Bairros" havia sido apropriado pelo diretor. Enfim, sabe-se que Lumasa candidatou-se também a vereador, mas foi derrotado. Nesse caso, o projeto terminou sendo usado como trampolim político para ambas as partes.

---

[59] Entrevista concedida em 18 de janeiro de 2006.
[60] Idem.

Não obstante esses interesses, o encontro de José Francisco com Mauro no "Lazer nos Bairros" foi determinante naquele momento, pois, como ele mesmo disse, passou a se "envolver seriamente, querendo ser dançarino, em 89", portanto, com 17 anos. A partir desses primeiros contatos, ambos passaram a investir e articular o *breaking* – um dos primeiros elementos artísticos do *hip hop* – entre os jovens negros e pobres da periferia de Teresina. Narra o *b-boy* "Re":

> E a gente saía para os bailes, só nós dois, atrás de dançarinos de break; a gente chamava de "breakeiro" na época; não era b-boy; a gente não tinha esse conhecimento que era o b-boy. A gente saía pela cidade atrás de dançarinos; quando a gente sabia assim de alguém: "ó, tem um rapaz que dança break no bairro tal", a gente ia até lá, se tornava amigo daquela pessoa e conversava, treinava junto, e a partir desse momento, foi passando de um para o outro, e foi formando essa galera toda que existe hoje em dia aqui. A gente dançava na praça só nós dois, inclusive eu era acanhado, e ele era acanhado pra gente dançar na praça [risos].[61]

Historicamente, em 1989, os dois *b-boys* tornavam-se os impulsionadores da "segunda escola" de *breaking* em Teresina, não obstante reconheçam existência de dançarinos de *breaking* espalhados por vários bairros da cidade. Porém não estavam suficientemente articulados nem organizados em torno de um movimento. Por isso, a investida dos *b-boys* Mauro e "Re" tinha como objetivo cativar os "breakeiros" para formar uma "galera" mais organizada e motivada para a prática da dança. "Re", porém, não esconde que "era acanhado", sobretudo quando dançava nas praças somente com Mauro.

Apesar do acanhamento, os *b-boys* faziam suas performances com atitude e consciência do que estavam transmitindo para os futuros atores *hip hoppers*. Assim, a primeira apresentação do "Re" ao público jovem foi em um baile no bairro Promorar.[62] Ele conta que foi convidado – juntamente com Mauro – para fazer a abertura do concurso de dança no baile. O proprietário da danceteria os apresentou nessa noite, afirmando que ambos iriam fazer uma apresentação de *break*. O *b-boy* "Re" guarda na memória afetiva tal momento, para ele bastante surpreendente e constrangedor, porque, iniciando sua performance, foi vaiado. Diz ele (Foto 9):

> Eu comecei a dançar alguns movimentos de break americano, tipo assim, um estilo locking, apontando sempre assim para as pessoas; e elas não entenderam e começaram a vaiar, porque o break que tinham na mente era o break mímica, o break paulista; e comecei a fazer passos totalmente diferentes, que anteriormente tinham acontecido; aí a turma começou a vaiar um pouquinho. Depois o Mauro entrou e dançou muito o break que

---

[61] Entrevista concedida em 21 de janeiro de 2005.

[62] Promorar é um conjunto habitacional localizado na zona sul e foi construído em 1982.

eles já conheciam, né? E a turma relaxou mais. E depois que eu comecei a dançar, comecei a fazer movimentos no chão e tudo, moinho de vento, tartaruga, planação, né; aí a turma explodiu ê, ê, ê, ê [risos]; achou muito massa mesmo, o diferente né? O novo, foi legal! E depois a galera veio conversar comigo, perguntando como era que se faziam os movimentos e tudo. Foi interessante [risos].[63]

FOTO 9 - *B-BOY* "RE", UM DOS PIONEIROS *BREAKERS*. (CENTRO DE REFERÊNCIA DO HIP HOP DO PIAUÍ)
FONTE: acervo do *b-boy* "Re". Teresina, abr. 2006

As performances de "Re" causaram impacto no público porque introduziram um novo estilo de *breaking* que, até então, era desconhecido pelos atores daquele lugar. A novidade que "Re" introduzia em suas performances era um *breaking* propriamente vindo dos guetos de Nova York. Ou seja, um *b-boy* ou *b-girl*, ao entrar em uma roda, deveria fazer um *top rock*, algo necessário, pois ele seria uma espécie de preparação/demonstração para os espectadores conhecerem o seu estilo; depois, desce ao solo (*downrock*) para executar o *footwork* (sapateados, pedaladas: movimenta o corpo com o apoio das mãos); finalizando com o *freeze*, ou seja, uma cena em que se congelam os movimentos e que deve durar, no mínimo, dois segundos. Há ainda os *movies* (movimentos) em que o *b-boy/-girl* faz suas performances com o giro de cabeça, os saltos, os moinhos de vento etc.; são movimentos influenciados pela ginástica e pela ginástica olímpica com tempero de rua.[64]

---

[63] Entrevista concedida em 21 de janeiro de 2005.
[64] Disponível em: <http://www.realhiphop.com.br/institucional/historia.htm>. Acesso em: 26 set. 2005.

Por meio da explicação de Marcelo Olímpio[65], *b-boy* "Borracha", eu entendi que os termos *b-boy* e *b-girl* trazem uma conotação bastante ampla, pois se relacionam aos praticantes dos vários estilos de *breaking*. Contudo há como distingui-los em suas diversas performances. Assim, numa roda, um *b-boy* – ao dançar o *breaking*, o *b-boying* ou ainda o *up rocking* – deve, para fazer uma performance cheia, habilidosa e plausível, praticar os seguintes passos: executar, primeiro, um *top rock*; depois, um *up rock* solo, descer para os movimentos *downrock* e fazer um *footwork* (*power movies*, isto é, algumas pedaladas jogando as pernas para os lados, para cima, girando etc.), finalizando com um *freeze*.

O *b-boy* pode também fazer um *boogaloo*, isto é, ele vai ao meio da roda, faz uma coreografia, ou um *electro funk*; em seguida, um *popping* cujos passos são mais padronizados e estralados, imitando um robô; ou, então, ele faz o estilo *locking*, que são expressões corporais cujos movimentos são moles, com quebras repentinas e mais travadas, chamado também de *egípcio*, *dalty*, e termina com um *electric boogaloo*. Esses estilos foram muito comercializados pela cultura de massa, tendo como pioneiro Michael Jackson, que padronizou a dança e internacionalizou-a por meio dos seus clipes, sobretudo, o clipe "Thriller", coreografado pelo grupo de dança Electric Boogaloo, de Los Angeles, tornando-o mundialmente conhecido. Divulgado pela mídia, especialmente pelos clipes da MTV americana, o estilo *boogaloo*, nos anos 80, ascendeu de forma considerável, agitando os bailes *black*. Com isso, o estilo foi denominado de *street dance* (dança de rua).

O *breaking* originou-se nos bairros do Brooklyn e Bronx, é uma dança espontânea e elétrica, baseada em subidas e descidas, giros e chutes, com ataques e defesas (socos, machadadas, marteladas), simulando confronto entre as gangues. Em sua gênese encontram-se fortes influências das artes marciais chinesas, das danças nativas da África, dos EUA e da capoeira, tipicamente brasileira. Tal estilo de dança muitos atribuem aos jovens porto-riquenhos, que, na década de 70, já o ensaiavam pelas ruas do Bronx[66].

Nesse *freeze*, o *breaker* revela habilidades ao usar os movimentos do corpo para fazer uma performance cheia e aplausível. Assim, tanto o *rap* quanto o *breaking* apresentam-se como linguagens – sendo o primeiro uma linguagem verbal e o segundo uma linguagem textual. Todo o corpo se movimenta em várias direções de forma simétrica: cabeça, mãos, punhos, cotovelos, pernas. Ele é adestrado para que obtenha os maiores resultados nas batalhas disputadas nas rodas e nos campeonatos.

---

[65] Entrevista com *b-boy* Marcelo Olímpio, 27 anos, negro, solteiro, estudou somente até a quinta série ginasial, residente em Pinhais, Paraná. São Paulo, no Sétimo Campeonato Brasileiro de *b-boying – Popping – Locking* ("Agosto Negro"/2005).

[66] Disponível em: <http://www.realhiphop.com.br/institucional/historia.htm>. Acesso em: 26 set. 2005.

Mauss, em seu trabalho etnográfico, faz uma genealogia de várias "técnicas do corpo", e concluiu que o corpo "é o primeiro e o mais natural objeto técnico do homem". "Técnicas" porque são "as maneiras pelas quais os homens, de sociedade a sociedade, de uma forma tradicional, sabem servir-se do seu corpo". Socialmente, os indivíduos são educados para se servirem dos seus corpos como meios técnicos nas mais diversas circunstâncias. O corpo, então, é portador de um conjunto de regras e normas que são "adquiridas com dificuldade pela educação e conservadas" (MAUSS, 2003, p. 407, 401, 415).

Nesse sentido, os resultados – do processo educativo das "técnicas do corpo" – devem ser interpretados enquanto dimensões *bio-sócio-psicológicas*, pois a adaptação a uma técnica é efetuada a partir de uma "série de atos montados, e montados no indivíduo, não simplesmente por ele próprio, mas por toda a sua educação, por toda a sociedade da qual faz parte, conforme o lugar que nela ocupa". Dessa forma, o corpo modela "a forma do espaço urbano derivado de vivências corporais específicas a cada povo" (MAUSS, 2003, p. 288, 408). Portanto, o adestramento do corpo, no uso das técnicas, tem como finalidade o seu rendimento, o que não deixa de ser um "ato tradicional eficaz", porque "não há técnica e não há transmissão se não houver tradição".

No *breaking*, o corpo, entendido como fenômeno social, para além de simples "arranjos e mecanismos, puramente individuais", transmite uma mensagem coletiva do grupo, porquanto nos corpos dos *breakers* se inscrevem as "idiossincrasias que são, ao mesmo tempo, de raça, de mentalidade individual e coletiva" (MAUSS, 2003, p. 416). No corpo do *breaker* encontram-se várias técnicas que são assimiladas no processo de aprendizagem e são advindas das atividades em contato com o meio social, nas diversas relações corporais e linguísticas (CASTRO-POZO, 2005).

Os *b-boys* Mauro Alves e "Re", conforme descrito acima, davam consolidação à "segunda escola" de *b-boys* teresinenses. Visitaram vários espaços sociais em que novos *b-boys* faziam suas "rodas" e posses. "Re" traz à memória os *b-boys* Wellington, Mancha[67], Luis Francisco e Francisco Valternan (Paulista), que não formavam, propriamente, um grupo de dança, mas eram amigos que se encontravam para treinar e dançar, sobretudo nas gincanas e nos concursos escolares. Os dois amantes da dança criaram o grupo Electro-dance, que se apresentou pela primeira vez no Clube dos Professores, no bairro Marquês. Segundo "Re", o grupo "serviu muito como divulgação do breaking em Teresina".

---

[67] O *b-boy* Cley guarda na memória a pessoa do *b-boy* Mancha, dizendo: "conheci também o finado Mancha que morreu também naquele tempo. Ele dançava *break* e era de Regeneração (PI). Eu acho que já neste tempo, na década de 89 pra 90, já existia um *break* lá em Regeneração (cidade a 120 km da capital), interior do Piauí. Porque esse cara veio de lá para organizar essas posses, essas rodas de *break* aqui, em Teresina, junto com os caras daqui". Segundo alguns atores, Mancha morava no bairro Cabral, zona centro. Portanto, ele é tido como um dos pioneiros *b-boys* de Teresina.

Com efeito, foi a partir do "Lazer nos Bairros" que o *breaking* ganhou maior visibilidade social, graças ao desempenho tanto dos emergentes grupos de *b-boys* quanto das performances dos *b-boys* Mauro Alves e José Francisco. Por isso, os dois são considerados, pela "segunda escola" – *Hip hopper* – expoentes importantes do *breaking* teresinense.

É interessante observar daí que o surgimento do *hip hop* em Fortaleza foi similar ao de Teresina. Assim a socióloga Diógenes escreveu o depoimento de um dos integrantes do Movimento MH2O, do Conjunto Ceará:

> O movimento já existia desde mais ou menos 83, começou com o break, que é uma das facções do movimento. O break é a dança do movimento. No início tudo está no break. O pessoal se reunia em grupos, pode-se dizer, gangues de break dentro do bairro. E essas gangues foram crescendo e tinha também o pessoal que cantava. No início era o "titio cachorrão", o Caô. Cantavam e criavam letras. Daí a necessidade de organizar grupos de RAP e foi então que surgiu, em 1990, o MH2O aqui no Conjunto. (DIÓGENES, 1998, p. 122).

Portanto, por meio do discurso do *rapper* cearense, percebe-se que há algo de semelhança entre o movimento cearense e o teresinense, pois ambos surgiram na mesma época e tiveram o *breaking* como primeiro elemento.

3.2 SEGUNDA FASE (1990) – "CIRCUITO JOVEM": emergência de novos grupos de *breaking* e dos pioneiros *rappers*

Em meados de 1990, quando os eventos do "Lazer nos Bairros" chegavam ao seu término, surgia outro espaço de sociabilidade juvenil: o "Circuito Jovem" (doravante CJ). Este passou a ser um referencial social diretamente importante tanto para a socialização dos atores jovens quanto para a construção do Movimento *Hip Hop* em Teresina.[68] Assim, o CJ deve ser analisado como espaço de lazer e de vivência juvenil e também como um dos lugares da emergência de grupos de *b-boys* e, depois, dos pioneiros intérpretes da música *rap*, os mestres-de-cerimônias[69]. O "Circuito Jovem" torna-se um referencial

---

[68] O termo *hip hop* está grafado com maiúscula quando se referir ao Movimento *Hip Hop*. Em relação ao movimento, a interpretação indica o processo de consolidação; isto é, um recorte do ponto de vista sociopolítico do movimento. Nesse caso, considero não só o processo de articulação e organização, como também a resistência do movimento a uma estrutura social brasileira excludente, à sociedade racista e à violência policial. Essa formação sociopolítico-cultural do *hip hop* não deixa de ser um quinto elemento de conscientização proposto pela ONG Zulu Nation Brasil. Depois, refiro-me ao Movimento *Hip Hop* em Teresina ou teresinense, evitando, assim, o uso do adjetivo "piauiense".

[69] Mestre-de-Cerimônia (MC) é o "rimador" da música *rap*. O MC tem a preocupação de sempre representar a cultura *hip hop*. Com a difusão do *rap* e o distanciamento da cultura *hip hop*, o MC passou a se chamar *rapper*, isto é, a pessoa que canta/faz o estilo de música *rap*. E, por isso, às vezes, há uma confusão, passada pela mídia, na distinção dos elementos, pois muitos pensam que *hip hop* e *rap* são a mesma coisa, e não são. *Rap* é um dos quatro elementos do *hip hop*. Por isso, neste estudo, o termo *rapper* será sempre associado ao MC, o rimador de *rap*.

comum sempre recorrente na memória de alguns dos atores do Movimento *Hip Hop* do presente.

Historicamente, CJ compreende um movimento sociocultural que, surgindo no final de 1990 e estendendo-se até 1997, objetivava promover festas em alguns clubes e bairros de Teresina para as juventudes teresinenses. O projeto foi idealizado e executado por três radialistas: Nilo Gomes, Jorge Canalito e Lima.

Nilo Gomes[70], um dos mentores intelectuais do projeto, resumiu o sentido do CJ no seguinte:

> O "Circuito Jovem" nasceu como uma festa itinerante. A gente tinha um propósito de fazer festas nos principais bairros de Teresina. A gente desenvolveu um modelo de festa itinerante, no qual a gente fazia a locação dos clubes; em seguida, a gente levava toda a estrutura de som, luz, segurança, e o principal que era a animação que era conduzida pelos locutores – Nilo Gomes e Jorge Canalito.[71]

Na descrição, sobressai uma grande estrutura em torno do projeto CJ: som, luz, segurança, animação. Um movimento cultural itinerante que marcou a cultura juvenil da década de 90.

Conforme analisado alhures, semelhante ao "Lazer nos Bairros", o CJ também não fugia de um tipo de lazer[72] que dizia respeito à "cultura de massa", cujos suportes foram o consumo, o bem-estar e a felicidade individual. Os organizadores *mobilizaram o lazer* por meio dos espetáculos nos bairros, das festas nos clubes e das competições nos concursos de dança. Segundo a concepção de Nilo Gomes, os eventos do CJ não só favoreceram divertimento e lazer como também oportunidades para que pessoas se conhecessem melhor, chegando inclusive a se casarem. Ademais, eles também abriram espaços para que as "pessoas pobres pudessem se divertir com mais segurança, conforto e até com mais qualidade de vida", conclui Nilo.

Contudo o "Circuito Jovem" – analisado a partir das falas dos sujeitos da pesquisa – revela várias contradições, divergências e complementaridades que se tornaram importantes para o Movimento *Hip Hop*, até porque a matéria-prima da narrativa dos entrevistados foram suas lembranças do passado que

---

[70] Nilo Gomes nasceu no dia 9 dez. 1972, em Teresina; casado com Marcela, ex-integrante do grupo de dance Black House. Em Teresina, como radialista, trabalhou na FM O Dia, depois na Transamérica e na Antena 10. Há oito anos é radialista na Rádio Difusora do Maranhão.

[71] Entrevista concedida por Nilo Gomes, em 30 de dezembro de 2005, nos estúdios da *Rádio Difusora do Maranhão*, localizada à avenida Camboa, 120, São Luís.

[72] Neste trabalho, o termo *lazer* deve ser compreendido como um conjunto de ocupações às quais, segundo Dumazedier (2001, 52), o indivíduo pode entregar-se de livre vontade, seja para repousar, seja para divertir-se, recrear-se e entregar-se. Mas o homem também pode utilizar-se do lazer para desenvolver sua informação ou formação desinteressada, sua capacitação social voluntária ou livre capacidade criadora após livrar-se ou desembaraçar-se das obrigações profissionais, familiares e sócias.

trazem ao presente, e que são coletivas, porque foram vividas no interior do grupo social. Pois segundo Halbwachs,

> A lembrança é em larga medida uma reconstrução do passado com a ajuda de dados emprestados do presente, e, além disso, preparada por outras reconstruções feitas em épocas anteriores e de onde a imagem de outrora se manifestou já bem alterada. (HALBWACHS, 1990, p. 71).

Nas narrativas dos pesquisados encontram-se "campos de significados – os quadros sociais" – modelados por meio de ideias e imagens que, no presente, serviram de "pontos de referência" para reconstrução do passado. Como afirma Santos: "as memórias individuais são construídas a partir de vivências que os sujeitos experimentaram no curso de suas vidas, no interior de grupos sociais" (SANTOS, 2000, p. 5).

O "Circuito Jovem", como espaço de lazer e entretenimento, torna-se o *locus* das significativas experiências juvenis de sociabilidade. Os narradores, ao trazerem da memória afetiva tais vivências, fazem um processo de rememorização do seu passado, das temporalidades vividas no interior dos eventos do CJ. Evidentemente, "lembrar não é reviver, mas refazer, reconstruir, repensar, com imagens e ideias de hoje, as experiências passadas" (BOSI, 1987, p. 17). Para Matos, "é no grupo que os jovens identificam-se uns com os outros através de suas identidades e diferenças" (MATOS, 1998 apud BATISTA; CARVALHO, 2001, p. 57).

No contexto de efervescência do *hip hop*, o CJ, recorrente nas narrativas, passou a ser compreendido como um referencial comum a todos os *b-boys* e *rappers* entrevistados. Elementos comuns foram percebidos em seus depoimentos quando se referiam ao mesmo fenômeno. Segundo Santos,

> Ao se trabalhar com um conjunto de depoimentos, identificar uma referência comum, uma data, por exemplo, poderá auxiliar na construção de um eixo diacrônico ao qual se prendem as narrativas. Um marco cronológico que delimita um dado episódio possibilita elaborar um contexto mais próximo do real a que os depoimentos querem se referir. Em geral, essas referências e episódios guardam uma significação mais ampla, que encerra um dado motivo, o qual precisa ser identificado. (SANTOS, 2000, p. 8).

No conjunto das narrativas, identifiquei que o CJ torna-se uma referência comum, em torno da qual giram alguns episódios, tais como: os lugares de maiores fluxos de jovens – especificamente o Clube Marquês –, os concursos de dança, a violência entre vencedores e vencidos, a festa do encontro entre os dançarinos, os primeiros "tagarelas" da música *rap* e a revolta e saída dos *b-boys* e *rappers* do CJ. Portanto, serão esses episódios descritos a seguir.

Inicialmente, os lugares onde aconteciam os eventos do CJ, os quais marcam o imaginário dos jovens do Movimento *Hip Hop*. Vários foram os espaços sociais onde aconteciam as festas do CJ, como: Mocambinho, Parque Piauí (Clube dos 100), Clube dos Professores, Dirceu Arcoverde e Clube do Marques. Segundo Nilo Gomes, dois grandes bailes marcaram o CJ: o primeiro foi na praça pública do Dirceu, onde se concentraram 15 mil pessoas; o segundo, no Parque Piauí, um showmício, com a presença de 25 mil participantes.

Porém o lugar que marcou o CJ foi o Clube do Marquês[73] (Foto 10). Esse lugar tornou-se um símbolo de encontro dos atores jovens, um *locus* de maior concentração juvenil de vários bairros de Teresina. Para Francisco Marcos, "o Clube do Marquês foi um espaço significativo para as manifestações culturais da juventude"[74]. O *b-boy* "Re" diz: "o Clube do Marquês era o principal ponto de encontro da galera". Enfim, revela o motivo: "porque havia um baile muito famoso de Teresina, que se chamava 'Circuito Jovem'"[75].

FOTO 10 - CLUBE DOS SUBTENENTES E SARGENTOS DA GUARNIÇÃO FEDERAL DE TERESINA, ZONA CENTRO/NORTE. ESPAÇO URBANO DE SOCIABILIDADE JUVENIL NA DÉCADA DE 90, CONHECIDO COMO "CLUBE DO MARQUES"
FONTE: Foto de Antônio Nunes. Teresina, ago. 2005

---

[73] Chama-se Clube do Marquês porque está localizado no bairro Marquês, na rua Des. Pires de Castro, zona norte de Teresina. Mas seu verdadeiro nome é Clube dos Subtenentes e Sargentos da Guarnição Federal de Teresina, fundado em 2 de janeiro de 1956. O objetivo do clube é favorecer lazer para os seus 250 sócios. Segundo um dos mais antigos integrantes, nesse clube o "Circuito Jovem" foi uma "coisa de louco", pois a quantidade de jovens era tão grande que era preciso atender longas filas para comprar os ingressos. Somente numa noite chegaram a consumir "cem grades de cerveja", coisa inimaginável para a época.

[74] Francisco Marcos, entrevista concedida em 24 de janeiro de 2005, na Biblioteca Comunitária Camilo Castelo Branco, da Universidade Federal do Piauí. Francisco Marcos Carvalho de Freitas nasceu em 10 de dezembro de 1971, em Teresina, bairro Mocambinho, zona norte. É professor e cursa Ciências Sociais na UFPI. Foi um dos pioneiros do Movimento *Hip Hop*, mas, devido a alguns posicionamentos dos companheiros, abandonou o grupo.

[75] Entrevista concedida em 21 de janeiro de 2005.

O que é recorrente à memória dos entrevistados, quando se fala em Clube do Marquês, é o "Circuito Jovem". Para esse espaço acorriam "jovens de toda a cidade", lugar de sociabilidade juvenil. Segundo o *b-boy* Cley, o CJ "foi o maior evento que já teve, de 92 a 94, em Teresina", porque revolucionou a juventude da cidade. Para Francisco Marcos, o CJ "eram bailes que aglutinavam mais de 500 jovens para os campeonatos de *smurf-dance*". Enquanto o *b-boy* Mauro acrescenta algumas informações sobre o Clube do Marquês ao narrar:

> Daí eu fui para o Marques, aí conheci os meninos. [...] Eram dois radialistas que comandavam o "Circuito Jovem". Eram contratados por um determinado clube para ir animar, né? E estes radialistas faziam estes encontros e os concursos de dança. Eles andavam em muitas comunidades, onde faziam esses eventos, mas o quente mesmo vai acontecer sempre lá no Marques. O negócio pegava mesmo era lá. Tinham muitos grupos de dança. Eles tinham o direito de entrar de graça. Tinha lá um prêmio legal. Lá eu vou ter contato com muita gente, no mundo da dança: o Washington e outros.[76]

Analisando as narrativas, compreende-se que, embora as festas do CJ tenham alcançado muitos bairros, no entanto, o "quente mesmo" acontecia no Clube do Marquês. Isso porque era um local que aglutinava uma expressiva quantidade de jovens da periferia e proporcionava contatos com muita gente, com o mundo da dança, segundo frisou Mauro, destacando os dois radialistas responsáveis pela organização dos bailes do CJ. De igual forma, comentou Nilo Gomes:

> A gente fez festa em que a média de público nos bairros era em torno de duas a duas mil e quinhentas e a três mil pessoas. A gente fez festa pra 10, 15 até 25 mil pessoas [...] O próprio Clube do Marquês era assim a nossa casa principal. Este foi o local que foi o cenário dos maiores bailes.[77]

O Clube do Marquês ganha importância porque os jovens identificaram-no não só como "campo de lazer" e de vivência juvenil, mas também como lugar de sociabilidade e de visibilidade social. Ele torna-se um dos principais pontos de encontro das juventudes teresinenses por causa das famosas festas do "Circuito Jovem". Faz-se necessário observar que, segundo Nilo Gomes, nos dois primeiros anos, o projeto visava alcançar os jovens da periferia, porém, "quando a coisa chegou ao boom" o "CJ" tornou-se "um fenômeno público; aí começou todo mundo da classe média, a classe A. Todo mundo começou a frequentar nosso baile", conclui.

O segundo episódio, que emerge de forma imediata, está relacionado aos grupos de dança que competiam alguma premiação no "Circuito Jovem".

---

[76] Entrevista concedida em 25 de janeiro de 2005.

[77] Entrevista concedida em 30 de dezembro de 2005.

Esse modo de promover lazer estimulava os bairros a formar seus grupos de dança. Consequentemente, isso terminava gerando não só momentos de prazer e felicidade coletiva, como conflitos e rivalidades entre os grupos, chegando mesmo a ações violentas.

Por meio dos depoimentos dos atores, elaborei uma tipificação com alguns grupos de dança que fizeram época no CJ. Então, entre uma grande quantidade desses grupos, os de maiores influências foram: o Gru VIP, formado pelos dançarinos Amilton, Marcelo, Kleber, Gil, Marcos ("Bantu"), Joel, Fabiano, Pedrita e Marcela. O grupo dançava o estilo *smurf-dance*. Porém se extinguiu e seus membros fundaram o Black House, que se dividiu em dois grupos: Niggers With Attitude (N.W.A.)[78] e Bandeira Negra.

O Black House, segundo o *rapper* Cley[79], foi um grupo de *smurf-dance*, do bairro Mafuá. Os integrantes do grupo foram: Gil, Marcelo, Kleber, Marcos, Paulista e Morceguinho. Cley afirma que esses dançarinos

> [...] começaram a desenvolver o verdadeiro smurf-dance, o estilo americano mesmo. A gente ficava surpreso! Se você botasse uma fita dos norte-americanos dançando e eles dançando ao lado, era a mesma coisa; porque os caras tinham estilo mesmo, estilo de rua, ginga mesmo.

O *b-boy* Mauro nomeia outros integrantes, quando narra: "eles eram os caras que comandavam, uns caras que tinham um estilo pesado... eram o Maurício, Daniel, Augustinho, Marcelo, Gil, da Moto, Marcela, Daniela; esse era o Black House". Para Washington Gabriel, os grupos "se dividiam para ter mais chance de concorrer à premiação, ao primeiro e segundo lugares". Ele via nisso uma tentativa de os grupos "abocanharem todos os prêmios da noite".

Além desses grupos, os atores citam também: Furacão 2000, Turma do Balanço, Mix Geração – formado por Cley, Daniel, Paulo e "Re" –, Aquilo Roxo[80], Código 13, Digron Rap, White House, The Prince of Rap. Porém, para as batalhas de dança, compareciam vários outros grupos. O *rapper* Washington Gabriel[81] comentou que a um certo baile chegaram mais de 20 grupos para dançar. Sua

---

[78] Niggers With Attitude ("Negros com Atitude"), grupo de *rap* americano que fez muito sucesso na década de 80/90. Seu estilo é denominado *gangsta rap* porque relaciona suas temáticas muito ao crime. Nos anos 80 seus artistas inventaram rimas, gloriando suas habilidades ao microfone. Os mais conhecidos são: DMX, Notorious Big, Eminem, Coolio, Dr. Dre, entre outros.

[79] Entrevista com Cley, concedida em 25 de janeiro de 2005.

[80] "Aquilo Roxo", segundo o *b-boy* Mauro, foi "um grupo de dança que era focado na mídia; aquela coisa de gatinha, buscando mesmo aquela coisa de expressão para mulheres; uma coisa bem mais comercial. Eles tinham aquela coisa dos estilos; pareciam aqueles caras norte-americanos, vestiam toda a caráter, cabelo roupa, tipo vamos dizer assim, uma fada, quando eles iam dançar, porque cada um tinha esse estilo, mas era um estilo bem invocar, uns caras de muita expressão" (*B-boy* Mauro, em entrevista concedida em 25 de janeiro de 2005).

[81] Washington Gabriel Cruz, conhecido como WG, nasceu em Teresina, em 1º de janeiro de 1975. Filho de Benevinuto Lopes da Cruz Neto e Maria Gabriel de Sousa Cruz. Não chegou a terminar o segundo grau. Por um longo tempo trabalhou como farmacêutico. Exerceu um cargo de confiança no governo Wellington Dias, do PT, como coordenador estadual de Juventude; foi coordenador do movimento "Questão Ideológica" até 2006 e faz parte da Associação Movimento Hip Hop Organizado do Piauí.

estimativa é que mais de 30 por cento da juventude participava dessas festas, somente por causa das apresentações dos grupos. Nilo Gomes confirmou que concorriam em torno de 30 grupos nas festas do CJ.

Nauben, ex-integrante do grupo The Prince of rap (Foto 11), diz:

> A galera do "Circuito Jovem" só deixava o local da festa depois que terminavam as competições dos grupos de dança. Deixavam [os organizadores] por último só pra segurar a galera. Às vezes, tinham muitos grupos que nem dançavam porque não dava tempo, porque eram muitos grupos. Seis horas da manhã, e não tinha dançado todo mundo. Tinha grupo que ficava com raiva porque não dançava; não tinha nem espaço pra dançar; grupos de todos os lugares de Teresina; de todo o canto de Teresina ia grupo.[82]

Uma das motivações que levavam os jovens ao CJ eram as competições entre os grupos de dança. Por causa da grande quantidade, muitos grupos nem chegavam a disputar, razão pela qual os dançarinos ficavam revoltados. Mas era estratégia dos organizadores deixar as apresentações por último, objetivando segurar a "galera".

FOTO 11 - GRUPO THE PRINCE OF RAP, DO BAIRRO MONTE CASTELO. OS JOVENS UNIFORMIZADOS, ANTES DE COMPETIREM NO BAILE DO "CIRCUITO JOVEM", POUSAM PARA FOTO
FONTE: acervo do *breaker* Nauben. Teresina, 1990

---

[82] Entrevista concedida em 17 de janeiro de 2006.

A decisão de Washington de dançar *breaking* veio depois de um desses concursos, quando viu o Gru VIP fazendo suas performances a partir de uma música *rap*. Washington narra:

> Eu fui tendenciado a dançar o rap, não porque tivesse minha coleção de rap, porque eu tinha, mas não dançava; mas foi de ver outros grupos. Como eu tinha lhe falado, a gente participou de um campeonato no Ginásio Pato Preto, no qual foi para a final o meu grupo, Código 13, e o Mix Geração. Todos os grupos dançavam com dance. E o Gru VIP ficou em terceiro lugar e dançaram com rap. E aquilo ali marcou muito. Porque eles eram quatro pretos com aquele penteado chapa, com as camisas coloridas que estavam na moda em Nova York; o pessoal do De Lá Shows, naquela época. Aquilo ali me deixou: "pô, os caras parecem que são até de fora!" E eles eram legais; era um grupo que só dançava com rap, priorizavam.[83]

O *rapper* Washington traz ao imaginário um passado vivido por dezenas de centenas de jovens negros que, influenciados pelo som da "música quebrada", como lembrou Nelson Triunfo[84], consagraram as pistas dos bailes *funk*, reggae e *rap* dos maiores centros urbanos brasileiros. Ele descreve as características estéticas dos dançarinos do Gru VIP: quatro pretos com penteados chapa, camisas coloridas. O referencial do grupo reportava aos grupos norte-americanos, chegando até a parecerem de "fora". Nisso, encontra-se a internacionalização da música americana no Brasil. Essas influências atingiram também os bailes juvenis teresinenses. Porque:

> Este foi o período dos cabelos afros, dos sapatos conhecidos como pisantes (solas altas e multicoloridos), das calças de boca fina, das danças à James Brown, tudo mais ou menos ligado à expressão: 'Black is Beautiful' ou o 'Negro é Lindo'. É uma mescla de referências internacionalizadas, com uma matriz africana, no qual a música é a motivação. (TELLA, 2002, p. 81).

No contexto do CJ, porém, há que se fazer uma observação importante, cujas consequências iriam se manifestar muito em breve, pois, embora os grupos de dança tivessem liberdade de inovar suas apresentações, inclusive ensaiando o estilo *breaking*, a música *rap* não era determinante nas festas do "Circuito". Aliás, a revolta dos simpatizantes do *rap* associava-se à estrutura do projeto, que tocava esse estilo musical somente nos momentos das apresentações dos grupos de dança; fora disso, rolava apenas o estilo balanço, *smurf-dance, reggae, funk,* forró, cujos instrumentos eram os técnico-eletrônicos, com batidas frenéticas e pesadas. Assim relatou o *rapper* Gil Custódio[85]: "quando

---

[83] Entrevista concedida em 1º de fevereiro de 2005.

[84] Entrevista concedida a Tella, em 4 de agosto de 1999. (TELLA, 2000, p. 85).

[85] Gil Custódio Araújo Ferreira, conhecido como Gil BV; filho de Raimundo Nonato Ferreira e Maria Alves de Araújo. Devido ao trabalho, não terminou o curso de Química na Universidade Federal do Piauí. Ele integrou a banda Flagrante em 1998. Antes

não havia competição, o rap tocava somente meia hora, uma hora, e o pessoal esperava só aquele momento ali para dançar, depois, ia embora". Enquanto o *rapper* Washington Gabriel desabafa:

> Só tem uma coisa que eu reclamo daquela época: é que a gente tinha que ouvir dance a noite inteira; 30% do público queria ouvir rap, mas os caras não reconheciam, tinham medo de colocar, porque tinham medo de perder o outro público[86].

O *b-boy* "Re" completa:

> Essa galera toda foi do meu tempo em que a gente começou a dançar. Eles dançavam muito smurf-dance, e eu aos pouquinhos fui introduzindo o break, e a turma foi deixando o smurf-dance; de repente, a turma já estava no break mesmo, porque o break é fantástico; os seus movimentos são fantásticos. [...] A gente dançava o break na hora da apresentação dos grupos de dança, porque os grupos de dança mixavam a sua própria música e, na hora, dançava ao som do rap. Mas durante o baile não havia música rap em si[87].

Os depoimentos concebem que, nesse período, os jovens do CJ se divertiam ao som do *house*, que se caracteriza pelo *balanço* cujas melodias eram fáceis e com temáticas amorosas. Por isso, "Re" afirma: "a gente dançava ao som do house e do balanço porque não tocava o rap no baile". Esse mesmo processo aconteceu na trajetória do Movimento *Hip Hop* em Belém (BORDA, 2004). Contudo a conquista do *rap* no CJ deu-se devido à insistência dos jovens que, gostando de curtir esse gênero de música, formaram vários grupos de *breaking* para competir com outros estilos de dança. Nesse contexto, os estreantes *b-boys* ganharam visibilidade por causa das suas melhores performances.

Além disso, havia também a deficiência técnico-eletrônica, pois os jovens *b-boys* não dispunham de melhores instrumentos eletrônicos disponibilizados para disputar os concursos de dança. A aparelhagem de som era muito limitada, como disse "Re":

> A galera, para produzir sua música para dançar nos concursos, mixava a música no gravador; isso todo mundo fazia. Eu lembro que veio um DJ de São Luís e perguntou como ele (o dançarino teresinense) mixava a música; ele disse-lhe que mixava no deck; ele disse [o DJ de São Luís]: "rapaz, é muito interessante, saiu perfeito" [risos].[88]

---

havia criado uma banda de *rap* chamada COMUNA BV, que teve somente três meses de duração. Hoje é um dos coordenadores do Centro de Referência do Movimento Hip Hop Organizado do Piauí. Entrevista concedida em 18 de janeiro de 2005.

[86] Entrevista concedida em 1º de fevereiro de 2005.

[87] Entrevista concedida em 21 de janeiro de 2005.

[88] Entrevista concedida em 21 de janeiro de 2005.

Em face das escassas condições de aparelhagem, os *b-boys* mixavam como podiam as músicas em fitas para se apresentar. Não obstante tais limitações, consolidavam-se os primeiros grupos de *breaking*, que passaram a impor suas performances nos concursos promovidos pelo CJ. Os classificados, além de ganharem o troféu, tinham suas entradas asseguradas para o próximo show. Por isso, os concursos eram concorridíssimos, tornando-se, consequentemente, campo da violência simbólica, quando não se encerrava em violência real entre os grupos perdedores, isto é, fora do clube, após o término das festas.

Tanto a "primeira escola" de *breakers* quanto a "segunda escola" estavam marcadas por uma fase de muita positividade e ingenuidade. Os *b-boys* se encontravam apenas para se divertir, namorar, dançar, disputar um troféu. Alguns nomes de dançarinos são recorrentes à memória dos atores: José Francisco ("Re"), Mauro Alves, Daniel, Henrique (Rick), Reuri, Cley, Mancha, David, Washington, Luís Francisco, Paulista, Wellington, Nero, Sebastian, Kleber, Banto, Francisco Marcos, Hélio Ferreira, Robercláudio, Tucamaia, Misturado.

Grande parte dessa "segunda escola" considera os *b-boys* "Re" e Mauro como referenciais para a difusão do *breaking*. Aliás, muitos os tomam como se fossem os pioneiros dessa dança em Teresina. O *b-boy* Cley Flanklin narra:

> E comecei o break na década de 89 para 90, quando conheci o "Re", o qual você conheceu [referindo-se a mim]. Teve um dia que eu fui ao centro, e, justamente, na Praça Pedro II, que tinha uma estrutura diferente naquele tempo, que não é esse modelo de agora, e daí então, eu dei em frente com alguns breakers dançando e lá estavam o "Re" e o Mauro [...] Conheci também o finado Mancha que morreu naquele tempo, que dançava um break em Regeneração [...] E outros que andavam naquele tempo, que eu não me lembro bem, mas o que me focalizou, que foram as duas pessoas em que me inspirei, foram o "Re" e o Mauro. Eu aprendi a dançar com o "Re".[89]

O depoimento do *rapper* Washington Gabriel conflui em uma mesma linearidade tempo-espacial, quando diz:

> "Re" e Mauro são os mais antigos. Conheci eles num baile. O "Re" eu conheci em 92, o Mauro eu vim conhecer em 93, num baile do "Circuito". O "Re" me apresentou a ele (ao Mauro): "olha, este aqui é um dos que, junto comigo, somos os primeiros dançarinos de break."[90]

Por conta dessas experiências, os dois *b-boys* são tomados como os "pais" do *breaking* em Teresina. Porém, como analisado acima, antes dos dois dançarinos existiam outros grupos de *b-boys* que já praticavam a dança. Conheciam já as músicas de Michael Jackson e Cindy Lauper; ou seja, apropriaram-se das

---

[89] Idem.
[90] Entrevista concedida em 1º de fevereiro de 2005.

trilhas sonoras dos *raps* ou do "funk falado", como chamavam, para montar as suas coreografias. Portanto, já haviam sido "vacinados" pela "febre do break", até porque em meados dos anos 80 Mauro somente tinha 10 anos, enquanto "Re", 8.

Faz-se necessário frisar que, fora do CJ, havia jovens que também praticavam o *breaking*, como foi o caso dos *breakers* Luzinaldo, Banto, Reginaldo e Toinho, que formavam o grupo TPI Break, da zona sudeste. Depois, no bairro Promorar, havia o grupo Diskey Rap, zona sul. Todavia eram tribos que atuavam de forma isolada dos outros grupos e nos interstícios da sociedade. Muitos grupos, especialmente aqueles que frequentemente se apresentavam no CJ, projetaram-se em outros espaços sociais, como foi o caso do Mix Geração, que chegou a fazer suas performances nas cidades de Timon e Caxias, no Maranhão; e Parnaíba, Água Branca, Monsenhor Gil, no Piauí.

O terceiro episódio que se relaciona ao contexto do CJ diz respeito à revolta dos *b-boys* contra as atitudes dos organizadores dos eventos, que não permitiam tocar a música *rap* durante os bailes, senão nos momentos das competições entre os grupos de dança. Com isso, foi se construindo um sentimento coletivo, no sentido de que alguns jovens começaram a se articular em torno da ideia de sair do CJ e organizar o Movimento *Hip Hop* a partir de suas próprias rodas de *breaking*. O *rapper* Washington Gabriel conta:

> Numa ocasião, mudou de DJ. Saiu o DJ Alex, e entrou o DJ Cláudio. Aí eu fui lá, eu conhecia ele, e disse: "rapaz, coloca aí rap, que a galera vai dançar aqui". Aí ele disse que ia colocar cinco. Colocou três, e o cara [o organizador] mandou tirar[91].

Por essa razão, o impacto nos simpatizantes do *rap* foi imediato, pois reagiram com indignação, protestando contra a atitude do organizador: de excluir o estilo *rap* do baile. Washington descreveu a reação dos garotos nestes termos:

> Nessa hora que ele tirou, a roda estava assim enorme, e todo mundo dançando, inclusive o Marcelo, o Kleber; parecia assim uma confraternização. Isso era no final de 92. Era uma das últimas festas. Aí a galera subiu no palco e disse: 'bote, bote, bote rap e tal; aí ele botou, e a noite todinha a gente ouviu rap. Percebemos que a gente tinha que se articular mesmo. Só que murchou [este ideal], mais na frente foi que a gente decidiu se organizar, em 93[92].

A partir desse fato, os rumos indicavam a necessidade de construírem os seus próprios espaços. Porém ainda não tinham as ideias suficientemente claras para deixarem o CJ, até porque muitos eram dançarinos do próprio "Cir-

---

[91] Entrevista concedida em 1º de fevereiro de 2005.
[92] Idem.

cuito". Entretanto nessa noite fizeram a experiência da resistência e coesão em torno da reivindicação do "bote rap", cujos resultados se refletiram no desejo de se articularem. Nascia, então, nos *b-boys* a vontade de organizar o movimento. O *b-boy* "Re" diz: "E quando houve aquela proposta de organizar um Movimento Hip Hop, todas as pessoas (toda a galera do "CJ") estavam à frente do hip hop"[93].

Perguntei ao Nilo Gomes por que não tocavam a música *rap*, e ele se justificou:

> Só que o "Circuito Jovem" não era um evento de hip hop. O CJ era uma festa itinerante. Este era o principal propósito. Então, houve momentos em que se chocaram ideias dos membros mais radicais, né? Eles achavam que não deveria ter a sequência de reggae, funk, dance. Acho que foi o único momento que houve uma divergência de ideias, de pensamentos a respeito do CJ com o Movimento Hip Hop de Teresina[94].

Entretanto há uma contradição no discurso do radialista se comparado à outra colocação quando se referiu ao *hip hop* no contexto do CJ, quando diz:

> As pessoas que se apresentavam, boa parte, 90% delas, faziam coreografias voltadas mais ao hip hop, ao rap, ao funk; e aí, a gente percebeu que poderia incentivar esse movimento que começava a surgir em Teresina[95].

Sua observação foi importante para o objeto da pesquisa, quando diz que as coreografias estavam mais voltadas ao *hip hop*, ao *rap*. Aqui ele fez uma confusão entre *hip hop*, *rap*[96] e o *breaking*, que não os cita. Contudo ele percebe a ascensão do movimento que começava em Teresina. Em todo caso, se 90% dos grupos de dança apresentavam coreografias a partir da música *rap*, então, não haveria por que limitar o estilo nos bailes. Talvez o seu incentivo em promover o emergente Movimento *Hip Hop* viesse marcado por dois objetivos: o primeiro, o de se aproveitar o momento para assegurar o grande público jovem no evento, que estava ali para curtir o balanço, o *funk* e o *dance*; e o segundo, o interesse do mercado, ou seja, tirar certos lucros das festas promovidas pelo CJ e dos contratos que os organizadores faziam com os clubes. Então, supostamente, o objetivo dos organizadores do evento seria explorar o público jovem, haja vista a escassez de outros espaços sociais em que os jovens das camadas populares pudessem se divertir.

O "Circuito Jovem", não obstante o preço acessível aos jovens das camadas populares, estava estruturado sobre a lógica da indústria cultural. Os

---

[93] Entrevista concedida em 21 de janeiro de 2005.
[94] Entrevista concedida em 30 de dezembro de 2005.
[95] Idem.
[96] Confira a p. 48.

atores jovens pobres e negros, cuja renda era baixa, não dispunham de condições econômicas para se divertir nas festas do CJ. Por isso, tinham que vencer nas disputas, a fim de terem suas entradas asseguradas.

Negando que o projeto tivesse interesses financeiros, Nilo Gomes ainda justifica dizendo que os organizadores chegaram a cobrir dívidas com seus próprios salários. Argumenta:

> A gente não tinha nenhum interesse assim diretamente voltado pra o lado financeiro; era uma coisa mesmo de diversão; muitas vezes, a gente chegava no final das festas e dizia assim: "e aí, como foi, deu pra pagar as contas, empatou?" [...] A gente tirava o dinheiro que a gente ganhava na rádio pra pagar segurança, som; só pra fazer a festa, essa era uma das coisas que a gente fazia pra poder fazer com que o Circuito Jovem existisse.[97]

É bastante emblemática a decisão de Cley Flanklin de não mais querer dançar no "Circuito", pois representou um passo significativo para a formação dos bailes *hip hop*. Ele reconhece que foi explorado pelo "cara" que organizava os bailes, justificando-se "muito novo" e porque somente via no entretenimento a ilusão de um jovem: sonhar em ser mais *pop star* do que mesmo um profissional. Assim narra:

> Eu era um dos principais dançarinos desse evento. Daí eu fui desacreditando na questão de ficar só dançando, logo porque eu não ganhava o bastante para me alimentar direito, para poder dançar de Quinta, Sexta, Sábado e Domingo. O cara explorava muito a gente, e logo a gente era muito novo, e qualquer coisa, pelo estrelismo e pela popularidade, a gente esquecia um pouco o trabalho profissional, indo mesmo pela ilusão. Daí eu desisti de ser dançarino do "Circuito" e comecei a cantar.[98]

As divergências e os conflitos de ideias entre os organizadores do CJ e a galera contagiada pelo *rap* foram tomando proporções maiores, cujas consequências – no conjunto das decisões tomadas pelos jovens *b-boys* – foram a saída deles do CJ e a organização de seus próprios bailes. No entanto isso somente iria ganhar mais força e se concretizar graças às influências do *rapper* maranhense Lamartine[99,] que, em dezembro de 1992, visitando seus parentes

---

[97] Entrevista concedida em 30 de dezembro de 2005.

[98] Entrevista concedida em 21 de janeiro de 2005.

[99] Lamartine Silva, conhecido como "Negro Lama", nasceu em Colinas-MA, no dia 22 de novembro de 1969. Deixou essa cidade para estudar na capital, onde participou de um grupo de jovens no bairro Cidade Operária, mas o deixou depois de conflitos internos, porque não aceitava as linhas doutrinárias da Igreja Católica. Depois, passou para a Juventude Comunista, com a qual também não se identificou. Começou a fazer teatro na Escola Técnica, saindo se integrou no *hip hop* com o qual se identificou. É *rapper* desde 1989, quando organizou o Movimento *Hip Hop* do Maranhão – "Quilombo Urbano", o qual, a partir de 2000, passou a ser chamado "Favelafro", cujo objetivo é "lutar por um mundo mais justo para os pretos e pretas". O seu grupo foi o primeiro a promover shows com grupos de *rap*. Casado com Gardênia, pai de um filho e espera mais um, cujo nome será Kaodê. Atualmente coordena o Movimento *Hip Hop* Organizado Brasileiro (MHHOB). Pelo grupo Clã Nordestino gravou o primeiro CD de *rap*.

em Teresina, bairro Ilhotas, participara de uma das festas do "Circuito Jovem"; e, observando aquelas frenéticas disputas por um troféu, que terminavam geralmente em violência, agressões e pancadarias fora do "CJ", chamou os dançarinos e lhes disse:

> Olha, eu não tenho nada contra o pessoal do "Circuito Jovem", que tem uma festa muito boa, mas ali são três pessoas ganhando; vocês mesmos poderiam fazer sua própria festa. O pessoal está vindo aqui para curtir vocês.[100]

As orientações caíram como que gotas d'água vindas do céu, despertando nos adeptos do *rap* interesses para conhecer melhor o movimento, visto que Lamartine já tinha experiências com o Movimento *Hip Hop* de São Luís. Aliás, ele é considerado um dos pioneiros a cantar *rap* do Maranhão. Segundo Lamartine, em 1989, o jovem "Rei Tute", influenciado pelo disco *Hip Hop cultura de rua*[101,] escreveu uma letra intitulada "Beats Pesados", porém, com timidez, não a cantou. Lamartine cantou. Com isso, formaram o primeiro grupo *Illegal Business* (Negócios Ilegais), cuja origem se reportava ao título de uma das músicas do grupo americano *Boogie Down Productions*. Lamartine se autoafirma dizendo: "a gente fez a primeira aparição pública, numa escola chamada: Almirante Tamandaré, no bairro da Cohab, em São Luís".

Essas experiências Lamartine socializou com *breakings* e *rappers* teresinenses. A descrição do primeiro encontro desse *rapper* com *breakers* foi determinante para a emergência do *hip hop* organizado. O DJ Cley lembra o nível de conscientização e influência que Lamartine passou para a "segunda escola" de *breakers*:

> E foi quando Lamartine veio de São Luís, porque ele tem uns parentes aqui em Teresina, e vendo a necessidade de conscientização entre a galera, do lado crítico da coisa, da vida cotidiana que a gente levava, sentiu a necessidade que os grupos daqui precisavam se organizar e fazer o mesmo que eles fizeram em São Luís [...] Ele viu que a gente estava no caminho errado e que tínhamos era que protestar os problemas; que a gente tinha que direcionar nossa revolta não contra nós mesmos, mas sim para aquilo que levava a gente para o mau caminho.[102]

Por meio da narrativa do *b-boy* Cley, sabe-se que Lamartine vinha sempre a Teresina com o objetivo de visitar seus parentes. Daí, em uma dessas visitas, o maranhense ouviu pelo rádio a propaganda sobre o "Circuito Jovem" e foi ao evento, onde conheceu alguns simpatizantes do *rap* – Washington, Cley, Mauro, "Re" –, como comentou o *rapper* Gil "BV". Na ocasião, ainda segundo

---

[100] Washington Gabriel cita Lamartine, em entrevista concedida em 1 de fevereiro de 2005.

[101] O disco *Hip Hop cultura de rua* foi lançado pela gravadora Eldorado, em 1988.

[102] Entrevista concedida em 21 de janeiro de 2005.

80

Gil BV, Lamartine, percebendo que as *tribos* estavam ali simplesmente para namorar, curtir o som, disputar um prêmio e lutar entre si, aconselhou-as com estas palavras:

> Se vocês querem fazer uma coisa séria, por que vocês não fazem um baile na área de vocês? Pedindo um real? Porque assim vocês vão conseguir dinheiro para vocês. Por que vocês não vão juntar a dança, o grafiteiro e começar a formar banda para as comunidades? Isso a gente já faz no Maranhão.[...] Ele deu a forma que ele fazia lá [em São Luís] para a gente aqui. E aí foi o começo do movimento, do movimento aqui organizado.[103]

O discurso do *rapper* "Lama" apontava para duas propostas: a primeira, os jovens da periferia poderiam promover seus próprios bailes a preço acessível, cujo valor arrecadado seria rateado entre eles mesmos; segunda, deveriam organizar os elementos do *hip hop* – dança, grafite, música e DJ – e apresentá--los às comunidades. Esse incentivo seria um dos primeiros impulsos do *rapper* maranhense aos *b-boys* teresinenses. Mas ouvi do próprio Lamartine sua crítica a respeito do CJ.

> "O "Circuito Jovem' sempre foi um evento que teve pontos mais negativos do que positivos. Por exemplo, ele só tocava rap para o povo dançar durante as apresentações; mas eu acho que de vez em quando tocavam alguns raps. Agora, eles pegavam um grupo para dançar e só davam a entrada; os grupos que iam competir tinham que pagar para competir, e os preços (prêmios) eram irrisórios. Eu acho que não havia um respeito pelos dançarinos, quando, na verdade, aquelas festas só lotavam por causa dos concursos que eram uma tradição. Se não tivessem os concursos não tinha sentido o "Circuito Jovem".[104]

Por outro lado, Lamartine trouxe também um elemento importante para este trabalho de pesquisa ao afirmar que, no interior do CJ, já havia uma célula do *hip hop* teresinense:

> O fato de ter os concursos fez com que a primeira célula do Movimento Hip Hop nascesse, que foi, exatamente, através dessa dança lá, dessa dança de rua nos concursos desse "Circuito". Eu não falo que foi só o pilar de sustentação, mas que, até dentro do "Circuito", já estava a primeira semente de um dos elementos da cultura hip hop.[105]

Portanto, no final de 1992, a dança *breaking*, um dos elementos do *hip hop*, já estava consolidada entre os jovens da periferia de Teresina. Fato que Nilo Gomes também reconhece quando comenta que 90% dos grupos de dança

---

[103] Entrevista concedida por Gil BV, em 18 de janeiro de 2005.
[104] Entrevista concedida em 5 de fevereiro de 2005.
[105] Idem.

do CJ faziam suas performances a partir da música *rap* e que, por isso, passou a incentivar o movimento que começava a surgir em Teresina. Contudo esse seu incentivo, ao que nos parece, demonstra que não estava isento de uma visão capitalista, ao dizer:

> Existia um carinho que era dedicado da minha pessoa junto a esse grupo de pessoas que faziam parte desse movimento. Tanto é que a primeira empresa a criar uma loja especializada somente em discos e CDs de hip hop, de rap, black music lá em Teresina; além da gente trazer para o mercado as músicas, os CDs, camisetas, a gente ainda fornecia música pra que essas pessoas pudessem fazer suas coreografias, pudessem fazer suas montagens [...] A gente tinha filmes da cultura hip hop. Isso tudo ajudou a fomentar esse movimento dentro da sociedade que foi o hip hop.[106]

Esse depoimento contradiz o que já havia dito antes: "a gente não tinha nenhum interesse assim diretamente voltado pra o lado financeiro". Por isso, não se pode negar que o projeto estava estruturado segundo uma visão da indústria cultural. Os emergentes atores do *hip hop* não deixaram de ser um filão explorado pelos radialistas, cuja expansão de um mercado voltado para esse estilo de vida estava em ascensão em todo o Brasil. Portanto, Teresina também ganhou com esse mercado. Inclusive foi montada uma empresa por Nilo Gomes para atender a clientela *hip hopper* teresinense. Sua empresa mantinha o monopólio de produtos específicos para os grupos de dança e os emergentes *rappers* – camisetas, tênis, bonés, colares, CDs. O próprio Nilo Gomes toma para si o status de ter sido um dos fomentadores do movimento na sociedade teresinense.

Nesse contexto, Lamartine, percebendo que os grupos se digladiavam por um simples prêmio, enquanto os organizadores do CJ ficavam com grande parte dos lucros, alertou os *b-boys* com as seguintes palavras:

> Olha a gente pode sobreviver sem 'Circuito Jovem'. A gente não precisa do Nilo Gomes para fazer hip hop. Vocês mesmos podem fazer as próprias festas, os concursos.[107]

A semente de conscientização iria, mais tarde, surtir grande efeito na trajetória do Movimento *Hip Hop*, pois os próprios *b-boys*, reconhecendo que os concursos do CJ estavam causando muita rivalidade entre os grupos, decidiram montar suas festas, compor letras de *rap* e construir suas próprias rodas para dançar e cantar. O encontro com Lamartine, portanto, foi fundamental para

---

[106] Entrevista concedida em 30 de dezembro de 2005.
[107] Entrevista concedida em 5 de fevereiro de 2005.

que os emergentes *rappers*, *b-boys*, grafiteiros e DJ's se tornassem cônscios da necessidade da organização do movimento.

Antes, porém, de abordar a discussão sobre o processo de organização do Movimento *Hip Hop*, analiso o último episódio que se relaciona diretamente ao tópico em questão: o CJ como espaço de violência simbólica em torno dos grupos de dança em que competiam as melhores performances. Lugar, portanto, de conflito, rivalidade e glória.

As disputas frenéticas pelos prêmios de melhores dançarinos terminavam com insatisfações dos perdedores, que reagiam com violência aos vencedores. Para Leandro, "as 'tretas' eram motivadas pela inveja, o primeiro lugar do *podium* representava não só a superioridade do grupo na dança, como também a superioridade do bairro a que ele pertencia" (SILVA, 2002, p. 47, grifo do autor). Alguns depoimentos retratam essa violência entre os grupos.

Primeiramente, o *rapper* Cley Flanklin diz:

> A gente tinha um grupo: eu, "Re", Paulo e Daniel. E esse grupo era específico só para break; a gente dançava só break. E daí a gente foi causando curiosidade para os outros grupos que só dançavam balanço e funk. E começamos a ganhar alguns concursos, criando rivalidades de outros grupos. Daí a gente começou a participar do grupo Mix Geração desse tempo, que foi o melhor grupo de dança de Teresina. Em todo o lugar que a gente ia, algumas rivalidades surgiam, porque a gente era bem organizado, e quando a gente ia para competir, a gente ia para ganhar.[108]

O *breaking*, enquanto estilo de dança em evidência, chamava a atenção, causando curiosidade aos dançarinos de *funk*, *dance*, balanço, reggae. Isso criava rivalidades entre os grupos. Todos estavam ali para competir, portanto para mostrar-se superior ao "outro". Esse "outro" é aquele que deve ser eliminado, derrotado, porque não é um dos "nossos", não faz parte do "nosso" grupo. Essa forma de construir o espaço de sociabilidade – que é o micro (o grupo) – estende-se ao espaço físico-social, ou seja, "nosso" bairro, "nossa" rua, praça, esquina. Em outras palavras, uma delimitação da territorialidade.

Por outro lado, pode acontecer também que o "outro", geograficamente, more no mesmo bairro, na mesma rua, e, apesar disso, não seja um dos "nossos" – porque não faz parte dos laços de compartilhamento do modo de existir, pensar e agir. Isso pode ser analisado a partir da narrativa do *b-boy* Cley, segundo o qual a fama do Mix Geração provocava violência entre os grupos de dança, sobretudo entre jovens do mesmo bairro:

---

[108] Entrevista concedida em 21 de janeiro de 2005.

> E nesses bailes existiam muitas rixas, porque a gente começou a ter rixa de um e de outro da mesma área. A gente tinha rixa com os caras da zona norte, que não se cruzavam. E daí a gente se encontrava no Clube do Marques, que era o centro, o foco dos grupos se encontrarem, e dançavam. Algumas vezes, meu grupo ganhava do outro parceiro; e dali surgia uma briga, uma rivalidade; às vezes, na porta, ou mesmo dentro do baile, ou mesmo até fora, na hora de ir embora.[109]

A revolta dos grupos perdedores tomava, às vezes, proporções alarmantes, terminando em confrontos violentos entre os grupos. Gil BV, assistindo na TV a propaganda de uma das festas do CJ, decidiu participar. Foi a primeira vez que esteve no CJ, juntamente com o grupo de dança do bairro Bela Vista, e passou por um grande vexame. O *rapper* não se esquece do momento de tensão pelo qual passou e narra:

> Eu ouvia falar muito acerca do "Circuito Jovem" na televisão, porque sempre passava os caras dançando, mas eu nunca me aproximei pelo fato de ser muito longe [do seu bairro]. A única vez que eu fui no "Circuito Jovem" foi com o grupo de dança lá do Bela Vista, que também participava das competições. Nesse dia, a gente levou uma carreira, que a gente correu do Marques até a Frei Serafim.[110]

As "tretas" – confusões – eram inevitáveis em razão da superioridade que os grupos se impunham entre si. A carreira da galera da zona sul caracteriza bem a magnitude da violência à qual os grupos que ganhavam estavam sujeitos, como as perseguições de algum grupo perdedor. Gil BV acrescentou em sua narrativa:

> Correndo porque o nosso grupo era da zona sul e ganhou o terceiro lugar lá no concurso, e os caras, os outros grupos, não tinham gostado, porque no "Circuito Jovem" tinham muitos caras que iam para dançar e competir; mas, na verdade, eram gangues que, quando perdiam, tinham que brigar. Quando ganhavam, tudo bem, mas quando perdiam tinham que brigar; e esse dia que eu fui, foi exatamente [o dia] em que os caras do Bela Vista ganharam em terceiro lugar ou foi em segundo lugar, não lembro. Quando a gente foi indo embora para a parada do ônibus, vinha uma galera, e quem ficasse apanhava, aí todo mundo correu dali do Marques até a Frei Serafim...[111]

Do *b-boy* Júlio César, ouvi a seguinte narrativa:

> Tinham uns grupos de dança que se destacavam mais do que outros. Nós trabalhávamos mais e fazíamos uma coisa mais bonita. Mas sempre

---

[109] Entrevista concedida em 21 de janeiro de 2005.
[110] Entrevista concedida em 18 de janeiro de 2005.
[111] Idem.

teve rivalidade dos grupos que não aceitavam as derrotas nos concursos. Tinha troféu, e eles não aceitavam, e sempre no final da festa tinha treta, atrito e tudo.[112]

No interior desse espaço de sociabilidade há relações conflitantes. Um estado de tensão entre os "iguais-diferentes". Para o *rapper* Gil BV "muitos caras que iam para dançar e competir eram gangues que, quando perdiam, tinham que brigar". Essa ação violenta dos vencidos revela uma forma de comportamento dos jovens em relação aos "outros" que não fossem do bairro onde as baladas (festas) aconteciam.

Para Sposito, "muitas vezes a violência sem significação aparente surge como parceira inseparável dessas manifestações, que ora se exprimem nos bairros periféricos, ora se deslocam para o centro da cidade." (SPOSITO, 1994, p. 162). Talvez o significado aparente da violência no espaço de sociabilidade não estivesse diretamente relacionado ao objeto prêmio, senão à violência real na disputa pela ocupação dos espaços territoriais da cidade. Ou seja, na cidade existem espaços os quais *tribos* de outros territórios são proibidas de ocupar. Há códigos de apropriação de espaços na cidade. Ou então poder-se-ia analisar o baile como espaço simbólico de disputa pela superioridade, porém, fora dele, a violência passava a ser real: "como válvula de escape das tensões, dos conflitos, das frustrações pessoais e da exclusão social em que vivem os jovens da periferia" (SILVA, 2002, p. 47).

Os espaços urbanos juvenis – esquinas, ruas, praças, quadras – são geralmente analisados como ponto de tráfico, encontro de integrantes de gangues, postos de venda de drogas, lugar de "bandido", de gente "perigosa". Em virtude desses estigmas negativos, os atores da periferia são identificados quase sempre como integrantes de gangues e, portanto, um tipo de estrato social perigoso e violento. Todos esses estereótipos eram reforçados pelos meios de comunicação de massa, pelas classes abastadas e pelos boletins policiais.

A seguinte manchete do jornal *O Dia* é bastante recorrente: "Terror que vem das gangues". O leitor, diante desse título, corre o risco de construir imagens aterrorizantes, sempre que perceber grupos de jovens, turmas e galeras nos espaços urbanos. A matéria trazia conteúdos como: "os componentes das gangues são de classe baixa. Eles geralmente atuam nos bairros da periferia, onde moram."[113]

Duas categorias sobressaem na informação jornalística: classe social e espaço geográfico. Percebe-se, na matéria jornalística, um discurso preconceituoso que associa a pobreza tanto à violência como à periferia. Com efeito,

---

[112] Entrevista concedida em 19 de janeiro de 2005.
[113] O DIA. Teresina, Domingo, 27 jun. 1999, p. 11.

reproduz a ideologia das classes dominantes segundo a qual a periferia é o lugar das pessoas de mau caráter, das gangues, da malandragem, dos assaltos, dos roubos, das drogas, da criminalidade, da violência juvenil, enfim, lugar do caos e, supostamente, o causador da barbárie, da desordem social.

Na narrativa de Nilo Gomes há certa carga de preconceito para com os grupos do *hip hop*, pois quando perguntei como analisava a violência entre os grupos de dança no CJ ele respondeu:

> O nosso objetivo naquele momento era promover uma festa tranquila, uma festa sem problema, até porque a gente estava lidando com os jovens que seus pais também tinham uma preocupação muito grande. Então, a gente tinha que conter; e era isso que não permitia que a gente levasse a festa, tocando mais o gênero hip hop, porque sempre gerava confusão.[114]

De certa forma, Nilo Gomes pretendia promover uma festa "tranquila", porque estava lidando com grande massa de jovens. Porém associar o *rap* à violência não deixa de ser um pensamento coletivo do senso comum reforçado pela mídia. Com efeito, no interior de todas as formas de sociabilidade, existem tensões, divergências, antagonismos, complementaridades. Talvez, nas formas juvenis de agrupamento isso possa ganhar maior visibilidade. As "tretas" acontecem em todos os espaços urbanos, haja vista o acerto de contas entre grupos rivais, "bandidos", traficantes, invasões de territórios.

A periferia não é somente o lugar "onde homens e mulheres vivem assombrados pelo desemprego ou subemprego, e de jovens marginalizados, sem expectativa de futuro", mas também o *"locus* de transformação social"; ou seja, o lugar onde se encontram também as "fontes geradoras de subjetividades socialmente concretizadas" (PIMENTA, 1998, p. 43, grifo do autor).

Nesse contexto, vale estabelecer uma distinção entre "galeras" e "gangues", a fim de que espaços de sociabilidade não sejam vistos apenas como "território potencializador de práticas de violência" (DIÓGENES, 1998, p. 106). Tanto a mídia escrita quanto a sociedade associam ou confundem "galeras" com "gangues" e vice-versa. Diógenes, trazendo à tela as "cartografias da cultura e da violência", em Fortaleza, apresenta uma análise bastante contundente quando procura mostrar as fronteiras tênues entre "galeras e gangues". Segundo ela,

> O termo gangue é recortado por toda a visão que tematizou o "desvio" através da vasta produção da escola de Chicago nos anos 40 e 50 nos Estados Unidos; e, no Brasil, durante toda a década de 60 até os anos 70. Gangue e delinquência passam a ser termos correlatos tanto na visão policial, no imaginário social, como na percepção que pontua as diferenciações entre turmas de jovens. (DIÓGENES, 1998, p. 107-108).

---

[114] Entrevista concedida em 30 de dezembro de 2005.

Com isso, houve uma generalização do termo gangue, tanto pela mídia como pela sociedade. As galeras que antes se reuniam para namorar, beber, dançar nas baladas, passear, drogar-se, enfim, divertir-se de forma amigável, sem muitas formalidades, passaram a ser confundidas com as gangues, que, segundo seus integrantes, têm como objetivo roubar, saquear bens, brigar com as galeras, matar.

Para a autora, há um "tênue limite" entre esses termos. Mas pode-se distinguir uma coisa da outra por meio da seguinte proposição: "Pode-se afirmar que toda gangue é uma galera, mas nem toda galera é gangue" (DIÓGENES, 1998, p. 108). E Costa, em seus estudos sobre os "Carecas do Subúrbio", analisa que, "como característica comportamental, [os carecas] acentuavam a agressividade e a virilidade. Procuravam deixar claro que se constituíam em gangues de 'macho' e adestravam-se através do judô, do boxe e das artes marciais" (COSTA, 1993, p. 29).

Os jovens, hoje, além do espaço da escola formal, estão buscando se integrar a grupos dos mais variados tipos, nos quais buscam espaços para se expressar e desenvolver suas atividades, para buscar formas de intervenção em suas realidades, propor e cobrar respostas para suas necessidades. Nesse sentido, para Abramo:

> Os jovens tendem ir para as ruas, para os espaços públicos, para se socializarem, para buscar novas referências, para se expressar, para formatar suas identidades em confronto e interlocução com os outros. E isso envolve também a eleição de pontos de referências para o desenvolvimento desses processos. Em todas as cidades, vemos lugares "conquistados" pelos jovens: em esquinas, galerias, determinadas áreas em torno de locais públicos, como praças, estações de metrô, que se tornam ponto de encontro, reunião, realização de atividades etc., normalmente frequentados por determinadas tribos ou turmas específicas, ou que servem justamente para o encontro/enfrentamento de grupos diferentes. (ABRAMO, 1994, p. 223).

Conforme Sposito, o Movimento *Hip Hop*,

> Ao aglutinar pequenos grupos a partir de 14 anos de idade, contempla questões importantes para a análise da sociabilidade juvenil no espaço urbano e suas formas de agir, apontando outras imagens possíveis da identidade coletiva e do conflito social na cidade. (SPOSITO, 1994, p. 162).

Embora o "Circuito Jovem" fosse um espaço de entretenimento e lazer para os jovens, tornou-se também um dos locais de sociabilidade urbana juvenil e um espaço de encontro/enfretamento das diferentes tribos dos vários bairros da cidade, especificamente dos jovens negros e pobres da periferia. O "Circuito

Jovem" foi, portanto, um dos referenciais onde os jovens puderam se expressar e formatar suas identidades em confronto e interlocução com os outros.

3.3 TERCEIRA FASE (1992) – DO "CIRCUITO JOVEM" A RUAS E PRAÇAS: gênese dos grupos de *rap*

Conscientes de que o "Circuito Jovem" não correspondia mais às suas expectativas coletivas, os atores *b-boys* e *rappers* deixaram o "Circuito" e procuraram construir os seus próprios espaços sociais, os quais se tornaram referenciais comuns aos atores *hip hoppers* teresinenses. E, assim, passaram a ocupar ruas e praças da cidade. Segundo Sposito, ruas e praças "são ocupadas pela presença de incontáveis agrupamentos coletivos juvenis estruturados a partir de galeras, bandos, gangues, grupos de orientação étnica, racista, musical, religiosa ou as agressivas torcidas de futebol". Para a autora, essa não deixa de ser "uma nova apropriação do espaço urbano, que desafia o entendimento e exige uma aproximação mais sistemática para sua compreensão" (SPOSITO, 1994, p. 162).

O recorte histórico é 1992, quando os curtidores da música *rap* e os *b-boys* tiveram os primeiros contatos com o *rapper* Lamartine. Como vimos anteriormente, dos encontros com esse *rapper*, os jovens receberam significativas influências, coletaram informações e materiais sobre o Movimento *Hip Hop* no Brasil, bem como escolheram o *hip hop* como meio de sociabilidade. De forma vibrante e com muita subjetividade, o *rapper* Washington Gabriel (WG) narrou o comentário que lhe fizeram a respeito do primeiro encontro dos jovens do bairro Cabral com Lamartine:

> Quando eu estava chegando com o Código 13, os caras do Cabral disseram: "êh, esse maluco é de São Luís e tal". Aquele negão alto, com um topetão, um cabelo quadrado, exageradamente quadrado, como os americanos; com a camisa do N.W.A.[115] Eu pensei: "porra, o cara gosta de rap, conhece!" E os caras já estavam curtindo N.W.A., já estavam começando a garimpar, porque tinha aquela filosofia de dançar com músicas inéditas; quem tinha uma música inédita de rap, porque a dificuldade de ter rap aqui era grande, não existia internet naquela época [...] Aí os caras tudo atrás do Lamartine, e Lamartine com um montão de fitas de rap; um acervo assim enorme. Aí ele disse: "rapaz, eu tenho muitas fitas aí, eu quero passar para a rapaziada."[116]

A atitude do *rapper* Lamartine revolucionou os *b-boys* que estavam garimpando músicas inéditas para dançar no "Circuito Jovem" e condicionou alguns

---

[115] Sobre esse grupo conferir nota 78, p. 72.
[116] Entrevista concedida em 1º de fevereiro de 2005.

b-boys dançarinos a cantar a música *rap*. E esse momento ocorreu quando o *rapper* Lama surpreendeu os simpatizantes do *rap* – "em um baile de aniversário do 'Circuito Jovem', realizado no Clube dos Professores" (SILVA, 2002, p. 48). Era dezembro de 1992 quando Lamartine subiu ao palco mandando seu recado para aquele público ávido de ritmo e poesia. Com isso, ele tornava-se o primeiro a cantar *rap* em Teresina.

Nessa noite, os caras foram à loucura, como descreveu Washington Gabriel:

> E nessa noite, todo mundo perguntando: "rapaz, tu vai cantar, tu canta mesmo?" Ele cantou, e cantou muito bem. Ele cantou duas músicas. Aí o grupo dançou em cima da música dele. E não só quem era dos grupos de dança, como o público todo, bateu palmas. Ele saiu glorificado, o negão.[117]

Washington Gabriel caracterizou muito bem o *rapper* Lamartine (Foto 12), pois seu estilo de se vestir, descrito por WG, tinha muito das influências da internacionalização do Movimento Negro americano, conforme já mencionado antes. Se Lamartine foi glorificado por aquela multidão, passaria a ser mais ainda respeitado e admirado, tornando-se um ícone para a juventude *hip hopper* teresinense.

FOTO 12 - *RAPPER* LAMARTINE, DO CLÃ NORDESTINO DE SÃO LUÍS, "NEGRO LAMA". PIONEIRO EM TERESINA, E A MC AMANDA, DO GRUPO ATITUDE FEMININA
FONTE: acervo do autor. Teresina, 2002

---
[117] Entrevista concedida em 1º de fevereiro de 2005.

Naquela noite, terminando as performances, Washington conta que muitos jovens dos grupos se aproximaram do *rapper* maranhense, convidando-o para os encontros com os grupos da periferia. E assim, a partir da apresentação do *rapper* Lamartine, a epifania do *rap* em Teresina seria questão de pouco tempo. Pois a sua apresentação motivou muitos jovens a deixar a dança e cantar *rap*.

O *rap* teresinense já nascia com uma atitude politizada e crítica, pois a gênese de um *rap* mais politizado, preocupado com as questões sociais e raciais, era o efeito da atitude responsável e determinante do *rapper* Lamartine. E isso foi contagiando muitos jovens da periferia, que passaram a criar letras, levando em conta suas realidades cotidianas. Além disso, passaram a criticar a forma pela qual, no "Circuito Jovem", estavam deixando-se conduzir por disputas que terminavam em violências e agressões entre os grupos. Com efeito, uma concepção consciente e politizada do *rap* surgia ali por meio do Lamartine.

Depois da primeira apresentação do Lamartine, a trajetória dos grupos de *b-boys* e dos amantes do *rap* passaria por uma grande metamorfose, pois esse *rapper*, ao retornar para São Luís, deixou uma fita instrumental com alguns *b-boys* – Cley, "Re", Amiltinho – que dançavam exclusivamente para o "Circuito Jovem", e as cópias das músicas ficaram com Washington, que comentou:

> Aí ele [Lamartine] me deu a fita que tinha Racionais – "Pânico na zona sul" e "Tempos Difíceis". Tinha DMN, que era 4P; tinha muita coisa que eu nunca tinha visto. Era um rap consciente, militante; era assim a praia dele. E nós, não. Era só dança, o ritmo tinha que ser agitado; aí que ali foi meu primeiro encontro com o rap nacional, politizado.[118]

Após essas influências, o *rap* foi ganhando espaço nos lugares de dança dos jovens da periferia. Assim, pode-se afirmar que, no auge do *rap* nacional, surgiram os primeiros *rappers* teresinenses. E havia grande quantidade deles. Cley Flanklin Romão, conhecido como DJ "Morcegão", assume o pioneirismo, quando diz:

> Daí eu desisti de ser dançarino do 'Circuito' e comecei a cantar, em 1993. O primeiro cara a cantar um rap, falado, feito mesmo, fui eu. Além de ser um dos principais dançarinos daquele tempo desses eventos, que se chamava "Circuito Jovem", que foi o maior evento de 92 para 94, em Teresina. Mesmo dançando, eu aproveitava as brechas e mandava um rap, cantando.[119]

Cley narra que, em 1993, posterior ao Lamartine, foi o primeiro a cantar um *rap* em Teresina, destacando o CJ como o lugar do surgimento oficial da

---

[118] Entrevista concedida em 1º de fevereiro de 2005.
[119] Entrevista concedida em 21 de janeiro de 2005.

música. Segundo ele, mesmo dançando, aproveitava as brechas para mandar *rap*. A esse respeito, o *rapper* Washington conta:

> Um mês depois, o "Morcegão" em cima do palco, usando o instrumental de Lamartine, cantou uma música que era composição de Lamartine, que era "Droga paraíso fatal". E o "Morcegão" foi o primeiro que subiu no palco, aqui de Teresina; o primeiro rapper de Teresina que mandou um som em cima do palco.[120]

O *rapper* Gil Custódio dispensa objetividade ao se referir ao pioneiro, contudo supõe que Cley tenha sido o primeiro a cantar *rap*. Afirmou:

> Eu, exatamente, não tenho o nome, mas eu sei que o primeiro cara a cantar aqui foi o Cley, foi o "Morcegão". Na época, ele era conhecido como Big Cia, até porque o Lamartine foi um cara que veio aqui para mostrar como era um movimento organizado para a gente. Ele chegou aqui, foi nesse "Circuito Jovem" que cantou; e no dia que ele cantou o Cley pediu uma música para ensaiar, música do Lamartine; e pediu a base e, quando teve outra festa, ele cantou, ele foi o primeiro MC daqui de Teresina, do Piauí; foi o Cley, o "Morcegão".[121]

Apesar de tais declarações, identifiquei, por meio dos depoimentos de outros entrevistados, a existência de grande número de atores cujos nomes são recorrentes quando se fala dos possíveis pioneiros *rappers* teresinenses. O *rapper* Sebastian[122] (Foto 13) não soube dizer quem foi nem quis assumir para si o pioneirismo, entretanto reconheceu que quando começou "ninguém ainda havia visto hip hop em Teresina", e traz da memória nomes como: Mauro, Henrique (Rick) e muitos grupos que já compunham letras de *rap*. O próprio Cley cita a existência e importância de alguns deles na formação da "primeira escola" de *rappers*, quando diz:

> Depois que eu comecei a cantar, começou a cantar "Reuri", Daniel, irmão do DJ Paulo, e tiveram alguns malucos aqui da zona sul, que era o Wellington, e o outro, eu não me lembro, não sei se era Régis o nome dele. Porque naquele tempo, depois que eu comecei a cantar, "Reuri", Daniel, esses malucos da zona sul, começaram a cantar. Aí ficou o quê? Dois da zona norte, e dois da zona sul. Aí depois que a galera começou a ver estes quatro, aí começaram a surgir mais, mais e mais, na zona norte, zona sul, zona leste.[123]

---

[120] Entrevista concedida em 1º de fevereiro de 2005.

[121] Entrevista concedida em 18 de janeiro de 2005.

[122] Sebastião Sousa Silva – *rapper* Sebastian – nasceu em 10 de dezembro de 1975, em Parnaíba-PI. Tem o segundo grau completo. Casado com Jairela da Silva e pai do casal: David Sebastian Sousa e Silva e Débora Fernanda Sousa e Silva. Profissão: pintor e grafiteiro. Entrevista concedida em sua residência, na noite de 27 de janeiro de 2006.

[123] Entrevista concedida em 21 de janeiro de 2005, no Centro de Referência Hip Hop do Piauí.

FOTO 13 - *B-BOY*, *RAPPER* E *GRAFITEIRO* SEBASTIAN, UM DOS PIONEIROS *HIP HOPPERS* TERESINENSES. CSU PARQUE PIAUÍ
FONTE: acervo do autor. Teresina, jan. 2006

Depois, ouvi do *b-boy* "Re":

> Sebastian, colega nosso, que mora ali no Por Enquanto, é b-boy e, na época, [1993], foi um dos primeiros rapazes que começou a cantar. Ele tinha um talento muito bom. Foi um dos primeiros que eu vi a cantar; a gente reunido no fundo do quintal; foi um dos primeiros a cantar, realmente.[124]

O *b-boy* Mauro revela outro nome:

> Eu me lembro muito bem do Rick (Henrique). Ele foi um dos primeiros, pelo menos na minha cabeça no momento. Eu também, na época, escrevi alguma coisa que era, como é o nome, rapaz? [pensativo]. Tinha o refrão que eu vinha até cantando: "vou pegar o ônibus, logo ao entrar, sinto a galera a mim encarar" [risos]. Mas acho que também o Henrique e o Sebastian entram nesse mundo do hip hop.[125]

O DJ Paulo[126], do grupo de *rap* CNA, preferiu dizer não existir "um" *rapper* que cantou o primeiro *rap*, mas uma "safra", "diversos MC's" que, interagindo ao

---

[124] Entrevista concedida em 21 de janeiro de 2005, em sua residência, na zona norte de Teresina-PI.
[125] Entrevista concedida em 25 de janeiro de 2005.
[126] DJ Paulo, em conversa ao telefone, no dia 28 de janeiro de 2005.

mesmo tempo, escreveram a primeira letra de *rap*. Foi uma "redação coletiva", isto é, colocava-se a temática e cada MC escrevia um "pedaço da letra"; depois fizeram "colagem das partes". Essa primeira letra trouxe o título: "Político safado". Os *rappers* foram Daniel Bispo, Sebastian, Henrique (Rick), WG, Cley e Reury. Porém, segundo alguns entrevistados, essa "redação coletiva" somente fora criada posteriormente à primeira performance do rapper Lamartine.

Mauro Alves e o DJ Paulo enriquecem a discussão trazendo nomes que se tornam relevantes para a construção do processo histórico da formação dos primeiros *rappers* teresinenses. Assim, historicamente, entre 1992 e 1993, surgiram os primeiros MC's na cidade. Nesse contexto, consta-se uma galeria com vários integrantes da "primeira escola" de *rap*: Cley, Rick (Henrique), Sebastian, Mauro Alves, Daniel, WG, Reuri, Davi, Ary, Gil (que não é o GIL BV), DJ Paulo, Wellington, Régis, Marcos Cabral, Kleber, Robercláudio, Hélio Ferreira, Mancha. Muitos desses jovens fizeram parte de grupos de dança que disputavam os concursos no "Circuito Jovem". Ou seja, a "primeira escola" foi gestada no interior do CJ, sobretudo, depois que ouviram o maranhense Lamartine cantar *rap*, pela primeira vez, em Teresina.

Diante das narrativas, após a apresentação do *rapper* Lama, vários jovens ex-*b-boys* escreveram letras de *rap* e tentaram cantar, algo criado coletivamente, embora alguns se destacassem talentosamente entre outros, a exemplo de Cley, Rick, Sebastian, WG, Kleber e por aí vai. O próprio "Re" lembra que viu e ouviu o primeiro *rap* cantado em Teresina pelo *b-boy* Sebastian, "no fundo do quintal". Portanto, cada lugar, cada "quebrada", teve seus pioneiros *rappers*.

Nesse contexto sócio-histórico-cultural, os clipes com *rappers* foram determinantes no processo de construção do segundo elemento do *hip hop* teresinense, qual seja, o *rap* (tendo sido o *breaking* o primeiro elemento, antes analisado). Os jovens passaram a se identificar com tal estilo musical, pois as mensagens que os negros *rappers* americanos transmitiam e a sua realidade social tinham muito de similar com as vidas dos jovens negros e pobres de Teresina. Em seu depoimento o *rapper* Washington Gabriel manifesta tal identificação:

> E quando eu assisti Colors vi muito aquela realidade do Mocambinho ali; porque no Colors, você vê, têm os "Bloods" e "Crips", que são os latinos, os negros, aquela divisão de gangues que tem nos EUA, bem peculiar; e aquilo ali com o rap sempre como pano de fundo; as roupas, atitudes, assim naquela coisa de você entrar numa gangue e passar por uma avaliação, por uma sabatinagem de pinéia. E aquilo mexeu muito comigo e comecei a entender [...] Eu assisti no cinema, era legendado, então, eu tive a oportunidade de saber o que os caras estavam cantando na letra; pela primeira vez, eu entendi e gostava muito da música; e ali fiquei doido, a música falava que as cores determinavam a violência da cidade: "zona sul,

> zona leste; Los Angeles, o império do Satã e tal". Ele começava a falar de uma forma tão poética do caos que eu fiquei fascinado com aquilo ali.[127]

Portanto há, efetivamente, uma identificação entre os contextos sociorraciais. Washington percebeu que, a exemplo do caos americano, havia também, nos bairros pobres de Teresina, um caos a que estavam sujeitos os jovens negros e suas famílias. A mesma narrativa ouvi dos jovens que, contemporâneos ao Washington, assistiram aos clipes e ouviram os *rappers* americanos, tais como: Afrika Bambaataa, B. G. Prince Of Rap, Public Enemy, N.W.A., Dr. Dre, James Brown, Asia One, Lionel Ritchie, Snap Shot, MC Hammer, Vanillas Ices, Kool Herc, Grand Master Flash, Run DMC. Os *rappers* brasileiros que mais os influenciaram foram: Thaíde & DJ Hum, Racionais MC´s, DMN (4P) e os discos *Hip Hop cultura de rua* (1988) e *Sons das ruas* (1989).

Embora os primeiros *rappers* cantassem individualmente, a fase da formação de pares de *rap* veio logo. Assim, formaram-se os grupos: Vocal e Legal, constituído por Daniel e Washington; Ideologia Negra, integrado por Rick e Sebastian; Bantu e Brutal, formado pelos *rappers* Marcos Cabral e Kleber. Esses primeiros grupos não tiveram bastante consistência, pois muitos, depois de algum tempo, desfizeram-se ou então se juntaram às outras siglas. Além do mais, não existia a aparelhagem eletrônica – *mixer*, vinis e toca-discos –, então cantavam as músicas por meio dos *beatbox*, ou seja, os diversos sons imitados com a boca. Porém é um tempo de relativa produção de letras musicais.

Embora os pioneiros, na sua maioria, viessem da zona norte, encontravam-se também alguns dos primeiros *rappers* teresinenses na zona sul/sudeste. Na realidade, estavam nos interstícios da sociedade. Assim, encontravam os grupos de *rap*: K-MC, formado por Cazé, Ramon e K-ED; "Pretos Reais", integrado por K-ED, Rick e Luzinaldo. Segundo K-ED, em 1993, na zona leste, seu grupo já praticava um *rap* a partir de uma visão política e crítica da realidade em que viviam os jovens negros e pobres da periferia. Ainda lembra que produziram um fanzine cujo nome era "Anexo", e saíram distribuindo onde estivessem acontecendo rodas ou eventos de *hip hop*.

Ao analisar o processo de consolidação dos grupos de *rap*, sobressaíram algumas dificuldades enfrentadas pelos atores devido às necessidades objetivas que se lhes impunham, pois não havia os instrumentos técnico-eletrônicos disponíveis para operar o som, sendo os recursos assaz escassos. Eles mixavam a música no gravador, na fita K7, pois não possuíam *pick-up* nem *mixer*; não havia DJ's nem estrutura de som; de forma que produziam as músicas no gravador. Como disse "Re": "o único recurso que a gente tinha era o deck com a fita, e a música saía perfeita".

---

[127] Entrevista concedida em 1º de fevereiro de 2005.

Nesse mesmo sentido, o *rapper* Cley confirma que a turma "escapava nas fitazinhas K7", e conclui: "a gente pegava emprestado de algum cara que foi lá em Brasília e gravou; e a gente fazia este intercâmbio". Essa era uma forma de intercambiar não só os conhecimentos a respeito do *hip hop* como também socializar fitas, vinis, fanzines, fitas de vídeo. Tais "trocas simbólicas" foram estabelecendo códigos que acabaram identificando-os como um grupo social. Para Bourdieu, "o poder simbólico é, com efeito, esse poder invisível o qual só pode ser exercido com a cumplicidade daqueles que não querem saber que lhe estão sujeitos ou mesmo que o exercem" (BOURDIEU, 2002, p. 7).

As dificuldades não só estavam ligadas diretamente às questões técnico-eletrônicas, mas também ao processo de organização do movimento, pois foram necessários oito a dez anos até que o movimento se estruturasse. O processo de organização e articulação foi bastante conflituoso, tenso, antagônico e divergente. No interior dos próprios grupos, havia constantes conflitos e enormes dissensões. Isso ficou bastante patente na complexa trajetória do movimento. Os atores participaram das reuniões para discutir o que seria consciência política e racial, como ouvi do DJ Cley: "A gente se encontrava nos finais de semana, para discutir o Estatuto que Lamartine tinha deixado para a gente tirar cópia, para a gente estar mais informado sobre o rap"[128].

Aqui, constata-se a limitação que havia de informações sobre o *hip hop* organizado no Brasil, uma vez que em São Paulo, Brasília e Porto Alegre, os três pontos principais do *hip hop* brasileiro, já estavam muito articulados. Mas, como descrevi acima, tal organização não foi fácil, porque havia muitas brigas e rivalidades, resquício das batalhas de danças ainda referentes aos concursos do "Circuito Jovem", ou mesmo devido ao surgimento de muitas gangues que provocavam as "tretas" entre si. Com efeito, as discussões não eram fáceis e muito conflituosas. No entanto a força de se organizar foi mais forte, diz o DJ Cley:

> Naquele momento a gente tinha que aprender a conviver juntos, estar juntos naquela hora, para lutar pela mesma causa, para estar de braços dados, de punho erguido para combater o sistema, a polícia, ou qualquer tipo de discriminação que a gente sofria.[129]

Por meio da narrativa do DJ Cley, observa-se uma exigência fundamental para a formação do coletivo: "aprender a conviver juntos". Para isso, fazia-se necessário que se desarmassem e se abraçassem e erguessem os punhos, unidos em torno de uma luta pela mesma causa: combater o sistema, a política ou qualquer tipo de discriminação. Há, em seu depoimento, muitos ingredientes não só de uma consciência crítica, como também de um veemente

---

[128] Entrevista concedida em 21 de janeiro de 2005.
[129] Idem.

apelo à mudança de atitude para que se chegasse à consolidação do movimento. Isso demonstrava que, na construção do coletivo, os indivíduos teriam que, tacitamente, perder parte de sua individualidade, para que os arranjos sociais pudessem ser estabelecidos e aceitos pelo grupo.

Para Maffesoli (2002, p. 112), o grupo que se fundamenta "no sentimento partilhado" possui algumas características que lhes são essenciais, como: "comunidade de ideais, preocupações impessoais, estabilidade da estrutura que supera as particularidades dos indivíduos". O DJ Cley implicitamente estava chamando a atenção para a formação de um movimento que, mesmo diante de divergências, conflitos e diferenças, pudesse manter os sentimentos de "estar--juntos", lutando pelas mesmas causas. Esse aspecto da organização será, então, analisado na fase seguinte.

3.4 QUARTA FASE (1993-1995) – ORGANIZAÇÃO E AUTODENOMINAÇÃO DO MOVIMENTO *HIP HOP*: "Questão Ideológica" e construção de um "novo" espaço social, a praça Pedro II

O processo de organização e autodenominação do Movimento *Hip Hop* e a tomada da praça Pedro II como espaço de sociabilidade favoreceram maior visibilidade e legitimidade ao movimento. Como frisei anteriormente, os dançarinos *b-boys* deixaram o "Circuito Jovem" no final de 1992, período em que alguns já ensaiavam a música *rap*, passando a se reunir na zona norte. Vários foram os espaços nos quais se reuniram para construir a organização do movimento e praticar os elementos do *hip hop*. Houve, assim, uma reunião no Sesc do bairro Vila Operária, onde participaram Mauro, Cley, Kleber, Henrique, Sebastian. Depois, no Centro Cultural e Esportivo João Araújo, o Ginásio Poliesportivo Pato Preto[130] (Foto 14), aconteceram vários eventos programados pelos praticantes do *breaking*. E ainda a creche "O Lima"[131,] no bairro Mocambinho, foi outro lugar referencial para a sociabilidade desses atores.

---

[130] O Centro Cultural e Esportivo João Araújo ("O Pato Preto") foi fundado em 21 mai. 1991 e localiza-se à avenida Jorn. Josípio Lustosa, bairro Mocambinho, zona Norte.

[131] Centro de Apoio ao Menor Carente, conhecido como creche "O Lima", fundada em 11 de novembro de 1984, localiza-se à Quadra 46, C – 17 Setor A, bairro Mocambinho, zona norte de Teresina. Segundo seu fundador, Lima, o objetivo da creche era "atender as necessidades prementes da população carente da periferia". Hoje, atende crianças para o ensino infantil; existem 15 educadores voluntários.

FOTO 14 - GINÁSIO POLIESPORTIVO JOÃO ARAÚJO, "O PATO PRETO", ESPAÇO DE SOCIABILIDADE JUVENIL DO *HIP HOP*, DÉCADA DE 90
FONTE: acervo do autor. Teresina, jan. 2006

O bairro Mocambinho tornou-se também significativo para os atores, pois lá surgiram as primeiras reuniões no processo de formação do movimento. Assim, no início de 1993, na creche "O Lima" (Foto 15), 40 entusiastas participaram de uma dessas reuniões, cujo objetivo foi discutir a organização do movimento, à semelhança do Ceará e do Maranhão, onde o *hip hop* já era consideravelmente organizado.

FOTO 15 - PARTE EXTERNA DA CRECHE "O LIMA"
FONTE: foto de Antônio Nunes. Teresina, ago. 2005

O depoimento do proprietário da creche contém informações bastante recorrentes entre os *b-boys* e *rappers* teresinenses:

> O Movimento Hip Hop, eles o começaram aqui. O WG começou aqui. Pediu o espaço, e eu disse "podem participar"; aí veio a turma todinha. Começaram aqui; todos os eventos do hip hop, quando começaram, foi no Mocambinho, nasceram aqui. Os cabeças eram daqui, que era o Curuja, WG, Robercláudio, Cley; tinha uma turma lá dos Três Andares, Cristo Rei, Buenos Aires [...] Então, o Movimento Hip Hop realizou muitos eventos aqui.[132]

Francisco Marcos, um dos pioneiros articuladores do movimento, traz da memória:

> WG fez uma carta ao Lamartine, querendo obter melhores informações sobre o Movimento Hip Hop organizado em São Luís. Dias depois, veio as correspondências (fanzines), informando sobre a cultura hip hop de São Luís, uma cultura subterrânea.[133]

Para alcançar tal fim, aconteceram várias reuniões e discussões em torno da autodenominação do movimento. Washington Gabriel afirma que, numa reunião, com grande quantidade de jovens, sugeriu: "ó, tal dia, lá na minha casa, no Mocambinho, a gente vai se reunir para discutir o nome do movimento". Porém, segundo ele, poucos daqueles atores compareceram à reunião. Mas, juntamente com "Robercláudio, 'Re', Marcos, 'Curuja' e outras pessoas", escolheram o nome do movimento. Lembra Washington que fizeram uma lista de nomes, acrescentando: "tinha nomes ridículos, ainda lembro: 'Pro Rua', 'Movimento Quebrada Mais'". Mas foi o próprio Washington quem teve a intuição de falar aos companheiros: "rapaz, estamos aqui por uma 'questão ideológica'. Por isso, vai ser 'Questão ideológica'; e o apelido a gente bota 'QI'"[134].

Daí eles levaram duas sugestões para a reunião ampliada: "Pro Rua" e "Questão Ideológica". Em votação, passou a segunda sugestão. Washington lembra que elaborou o primeiro manifesto em que esclarecia a origem do Movimento *Hip Hop* Organizado do Piauí – "Questão Ideológica" –, e os quatro elementos nele agregados: *breaking, grafite, rap* e DJ's. Além disso, chamou a atenção dos outros, afirmando que doravante não seriam mais vítimas nem da polícia nem da sociedade. Robercláudio desenhou uma bandeira, colocando, de um lado, o símbolo do QI, um "punho cerrado", e, do outro, o do Piauí. Foram produzidas e distribuídas cópias do manifesto na praça Pedro II. Assim nascia

---

[132] Francisco Lima nasceu em 16 de maio de 1954, na cidade Pindaré Mirin, no Maranhão; solteiro; formado em licenciatura plena em História, considera-se um educador; exerce função de assessoria na Assembleia Legislativa do Estado do Piauí. Entrevista concedida em sua creche, em 24 de janeiro de 2006.

[133] Entrevista concedida em 24 de janeiro de 2005.

[134] Entrevista concedida em 1º de fevereiro de 2005.

o Movimento *Hip Hop* Organizado do Piauí – "Questão Ideológica" ou QI. No conjunto, identifica-se a hegemonia dos grupos da zona norte. Essa influência era perceptível até certo tempo, mas atualmente há uma maior participação e influência dos jovens das zonas sul/sudeste.

Escolhida a autodenominação do movimento, o passo seguinte seria nomear um espaço que pudesse aglutinar os integrantes e simpatizantes do emergente movimento que, eventualmente, viriam das várias regiões da cidade. Assim, confirmou DJ Cley:

> O nome QI foi batizado na primeira roda aberta, na praça Pedro II, porque era centro, e ficava mais fácil o acesso para os malucos da zona sul, zona leste, zona sudeste e da zona norte, porque os ônibus passavam tudo lá. Então no centro ficava mais fácil, porque a gente se organizava no Mocambinho, mas nem todo mundo ia.[135]

A observação do *rapper* Cley exprime a realidade dos atores naquele momento, pois o bairro Mocambinho, à época, era considerado um dos últimos da zona norte, portanto, bastante distante do "centro" da cidade. Os jovens então teriam que arcar com expressivos gastos com transporte.

Segundo Sposito:

> Embora os grupos de rap nasçam no interior da sociabilidade de rua que constitui o pedaço no bairro pobre e periférico, eles protagonizam possibilidades diversas de mobilidade espacial em direção ao centro, facilitada pela malha de transportes coletivos urbanos. (SPOSITO, 1994, p. 173).

Na narrativa do *b-boy* Mauro, há algo semelhante à análise de Sposito, sobretudo, quando ele afirma que as rodas do *hip hop,* na zona norte, ficavam "uma coisa muito descentralizada", e os jovens da zona sul tomavam dois ônibus: um do bairro de origem ao centro, e um segundo, até o bairro Mocambinho, onde aconteciam as reuniões tanto para organizar o movimento quanto para praticar os elementos culturais do *hip hop.* Mauro lembra ainda o sacrifício por que muitos deles passaram para chegar até ao local, sendo que alguns até "subiam de bicicleta ou a pé".

No entanto, para além de uma questão meramente econômica e de distância geográfica, o DJ Cley revela outro motivo, assaz intrigante, pelo qual decidiram transferir os encontros para a praça Pedro II:

> Tinha alguns caras que tinham rivalidades no Mocambinho e não iam com medo, porque a gente se reunia lá. O WG procurava um lugar para se reunir com a gente – Robercláudio, Coruja que, nesse tempo, era um

---

[135] Entrevista concedida em 21 de janeiro de 2005.

participante ativo. Então tinha uns malucos que tinham rivalidades. Iam, mas iam com medo; às vezes, não iam. E às vezes que iam, se os caras soubessem que a gente estava lá, então era carreira, era briga, era isso. E foi muito difícil da gente está mantendo contato, juntando a galera toda para poder formar o Movimento Hip Hop Organizado do Piauí. E daí então a gente começou a se organizar na praça Pedro II, aos domingos. Todo o domingo, das quatro horas até às nove horas da noite.[136]

Comparando a narrativa do DJ Cley com uma reportagem do jornal *O dia* encontrei alguns pontos semelhantes. O jornal traz a seguinte manchete: "Menor que mata e que morre". O conteúdo é bastante elucidativo para esse trabalho, pois a matéria inicia com as seguintes observações: "D. G. V., 17 anos, pertence, desde os 10 anos de idade, a uma das muitas gangues que promovem brigas em Teresina". Depois, retrata a fala do adolescente que afirma: "Entrei na gangue porque gosto de me divertir nos bailes. A gente não pode aceitar a provocação e daí os amigos se reúnem e começam as brigas. Mas eu queria mesmo a paz."[137]

O adolescente justifica-se que entrou na gangue levado simplesmente pelo prazer de se divertir, desconhecendo as consequências que poderia sofrer na gangue. Os amigos se reúnem, não aceitam provocação e começam a brigar. O depoimento do *rapper* Washington Gabriel é bastante relevante, pois ele mesmo mostra o grau de violência pelo qual passou e as consequências que um jovem pode sofrer quando "invade" o território do "outro". Assim, ouvi:

> Brigamos para caramba, peguei carreira do Parque Piauí; peguei pancada de facão, cadeirada na cabeça. No Promorar, nem fui, porque me prometeram uma tacada um dia, a galera do... Os malucos do Marques me procuravam um tempo para dar carta da minha vida; vários deles sofreram no Buenos Aires; pisou no Mocambinho, e o maluco só queria dançar; uma vez numa festa de rap teve uma confusão feia.[138]

Por meio desse depoimento, observa-se que as gangues não permitem que grupos juvenis de outros bairros participem das baladas que acontecem na região onde moram. Porque isso seria um ato provocativo e afrontoso. Infere-se, em sua fala, a manifestação de um "ethos masculino". Para Zaluar (2000, p. 139), "O território ocupado pela vizinhança é uma extensão do narcisismo masculino que obriga a revidar qualquer provocação ou tentativa de humilhar um homem".

---

[136] Entrevista concedida em 21 de janeiro de 2005.

[137] O DIA, 27 jun. 1999, p. 11.

[138] Depoimento dado na abertura do I Encontro com representantes do Movimento *Hip Hop* que integram o projeto social do "Questão Ideológica", e que estão presentes nos zonais da cidade. O encontro realizou-se no Centro de Referência Hip Hop do Piauí, no dia 26 de dezembro de 2004. Desse encontro participaram 40 jovens. O objetivo foi não só discutir o projeto "produzindo identidade" como também levar ao conhecimento dos grupos o significado da Associação Piauiense de Hip Hop e Juventude Periférica. O tema do encontro foi: "As perspectivas do hip hop no Piauí".

Com efeito, há um "código de honra" que poupa e protege os de dentro e segue uma hierarquização pactuada, consensualizada, mesmo que temporariamente, entre os que mandam e os que obedecem (DIÓGENES, 1998, p. 143). Ainda segundo essa socióloga,

> A territorialidade das gangues, suas áreas de atuação, seus limites de domínio traduzem-se na fala de seus integrantes como projeções de campos de guerra e de refúgio. No imaginário das gangues, os espaços da cidade configuram-se como *locus* de disputa, confrontos e delimitação de posses. (DIÓGENES, 1998, p. 143, grifo da autora).

Há uma diferença entre as gangues estadunidenses e as do Brasil. Enquanto nas primeiras os conflitos entre as gangues juvenis, nos bairros pobres, são manifestamente violentos e têm desde sempre um caráter étnico – visto que a segregação étnica se confunde entre etnia e bairro, raça e bairro (ZALUAR, 2000, p. 21), no Brasil, os conflitos entre as gangues estão relacionados à vizinhança, à disputa pela territorialidade, aos espaços de sua atuação e de acerto de contas do tráfico de drogas, onde gira um mercado ilegal, controlado por um "bandido formado"[139].

Na análise da transferência dos encontros do movimento para a praça Pedro II (Foto 16) encontra-se um terceiro motivo relevante para o conjunto dos episódios que foram acontecendo ao longo do processo de consolidação do movimento. Assim, o *rapper* Washington revelou:

> O Lima era envolvido com a política [partidária], com a direita, e a gente não tinha noção do que era isso, mas também não queríamos nos envolver, queríamos isso bem longe da gente; percebemos essa atitude dele.[140]

O depoimento do *rapper* deixa claro que havia interesses partidários por parte do proprietário da creche. Sua pretensão não seria, voluntariamente, contribuir para a consolidação do movimento no bairro, senão com o objetivo de alcançar alguns fins eleitoreiros. Por isso, resolveram deixar a creche, escolhendo a praça Pedro II, em frente ao Cine Rex (Foto 16), como o *locus* das reuniões e performances do *hip hop*. Nesse novo espaço urbano de sociabilidade e formas de agir, o movimento foi, então, "batizado" com a autodenominação "Questão Ideológica" (QI), passando a ser o referencial comum da juventude *hip hopper* teresinense.

---

[139] Zaluar faz uma distinção entre "pivete", "bandido porco", "bandido sanguinário" e o "bandido formado". Este último é o "defensor da inviolabilidade do território que ocupam". Porque são eles que "impedem a entrada de outros bandidos, pivetes, ladrões ou estupradores que não só ameaçam a segurança dos trabalhadores como manchariam a honra e a dignidade dos moradores daquele local". (2003, p. 138).

[140] Entrevista concedida em 26 de dezembro de 2004.

A praça Pedro II localiza-se na área central da cidade. Após sua construção, em 1936, passou por várias transformações urbanísticas. Historicamente, segundo Lima, nos anos 60, a Pedro II era uma das mais frequentadas da cidade, ou seja, um centro aglutinador por excelência. Nas décadas de 1970 a 1990, ela caracterizou-se como local de bancas de revistas, vendas de livros usados e vales estudantis. Esse comércio lhe conferia um ar de feira livre. Porém a reforma de 1998 foi uma tentativa de recuperar seu desenho da década de 1950, "época em que foi polo social e de lazer da cidade" (LIMA, 2001, p. 3). Nesse contexto, a praça se apresentava como um lugar segregativo, dividido entre a "praça baixa", ocupada pelas moças de famílias abastadas, e a "alta", onde transitavam as "empregadas domésticas".

FOTO 16 - VISTA DA PARTE BAIXA DA PRAÇA PEDRO II, ZONA CENTRO. AO FUNDO, A FACHADA PRINCIPAL DO TEATRO 4 DE SETEMBRO (E) E O CINE REX (D), ONDE OS PIONEIROS *BREAKERS* DANÇAVAM[141]
FONTE: cartão postal da praça Pedro II, teatro e Cine Rex, abr. 2006

Para o autor, o desenho da praça, cortada por uma rua transversal e dividida em dois níveis, uma praça alta e outra baixa, favorecia tal separação. Havia também as atividades diurnas e noturnas. Durante o dia, a praça podia funcionar como palco para atividades militares, políticas, comerciais; e à noite

[141] Em frente ao Cine, havia bancas de jornais e revistas, cujos donos forneciam energia para que os jovens ligassem o aparelho de som.

eram as atividades sociais (LIMA, 2001, p. 61). Teve um tempo em que podiam se observar muitas pessoas desempregadas, pois se deslocavam ao centro em busca de qualquer emprego. Depois, converteu-se em um *point* de gays e travestis. Enfim, os jovens da cultura *hip hop*, em 1993, em frente ao Cine Rex, passaram a se utilizar desse local para reuniões e performances do *breaking* e da música *rap*. A praça transformou-se num lugar de concentração e visibilidade social dos amantes dessa cultura.

Segundo o depoimento do *rapper* Robercláudio, esse dia foi interpretado como uma confraternização dos manos:

> Foi uma confraternização, chegaram os "breakeiros", chegaram os pichadores, naquele tempo não tinha grafiteiros, chegaram os caras de cross, chegaram os caras de skate, chegaram mesmo uma porra de cara. (ROBERCLÁUDIO apud SILVA, 2002, p. 50).

O sentido de confraternização indica um sentido de festa, consenso e rito de passagem da "clandestinidade" à legitimidade social e de reconhecimento entre seus integrantes de que o movimento estava fundamentado sob os mesmos sentimentos partilhados. A apropriação do espaço no "centro" da cidade dava visibilidade à "periferia". Citando Routleau-Berger, Sposito esclarece:

> A apropriação de alguns espaços no centro da cidade, como afirma Routleau-Berger, traduz as microculturas jovens, expressas não apenas na periferia que é o seu lugar de moradia. No centro urbano, esses lugares exprimem os modos de negociação identitária, são "espaços que fazem periferia no centro", espaços de trânsito que garantem transições sociais e espaciais para os jovens na cidade, espaços que dão um sentido positivo às situações de precariedade. (ROUTLEAU-BERGER, 1988 apud SPOSITO, 1994, p. 174).

A narrativa do *rapper* WG traz alguns detalhes a respeito da apropriação da periferia no centro, enquanto lugar de negociações identitárias e de trânsito, mobilidade e interação entre centro/periferia. Narra o *rapper* WG:

> A gente foi pra o centro, praça Pedro II, em frente ao Cine Rex. Levei o tapete da mamãe. Eu falei que tinha o tapete, outro falou que tinha um gravador, e aí a gente foi; e lá a gente começou a botar som para o pessoal dançar break; ouvia os Racionais e cantava as músicas dos caras de São Paulo. Ficava a música ali, tocando no som; pagava, o que é hoje, R$ 3,00, que era para o cara da banquinha de jornal; não era cheia de banca? Tinha o Joel; aí tinha uma que era de revista usada; tinha, ao lado de uma banca que você carimbava os livros, agenda e tal; e o cara cedia energia pra gente; a gente fazia por trás da banca dele.[142]

---

[142] Entrevista concedida em 26 de dezembro de 2004.

O *b-boy* Mauro descreve os primeiros momentos das apresentações na praça Pedro II:

> A gente chegava com o som, que eu levava; outros levavam. Ai lá a gente fazia a "vaquinha"; a princípio, a gente comprava as pilhas, depois, nós conseguimos uma extensão que era ligada na banca de revista, lá no centro, na praça Pedro II, em frente ao Cine Rex. Nesta banca de revista, a gente ligava a extensão e fazia a "vaquinha" entre todo mundo, e pagava o cara da banca.[143]

Não obstante as limitações materiais – estrutura técnico-eletrônica e eletricidade, economia –, a disposição coletiva de querer dar sentido à nova forma de agrupamento juvenil e afirmar o "sentimento partilhado" levou os integrantes do movimento a buscar superar as necessidades materiais objetivas.

Faz-se necessário dizer que – assim como os *b-boys* "Re" e Mauro andaram pelos bailes e pela periferia à procura de "breakeiros" – os *rappers* visitaram também as periferias e favelas distribuindo fitas K7 com *rap*. Na narrativa do *rapper* Washington, ouvi:

> Rolou uma fitinha (fita K7), um colecionador da zona sul, a fitinha ficou famosa porque rodou Teresina todinha. Então, a gente começou ouvir rap politizado através dessa fita. Foram tiradas várias cópias da fita. Quando não tinha espaço para ele [rap], nós pegávamos uma bicicleta e distribuía o som aos caras na favela: "olha escuta aí, é massa e tal". Em todo o Brasil aconteceu isso. E começou o hip hop organizado.[144]

Francisco Marcos lembra que, nas reuniões, ele e Washington foram chamados de: "os encabeçadores", "linhas de frente", "os organizadores", "os faladores", porque criavam estratégias para a estruturação do movimento. Afirma ainda que um dos objetivos da "primeira escola" era, depois de estruturar o movimento, criar posses[145] nos bairros da cidade, como Dirceu, Mocambinho, Buenos Aires.

Mas também assegura que a conscientização dos jovens sobre a importância do movimento na periferia era uma forma de tirá-los da droga e das gangues violentas. Segundo ele, havia a "preocupação com a conduta dos manos, saber se estavam vacilando ou não". Lembrou também que a temática das reuniões girava em torno da reflexão sobre "discriminação", "realidade

---

[143] Entrevista concedida em 25 de janeiro de 2005.

[144] Entrevista concedida em 1º de fevereiro de 2005.

[145] "Posse" é concebida como um espaço sociocultural em que os praticantes do Movimento *Hip Hop* se encontram para, com atitude consciente, discutir os problemas da "quebrada", denunciar as formas de opressão, de racismo, violência policial, conflito familiar, descaso das autoridades etc. Além disso, deliberam as atividades culturais da posse e fazem suas performances através dos quatro elementos. Portanto, ela se caracteriza por um espaço democrático de tomada de decisões e de solidariedade entre os manos e minas da quebrada.

da juventude", "hip hop nacional". Finalmente, os jovens passaram a se interessar por leituras mais críticas, tendo como referenciais Karl Marx, Malcolm X, Mandela, Zumbi, Martin Luther King[146].

As rodas dominicais na praça Pedro II – assumindo os antigos espaços "Lazer nos Bairros" e o "Circuito Jovem" – passaram a ser o lugar de sociabilidade da juventude negra da periferia. Para esse *locus*, jovens se deslocavam dos mais vários bairros da cidade, às vezes de bicicleta ou a pé, devido à escassez dos recursos econômicos. Chegavam trajando um estilo de roupa específico que caracteriza os *hip hoppers*: calças largas ou bermudões, jaquetas, camisetas com a imagem de algum ícone do *hip hop* nacional ou internacional, ou mesmo de algum dos líderes negros como Martin Luther King, Malcolm X, Steve Bico, Zumbi, Mandela; boné com logotipo de algum grupo de *rap* americano ou nacional, tênis, colares, braceletes, anéis.

A praça foi interditada para restauração, em 1998. Mas ao retornarem os atores deixaram de fazer suas performances em frente ao Cine Rex e passaram a ocupar o coreto (Foto 17), localizado na parte superior da praça, onde, aos domingos, encontram-se para discutir a pauta de assuntos, seguida das performances dos *b-boys* ao ritmo dos *mixes* do *DJ* (Foto 18) e da poesia dos MC's que cantam aos quatro cantos da praça. Assim, a praça torna-se palco das demonstrações criativas e habilidosas desses jovens.

FOTO 17 - SOBRE O CORETO (PARTE ALTA DA PRAÇA PEDRO II), OS PRATICANTES DO *HIP HOP*, DEIXANDO O ESPAÇO EM FRENTE AO CINE REX, PASSARAM A FAZER SUAS PERFORMANCES
FONTE: foto de Antônio Nunes. Teresina, ago. 2005

---

[146] Entrevista concedida em 24 de janeiro de 2005.

FOTO 18 - DJ VENÍCIOS (MESA-DE-SOM, *MIXER* E *PICK-UPS*) FAZ *SCRATCHES*
FONTE: acervo do autor. Teresina, 2002

Participando de algumas rodas (Foto 19), percebi que os *hip hoppers* têm uma linguagem coloquial e simples, rebuscada por gírias e com conteúdo bastante substancioso para explicar as temporalidades vividas no seu meio social. Por outro lado, o discurso é bastante crítico e politizado, pois partem das suas próprias práticas, das experiências vivenciadas no mundo da cotidianidade. Depois, há uma forma de se cumprimentarem. No momento da saudação, as mãos se tocam de forma aberta, deslizando até às pontas dos dedos, seguindo-se de um leve soco com os punhos fechados e cerrados. Símbolo de garra e luta. Este não deixa de ser um signo recorrente e carregado de sentido, porque reforça os laços de pertença ao grupo. Por meio do rito, os indivíduos não somente se agregam como também renovam e reforçam os laços sociais e a relação de pertencimento ao grupo (GENNEP, 1978).

FOTO 19 - AÇÃO *HIP HOP* NA PARTE ALTA DA PRAÇA PEDRO II (CORETO). *BREAKERS* EXIBEM SUAS PERFORMANCES
FONTE: acervo do autor. Teresina, 2002

Contudo esse processo de maturação não foi fácil devido aos constantes e permanentes desentendimentos entre os primeiros integrantes do movimento, ou seja, a "primeira escola". Para Rose (1997, p. 204, grifo da autora),

> Compartilhar idéias e estilos, no entanto, nem sempre é um processo pacífico. No hip-hop existem muito confronto e competição [...] Dançarinos de break, em razão da ciumeira geral, sempre brigam com outros grupos de dançarinos; os grafiteiros às vezes destroem os grafites de seus rivais e as batalhas entre *rappers* e DJs podem terminar em brigas. O hip-hop se mantém como um luta interminável pelo status, pelo prestígio e pela adoração dos grupos que estão sempre em formação e são sempre contestados e nunca totalmente satisfeitos.

Havia fortes rivalidades e tensões entre os jovens, já que, além dos possíveis conflitos violentos entre eles, não existia ainda, ao que nos parece, suficiente preparação e clareza na questão de estrutura organizativa – o que, de alguma maneira, é compreensível, até porque não havia um corpo de "assessoria" que os auxiliasse em suas tomadas de decisões e ações. Eles foram aprendendo com o processo de estruturação e organização do movimento. Mas, com certeza, sabiam muito bem o que queriam: trabalho, educação e saúde para suas famílias e para a juventude pobre da periferia. Assim, na própria fala do *rapper* Cley Flanklin, observa-se a dificuldade enfrentada para compreender e interpretar o que estava se configurando:

> A gente se organizava lá [praça Pedro II], sentava, discutia, um era contra a atitude do outro; um colocava a proposta, o outro era contra; a gente tinha de discutir para entrar no consenso e nada amadurecia; e a gente via que aquilo ali era só perca de tempo, que a gente estava perdendo o nosso tempo. E nos primeiros meses a roda dava 30, 50, 70 pessoas. Foi diminuindo, porque a galera achava que não sentia a necessidade de estar se politizando, de estar lutando por uma causa justa, porque tinha muito cara cabeça dura, muito mesmo; às vezes, tinha discussão, eu cheguei a ser afastado do hip hop, devido algumas imprudências que eu tomava na hora.[147]

Houve, de certa forma, um desgaste das energias na primeira fase de consolidação do movimento, ou seja, os manos passaram por uma sensação de impotência e insatisfação das primeiras lideranças, por causa daquele ceticismo de alguns, até porque se tratava de posturas "politicamente corretas": se organizar para lutar "por uma causa justa", qual seja, a conquista da cidadania dos jovens negros da periferia. Com efeito, isso iria culminar na primeira crise do emergente movimento, fato a ser analisado posteriormente.

Com as narrativas, registrei dois eventos que proporcionaram grande impulso tanto à consolidação da "primeira escola" de *rappers* quanto ao surgimento da "segunda escola" de *b-boys* teresinenses. O primeiro foi em dezembro de 1993, quando se realizou a Primeira Mostra de *Hip Hop* do Piauí, no Teatro de Arena, na praça Marechal Deodoro da Fonseca, centro da cidade (Foto 20). Para essa mostra, vieram os grupos de *rap* de São Luís: Discípulos "X", Navalhas Negras e DNA. Teresina foi representada no palco por: Sebastian, Rick, MC Mauro, Kleber "Brutal" e Marcos "Bantu", "Vocal e Ilegal" e Pretos Persistentes (SILVA, 2002, p. 52). O Teatro de Arena passou a ser um dos espaços dos grandes concursos de dança, festivais e shows do *hip hop* em Teresina.

---

[147] Entrevista concedida em 21 de janeiro de 2005.

FOTO 20 - TEATRO DE ARENA, LOCALIZADO NA PRAÇA MARECHAL DEODORO DA FONSECA, CONHECIDA COMO "PRAÇA DA BANDEIRA", CENTRO DE TERESINA. LOCAL DA PRIMEIRA MOSTRA DO HIP HOP
FONTE: foto de Antônio Nunes. Teresina, ago. 2005

O segundo evento realizou-se no dia 10 de março de 1994. O motivo foi a comemoração do aniversário de um ano do encontro do movimento na praça Pedro II. Pois no dia 30 de março de 1993, nessa praça, acontecia a primeira roda dos *rappers* e *b-boys*, inaugurando assim um novo espaço urbano de sociabilidade da juventude negra e pobre da periferia no "centro" da cidade. Para comemorar a data, promoveu-se o Primeiro Festival de *Hip Hop* Piauiense. O local foi o Teatro do Boi, no bairro Matadouro (Foto 21). Para esse momento singular, vieram grupos de *rap* e *b-boys* de São Luís e Fortaleza. Importante informar que o *b-boy* e *rapper* Sebastian participou do evento como grafiteiro. Mas avalia o momento como sendo o seu primeiro trabalho em público, "um grafite feio, porque a gente estava começando", comenta[148].

---

[148] Entrevista concedida em 27 de janeiro de 2006.

FOTO 21 - TEATRO DO BOI, LOCALIZADO NO BAIRRO MATADOURO, ZONA NORTE DE TERESINA
FONTE: http://www.portalpmt.teresina.pi.gov.br/.

Influenciados por esses eventos, muitos jovens foram atraídos para o Movimento *Hip Hop* "Questão Ideológica", que passou a ser o referencial de organização para toda cidade, ainda que existissem grupos isolados nas zonas sul e sudeste. O próprio *rapper* K-ED lembra que esteve presente no Primeiro Festival no Teatro do Boi, porém sem participar diretamente do evento, pois, embora seu grupo de *rap* já fosse formado, ainda não estavam prontos para cantar.

Com isso, pode-se dizer que, fora dos espaços da zona norte – onde debatiam sobre uma possível organização do movimento e promoviam os eventos do *hip hop* –, havia grupos de jovens que, embora isoladamente, não só curtiam *rap* como também cantavam. Nesse contexto, o grupo K-MC, formado por K-ED, Cazé e Ramon, já existia desde 1993, na zona leste. Depois, em 1996, surgiu o grupo Grito da Periferia, formado por Mano "C", Bira e Alves. Esses jovens eram dos bairros Promorar e Areias, zona sul. Para Mano "C" "nem sabiam ainda cantar direito", todavia escolheram tal nome simbolizando o grau de denúncia feita pelos *rappers*.

Não obstante tantos esforços para a organização do movimento, as dificuldades para obter êxito nesse quesito eram grandes. No próximo tópico, analiso as tensões internas pelas quais passou o Movimento *Hip Hop*, a ascensão dos *rappers* e *breakers* das zonas sul/sudeste, bem como o primeiro programa de *rap* na Rádio FM 1º de Maio e os bailes *breaking* promovidos pelo movimento para a juventude da periferia de Teresina.

3.5 QUINTA FASE (1995- 2004) – TENSÕES INTERNAS, ASCENSÃO DOS *RAPPERS* DAS ZONAS SUL/SUDESTE, PRIMEIRO PROGRAMA DE *RAP* E BAILES *BREAKING*

A primeira desintegração do movimento deu-se nos anos 1995-96, quando houve o afastamento de alguns *hip hoppers* da zona norte, sobretudo aqueles que se consideravam os pioneiros na organização do movimento. O motivo foi uma acirrada discussão entre Washington Gabriel e Henrique (Rick), que preparavam um evento com a participação de *rappers* de Fortaleza e São Luís. Distribuídas as funções, Washington ficou responsável pela aquisição do som. Solicitando-o à Fundação Monsenhor Chaves, recebeu a confirmação, porém, no dia da apresentação, o órgão comunicou que o som não estava disponibilizado para o evento. Assim, Washington lembra esse conflituoso dia:

> Eu fiquei de conseguir o som com a Fundação Monsenhor Chaves. O ofício foi confirmado [...] E, na hora, a minha parte falhou porque, em cima da hora, eu liguei e a menina disse que não dava mais, e, na época, era o pessoal da direita que não tinha nenhuma consideração mesmo, principalmente com a gente. [...] Ela me avisou às cinco horas da tarde. Não dava mais tempo [para adquirir outro som]. Aí teve uma briga muito feia, que a gente quase saía na mão [aos tapas]. Várias pessoas quase brigaram, e eu também. Eu estava noivo na época, né? Eu decidi: "não vou ficar nessa para ficar brigando". Eu me distanciei. Meu grupo já tinha acabado na época. Daniel se distanciou, Cley...[149]

Isso resultou no afastamento de alguns dos pioneiros *hip hoppers* – WG, Daniel e Cley. Esses pioneiros eu chamo de "primeira escola de rappers". E com essa reação deles, houve uma baixa nos encontros. "Não vinha ninguém para as rodas", disse Cley.

Estando afastados esses articuladores do movimento, Henrique (Rick) e Kleber tornaram-se "cabeças" do Movimento QI. Muito intuitivo, o *rapper* Henrique procurou articular alguns grupos de *breaking* e *rappers* das zonas sul/sudeste, influenciando-os para as rodas na praça Pedro II. O depoimento do *rapper* K-ED mostra o alcance da magnitude que o movimento ganhava na cidade. Narra: "Aos poucos, eu fui me envolvendo com o QI, lá na posse da

---

[149] Entrevista concedida em 1º de fevereiro de 2005.

Pedro II, acompanhando as rodas, as posses, as reuniões"[150]. Em seguida, cita os *rappers* Sebastian, Rick, Mancha e Banto como aqueles que mais o influenciaram para estreitar os laços de amizade e integrar o movimento.

Nessa situação conflituosa, graças ao emprenho de Henrique e Kleber, o movimento não deixou de fazer suas atividades na praça Pedro II. Aliás, iria dar início a uma nova fase do movimento, pois consolidava a emergência de uma "segunda escola de rappers" integrando o QI, cuja gênese se encontrava na zona sul. O *rapper* Mano "C"[151] narra que, em 1996, conheceu o QI por intermédio dos *rappers* Rick e o DJ K-ED. Ele lembra ainda que o movimento aglutinava jovens dos vários bairros que se encontravam na praça Pedro II para discutir as temáticas, os acontecimentos nas comunidades e o que podiam fazer para mudar a realidade. Aqui, Mano "C" revela o lado dinâmico e o comprometimento social do movimento que articulava um trabalho politizado entre os jovens da periferia, e conta:

> A gente fazia correrias; todo mundo fazia eventos em suas comunidades, convidavam os outros zonais que faziam parte da entidade [...] A gente fazia panfletos pra distribuir nas comunidades, nos eventos que fazíamos; falava sobre Zumbi, sobre o Vinte de Novembro; conseguimos fortalecer o hip hop aqui em Teresina.[152]

Mano "C" traz da memória momentos de grande dinamismo do movimento por toda a cidade. Era um tempo de mobilização dos jovens em suas comunidades e articulação deles entre as zonas; os recursos utilizados eram fanzines distribuídos tanto nos bairros como nos eventos do movimento. Menciona ainda o nível de discussão na qual os jovens estavam interessados, destacando o Vinte de Novembro, Dia Nacional da Consciência Negra. A questão de fundo era o negro na sociedade teresinense e a pessoa do líder Zumbi como referencial essencial na luta dos negros por uma sociedade mais justa e igualitária.

Todo esse trabalho de articulação dos grupos das zonas sul/sudeste aconteceu graças ao Rick, que, consciente e crítico, assumira a responsabilidade e o compromisso com os atores jovens negros e pobres da periferia. O testemunho do DJ Cley sobre esse *rapper* é significativo:

> Ele foi um dos líderes, mesmo de frente; ele e o Kleber. Porque nós – Cley e WG – passamos dois anos afastados, 96 e 97. Nesse tempo, muitas coisas aconteceram. O finado Henrique fez algumas viagens. Ele chegou a ir

---

[150] Entrevista concedida em 28 de janeiro de 2006.

[151] Carlos Augusto Cabral do Nascimento, *rapper* Mano "C", nasceu em 22 de março de 1979; casado com Carmen Lúcia de Sousa, com quem teve Carlos Malcolm de Sousa Nascimento. Concluiu o ensino médio; é educador social e reside no bairro Planalto Santa Fé, zona sul. Atualmente integra o grupo de *rap* Mandacaru. Mano "C". Entrevista concedida em 26 de janeiro de 2006, em sua residência, no bairro Planalto Santa Fé, zona sul de Teresina.

[152] Entrevista concedida em 26 de janeiro de 2006.

para São Paulo, onde conheceu alguns caras do hip hop; conheceu alguns caras do movimento hip hop de Fortaleza, do Maranhão. Foi um dos caras que, durante os dois anos que a gente passou afastado, levantou o QI, mesmo no termo politizado e consciente.[153]

Então, graças a esse incansável desempenho do Henrique, o Movimento *Hip Hop* não se estagnou. Conforme o historiador Leandro Silva,

> A segunda geração do Q.I. voltou a organizar posses nos bairros Mocambinho, Parque Piauí e Dirceu. Apesar da ação de algumas gangues, que visavam impedir a realização dos encontros, a posse do Dirceu foi a que apresentou os melhores resultados. Realizada aos sábados, na "Praça dos Correios", a posse do Dirceu era organizada por "K-ED", "Cazé", "Hammer" e Luzinaldo. Graças aos organizadores, que 'fizeram frente' às guangues, a posse do Dirceu manteve-se ativa por vários meses, tornando-se a "cara" do movimento *Hip Hop* de Teresina. (SILVA, 2002, p. 53, grifo do autor).

O que Leandro chama de "segunda geração", em termos de nomenclatura, eu prefiro chamar de "segunda escola de rappers", pois a "primeira" foi, na verdade, formada, na sua maioria, por *b-boys* e *rappers* da zona norte, enquanto a "segunda" originava-se das zonas sul/sudeste. Os grupos da "primeira escola", no final dos anos 90, concentravam-se, quase 50%, na zona norte. Depois, outro ponto que precisaria ser analisado com maior aprofundamento diz respeito às "posses"[154], pois me parece que não existiam várias "posses", como menciona o historiador Leandro, senão uma "macroposse" que dava sustentação à organização e consolidação do Movimento *Hip Hop* nos bairros. Ou seja, uma única posse fazia um trabalho de itinerância em bairros como: Dirceu, Parque Piauí, Mocambinho, Promorar. Daí, evidentemente, com a saída dos jovens da zona norte, o Mocambinho perdia o status de referencial, passando o bairro Dirceu a se tornar "a 'cara' do Movimento *Hip Hop* de Teresina", como mencionou Leandro em sua monografia (2002, p. 3, grifo meu). Além disso, as zonas sul/sudeste, em 2000, passaram a concentrar o maior número de grupos de *rap* e *b-boys* teresinenses.

Em 1997, os *rappers* Cley e WG retornaram ao "Questão Ideológica" com dois objetivos: dar sustentação ao movimento e reorganizar os grupos de *rap*. Tais preocupações não deixaram de ser as dos *rappers* Henrique e Kleber, pois o movimento cada vez mais ganhava dinamismo com o surgimento de novos grupos de *rap*, *breaking*, DJ's e grafiteiros. Assim, o movimento foi se fortalecendo e ampliando o número de participantes. Por meio de fanzines, divul-

---

[153] Entrevista concedida no dia 21 de janeiro de 2005.

[154] Em São Paulo, foram criadas as primeiras posses. Hoje, existem muitas outras, porém são relativamente independentes umas das outras, porque sobrevivem por si mesmas, e há uma estrutura de organização e articulação dos quatro elementos do *hip hop* que as compõem.

garam as atividades do movimento tanto na praça Pedro II quanto nos bairros de maiores influências do *hip hop*, como Dirceu, Parque Piauí, Mocambinho. De forma que houve um crescimento exponencial do movimento, chegando a mais de 200 novos militantes integrando o QI. Conforme o *rapper* Washington, esse crescimento só foi possível por causa dos Racionais MC´s, que haviam lançado, em 1997, o CD *Sobrevivendo do inferno*. E justifica:

> E aquele disco [CD] vendeu quase um milhão de cópias; então, estava todo mundo louco por rap, e todo mundo queria ser do rap; e fez com que o QI [Questão Ideológica] crescesse, porque todo mundo quando queria ser do rap, queria vir para o QI. Aí o grupo inchou. Em 97, estava enorme o grupo, e o QI teve visibilidade em toda a capital.[155]

O relato de Washington é recorrente porque, a partir dessa data, o movimento toma grandes proporções em articulação e em visibilidade social. Consequentemente, o movimento perdeu o controle, "alguns se sentiram donos da coisa" (palavras de Mano "C"), e em 2001 muitos deixaram de participar das rodas, resultado de um "racha" no movimento.

Contudo, entre os anos de 1997 e 2000, com a visibilidade social do movimento "Questão Ideológica", alguns grupos de *rap* passaram por transformações e novos foram surgindo nos bairros. Daí, o antigo grupo Vocal Legal tornou-se Comunidade Negra Ativa (CNA), formada por Washington e Daniel; depois, com a saída do *rapper* WG, o CNA se reestruturou com os *rappers* Daniel, Cláudio, Paulo, Cley e Gil BV, recém-chegado ao movimento. O DJ K-ED e o *rapper* Rick se juntaram e formaram o grupo Pretos Reais; porém K-ED saiu para integrar, juntamente com WG, Robercláudio e Marcos Cabral, o grupo Coquetel Molotov. O DJ K-ED montou, com muita dificuldade, as primeiras bases teresinenses: um toca-discos e um *mixer*. O grupo comprou, da Discovery de Brasília, dez vinis; depois, o grupo ampliou-se com a chegada do "Cazé". Os *rappers*, convidados para uma apresentação na Universidade Federal do Piauí, surpreendem-se com a performance do grupo. Diz Washington: "A gente ensaiou muito e conseguimos executar a música perfeita; o pessoal dançou; aí a gente começou, bola para frente"[156].

A "bola para frente", entretanto, não iria durar muito tempo, porque Robercláudio e "Cazé" seguiram outros caminhos, resultando na extinção do Coquetel Molotov e na formação do grupo Flagrante[157], composto pelos

---

[155] Entrevista concedida em 1º de fevereiro de 2005.

[156] Entrevista concedida em 1º de fevereiro de 2005.

[157] O nome "Flagrante" é muito sugestivo. Conta o *rapper* WG que, ao voltarem do show dos Racionais, em 1998, em São Luís, onde fizeram a abertura desse show, Robercláudio não queria permanecer no Coquetel Molotov, caso Gil BV e Cley integrassem o grupo. WG tentou convencê-lo dizendo: "pô, cara, o Cley é um cara muito bom, tem o som internado na voz". Mas Robercláudio não aceitou, e saiu do grupo. Daí tiveram que mudar o nome do grupo, porque havia sido Robercláudio o idealizador do nome "Coquetel Molotov". WG lembra que foi um amigo do Gil BV, Preto Júnior, quem sugeriu o novo nome:

rappers WG, Cley, Gil "BV", Preto Júnior e o DJ K-ED. Em 2000, juntou-se ao grupo o DJ Demir. Mas nesse mesmo ano, devido aos conflitos internos, K-ED deixou o grupo. Tempos depois, foi a vez do DJ Demir. Outros jovens integraram ainda o grupo, como Orlando Black, Negão e o DJ Venícios, que não duraram muito tempo. Mais tarde entraram Petecão, Jean e Bira, que continuam pelo menos até 2004[158].

Tentando visualizar o processo histórico do *rap* teresinense, classifiquei três escolas de *rappers*, por meio dos três quadros a seguir. Evidentemente, as escolas se confluem no tempo e espaço, porém os quadros são um recurso metodológico.

Cley Franklin	Ideologia Negra: Sebastian e Rick.
Vocal e Legal: Daniel e Washington.	K-MC: K-ED, Cazé e Ramon.
Pretos Reais: Henrique (Rick) e K-ED.	Grito da Periferia: Mano "C", Bira e Alves.
Bantu e Brutal: Marcos Cabral e Kleber.	Zona de Ataque: Sebastian e Rick.

QUADRO 1 - PIONEIROS + "PRIMEIRA ESCOLA DE RAPPERS" (1992-1993)
FONTE: o autor

Fúria Negra (depois Fúria Nordestina) – zona sul.	Realidade de Cima: Tucamaia – zona norte.
Comando da Paz: Deive e Augusto – MP3 – zona norte.	Preto MAS: Preto "MAS" e Mano "P" (depois União de Rappers) – zona sul.
Pretos Persistentes (depois Mandacaru – MP3: Mano "C", DJ Leandro, Bed – zona sul.	

QUADRO 2 - "SEGUNDA ESCOLA DE RAPPERS" (FINAL DA DÉCADA DE 1990)
FONTE: o autor

Em meados de 2000, surge a "terceira escola de rappers". Nesse contexto, percebe-se uma predominância dos grupos de *b-boys* e *raps* das zonas sul/sudeste (cf. Quadro 3).

Atividade Interna: K-ED, DJ 15, Dim e Macabro – zona sudeste.	RDU: CSU – zona sul.

"Flagrante". Explica WG: "a gente foi comprar pão, e o segurança ficou por trás da gente [risos]; aí o Cley colocou até a nota de 50 reais na testa, dizendo: 'aí, tenho dinheiro porra, não sei o que...' [risos]. Aí o Preto Júnior disse: 'mas também só flagrante, né?' E ficou com essa brincadeira". Mas ao retornarem ao ensaio, continuaram a discussão em torno de um outro nome para o grupo. Então, depois de várias opiniões, o Preto Júnior reafirmou a sua sugestão: "rapaz, é Flagrante, porque aqui só tem moleque fragoso". Aí "ficou Flagrante até hoje", conclui o *rapper* Washington Gabriel.
[158] Tempo da pesquisa.

Trilhagem: Bio – zona sudeste.	Pancada Forte: Cidade Nova – zona sul.
Hamurabi: foi para Brasília.	Neurose (Dirceu) – zona leste.
Atitude Feminina: Preta Cristiane, Amanda e Naira – zona norte.	Raciocínio (Pedra Mole) – zona leste.
UDR: União De Rappers – zona sul.	Novo Milímetro – zona norte.
Dupla Residencial: Negão do Gueto e Juvenal – zona sul.	Cristina – zona norte.
DAI: Derivaldo – zona norte.	Firmamento.
Conspiração de Rua: MM Bom e FG – zona norte.	Relatos Periféricos – MP3.
Calibre Ativo.	Atividade Negra – MP3.
Guina.	

QUADRO 3 - "TERCEIRA ESCOLA DE RAPPERS" (INÍCIO DOS ANOS 2000)
FONTE: o autor

Segundo minha estatística, apoiada na entrevista com o *rapper* Cley, a distribuição dos grupos de *rap*, nas várias regiões da cidade, é a seguinte: zona norte: oito (8); zona sul: seis (6); zona leste: dois (2) e zona sudeste: dois (2). Concebe-se, portanto, uma clara predominância da zona norte sobre as demais. Porém o cenário iria mudar depois de 2000, quando começaram a surgir vários grupos nas zonas sul/sudeste.

Em 1997, aparece o grupo de *rap* "Preto MAS" e Mano "P", dois *rappers* que fizeram um *rap* politizado, comprometido com a periferia. Suas letras expressavam o cotidiano dos jovens da periferia do bairro Vila da Paz, zona sul. Depois, o grupo passou a se chamar União de Rappers, tendo como integrantes os *rappers*: Mano "P", Preto Rima e "Preto MAS".[159] Outro grupo que se metamorfoseou foi o Grito da Periferia, que, em 1998, passou a ser chamado de Pretos Persistentes, formado por Bad, Bira e Mano "C"; mas em 2000 se integraram ao grupo Cazé, Raquel, Raniele, Aliado e o DJ Leandro. O grupo passou a se chamar Mandacaru porque, para Mano "C" (Foto 22), essa planta, além de significar resistência, sobrevive nos lugares desertos e não dá "sombra nem serve de encosto" para quem não sabe utilizá-la[160].

---

[159] Marconi Apolinário dos Santos, "Preto MAS", nasceu em 22 de junho de 1988; filho de Emélia Apolinária dos Santos; casado e tem dois filhos; nível escolar: segundo ano do ensino médio; atualmente trabalha em um posto de lavagem de veículos; é um educador. Entrevista concedida em sua residência, em 24 de janeiro de 2006.

[160] Entrevista concedida em 26 de janeiro de 2006.

FOTO 22 - GRUPO "MANDACARU" – *RAPPERS* MANO "C" (E) E BAD (CENTRO) E O DJ LEANDRO (D), EM FRENTE A UM PAINEL GRAFITADO
FONTE: acervo do autor. Teresina, 2000

Sonho ambicioso foi construído pelo DJ K-ED (Foto 23), que, saindo do Flagrante em 2000, montou o projeto BR-343, cujo objetivo foi juntar os *rappers* que "tinham talento e coisas escritas; estavam jogadas no fundo da gaveta e não tinham como gravar". Assim, o DJ coletou todas essas letras e gravaram um CD-Demo. Os *rappers*, que antes viviam "isolados" do conjunto do Movimento *Hip Hop*, isto é, do "Questão Ideológica", tiveram, então, vez e voz; desse trabalho coletivo surgiu ainda o grupo Atividade Interna (K-ED, Rafael e DJ 15), que, de 2001 a 2004 gravou três CDs. Do projeto BR-343 participaram ainda Lecy, Dim e Macabro.

FOTO 23 - *RAPPER* E GRAFITEIRO "K-ED" – GRUPO ATIVIDADE INTERNA. VILA ANDARAÍ, ZONA SUDESTE
FONTE: acervo do autor. Teresina, jan. 2006

Dentre esses, destaca-se o grupo Conspiração de Rua, formado a partir dos encontros na praça Pedro II e que ganhou visibilidade social à medida que os manos Marcos MMBOM e FG[161] (Foto 24) mandaram suas levadas e rimas baseadas na realidade em que vivem os jovens da periferia. Por isso, segundo seus integrantes, o grupo se autodenomina *gangsta rap*, pois batem de frente com o sistema capitalista, denunciando a "hipocrisia de políticos corruptos". Em 2004, o grupo gravou seu primeiro CD-demo, intitulado *Sou de Teresina-PI*.

---

[161] Marcos Antônio Alves de Almeida, 27 anos, segundo grau completo, ex-menino de rua; hoje, trabalha como auxiliar de escritório no CRM-PI. Conhecido como MMBOM, tem se inspirado nos *rappers gangstars* norte-americanos 2PAC Shakur, DMX e no grande filósofo italiano Maquiavel; antes de ser *rapper*, foi *b-boy* dançarino de rua. Francinês Gomes de Matos, goiano, 30 anos, trabalha como vendedor e entregador de salgados. É compositor e músico do grupo Conspiração de Rua e se inspira nos Gangstas DMX, Pras, Xzibit e no negro revolucionário Nelson Mandela (Fonte: Projeto do Grupo "Conspiração de Rua", 2004).

FOTO 24 - GRUPO DE RAP CONSPIRAÇÃO DE RUA. OS RAPPERS MMBOM (E) E FG (D). CORETO, PRAÇA PEDRO II
FONTE: Acervo do autor. Teresina, 2002.

Mas falando de um estilo *gangsta*, faz-se necessário conhecer bem mais esse comportamento entre os vários tipos de *rap* existentes no universo do Movimento *Hip Hop*. Evidentemente, não posso equiparar os *gangsters* brasileiros aos de Los Angeles, onde esse estilo terminou se sobrepondo aos demais por causa da própria indústria fonográfica que obtém lucros, sobretudo, com os tipos de performances e atitudes pelas quais os seus adeptos se apresentam; ou seja, pela exaltação de carros e casas luxuosos, do sexo, do dinheiro, das drogas, do crime e pelo conteúdo de suas letras que provocam impacto social, devido a sua mensagem direta, quando se trata das questões sociais e raciais. Para alguns críticos, tal estilo de *rap* faz apologia à droga, ao sexo e à violência. Exemplo é o grupo americano N.W.A. (Niggers With Attitude) criticado por incitar a violência contra a ordem e a polícia.

No Brasil, são reduzidos os grupos que se autodenominam de *gangsta*, haja vista ser um estilo não bem divulgado e assumido pelos grupos nacionais. Em Brasília, no final dos anos 90, surgiu um grupo *gangsta*, mas não persistiu, pois não fazia sentido seguir uma linha de comportamento similar aos americanos, até porque os *rappers* brasileiros conscientizam que o crime não é a alternativa para a juventude da periferia. Para alguns críticos, o *rapper* que se autodenomina de *gangsta* deveria fazer parte de alguma facção criminosa. Porém alguns adeptos desse estilo discordam do fato de que um *rapper gangsta* seja, necessariamente, membro de alguma facção criminosa.

Segundo os *rappers* do grupo Conspiração de Rua, eles procuram bater de frente contra o monopólio do sistema injusto, tecendo críticas às realidades de miséria do povo negro e pobre da periferia de Teresina. Os MC's, MMBOM e FG criticam a sociedade que se estrutura sobre a égide do hedonismo, do prazer por parte daqueles detentores do poder econômico, pois cumprem todos seus desejos. Se as desigualdades sociais são gritantes entre ricos e pobres brancos, elas se tornam bem mais assimétricas quando são comparadas entre negros e brancos.

Ainda em 1997, surgiu o primeiro grupo feminino de *rap* – Atitude Feminina –, composto por Preta Cristiane, Amanda e Naira. A ideia do Atitude Feminina é levar uma mensagem de autoestima e cidadania às meninas da periferia, conscientizando-as da sua importância na condição de mulheres pretas.

Nos anos 1998-2001, o *hip hop* ganhou visibilidade social e condições de consolidação na periferia por meio da Rádio FM 1º de Maio, localizada na praça do Liceu[162] (Foto 25). O primeiro programa de *rap* "Voz da Periferia" foi apresentado pelo *rapper* Cley Flanklin, das 13 h às 14 h, com ampla repercussão na periferia e aceitação do público jovem, influenciando o surgimento de novos *b-boys* e *rappers*. Por meio desse veículo de comunicação, os *hip hoppers* abriram discussões em torno de temáticas relacionadas aos jovens da periferia; debates sobre o desemprego, a violência policial, a discriminação racial, os movimentos sociais e negros, as manifestações estudantis. Transmitiram também mensagens de paz para os manos do movimento e ouvintes da cidade. Mas graças aos esforços dos jovens do "Questão Ideológica", embora desacreditados e discriminados tanto pela sociedade quanto pela própria direção da rádio, o programa chegou a uma audiência fabulosa e obteve larga participação da juventude da periferia. Cley, um dos grandes mentores do programa, deu o seguinte depoimento:

> Corri atrás, não ganhei nenhum tostão para manter o programa; eu corri atrás de patrocínio, mas ninguém acreditava, e era um programa que tinha mais audiência em Teresina. Aí passou 98, 99, 2000, 2001, e quando foi em 2002 a rádio teve alguns problemas financeiros e teve que fechar.[163]

---

[162] A praça Landri Sales ("Praça do Liceu") está localizada na zona centro/norte de Teresina. Nesse espaço, bastante amplo, os integrantes do Movimento *Hip Hop* se encontravam, sobretudo às quartas-feiras, das 18 h às 21 h., para discutir as "bases ideológicas" do Movimento (SILVA, 2002, p. 51).

[163] Entrevista concedida em 21 de janeiro de 2005.

FOTO 25 - PRAÇA LANDRI SALES ("PRAÇA DO LICEU"), ZONA CENTRO DETERESINA. AO FUNDO, O COLÉGIO LICEU DE TERESINA
FONTE: foto de Antônio Nunes. Teresina, ago. 2005

Com esse programa, o *rap* começou a "invadir" os lares, veículos, bailes jovens, bares da periferia, entre as gangues, nas bocas-de-fumo, enfim, a ganhar a simpatia do público jovem negro e pobre teresinense. E não parou aí. Os jovens avançaram, pois passaram a divulgar não somente os bailes *rap* nos bairros, como também as "rodas" na praça Pedro II e a venda de artigos *hip hoppers* em uma loja inaugurada pelo movimento.

Comentando sobre a divulgação dos bailes *rap*, ouvi do *rapper* Cley:

> Os primeiros bailes rap quem começou a fazer fui eu, WG e o Gil BV, que nesse tempo começou a ingressar ao "Questão Ideológica". Então, estas três pessoas foram as primeiras que começaram a fazer bailes rap mesmo, direcionados só ao hip hop; só ao público rap. Fomos nós! De 99 para cá, fomos os primeiros que fizeram esses bailes. Esses bailes também abriram espaços para que outros membros de outras entidades de hip hop de Teresina fizessem bailes em suas quebradas, nos seus trechos, onde moravam, em outros lugares que quisessem dar visibilidade no trabalho que eles estivessem fazendo na comunidade.[164]

---

[164] Entrevista concedida em 21 de janeiro de 2005.

Os bailes *hip hoppers*, voltados especificamente para os jovens da periferia, foram bastante relevantes porque se tornaram o *locus* urbano de sociabilidade juvenil. Realizados nas quebradas, os jovens não necessitavam se deslocar para outros bairros, evitando, assim, possíveis rivalidades, violências e confrontos entre as gangues; como também foram espaços de negociações entre elas.

O DJ Cley lembra ainda que o programa "Voz da Periferia" divulgava os macroeventos para os "malucos da periferia", tais como: os shows com MV Bill (1999), Face da Morte (1999), Bonde do Rap, Xis, KL Jay, Edy Rock (2000), do Código Fatal, Gog, Racionais MC's etc. Todo esse conjunto de acontecimentos promovia legitimidade ao *hip hop* e influenciava o surgimento de vários novos grupos de *rap*.

O Movimento *Hip Hop* "Questão Ideológica" não ficou alheio às questões sociais, políticas e raciais; pelo contrário, esteve inserido no cotidiano de lutas, protestos e reivindicações dos movimentos sociais por justiça social e paz na periferia. Assim, os integrantes tiveram participação ativa nas manifestações trabalhistas, nas concentrações estudantis, nas lutas dos sem-teto, no "Grito dos Excluídos", nas festas culturais e lutas do Movimento Negro do Piauí.

Esse período foi marcado também por um tempo de simpatia e diálogo com alguns líderes dos partidos políticos. Assim, ouvi do *rapper* Mano "C": "A gente deu abertura para algumas pessoas do PT e PSTU"[165]. Segundo ele, essas pessoas começaram a "participar e também dizer que eram do hip hop". Porém, segundo Leandro, "essa aproximação não implicou [...] vínculo ativo e direto com as atividades político-partidárias desses partidos" (SILVA, 2002, p. 53).

Uma segunda tensão no interior do movimento iria abalar a sua estrutura. Dessa vez foi entre dois dos líderes do movimento[166] e ocasionada por uma suposta parceria entre a prefeitura e o "Questão Ideológica". O projeto de parceria com o Poder Público municipal previa oficinas para adolescentes e jovens do bairro Km-7, zona Sul.

O projeto foi abortado por várias razões. Primeiro, pela falta de clareza das parcerias, sobretudo pela lentidão nas negociações por parte da prefeitura; segundo, o movimento não era reconhecido como uma entidade jurídica, portanto, sem registro oficial; finalmente, as divergências entre membros do movimento quanto à natureza do projeto que girava em torno de geração de renda. Um dos integrantes narrou o episódio da seguinte forma:

---

[165] Entrevista concedida em 26 de janeiro de 2006.

[166] Diferentemente do conteúdo integral deste trabalho, os nomes dos líderes em questão não serão citados aqui devido ao fato de um deles não ter concedido entrevista, e também, devido ao fato de tais conflitos terem envolvido gangues.

> O Gomes Brasil, que hoje é artista em Fortaleza, fez um projeto que foi aprovado pela prefeitura. Primeiro projeto em nome do QI. Eu retornei nessa época (1997). E todo mundo queria entrar no projeto pra ganhar um dinheiro. Aí só podia entrar três pessoas, o máximo quatro, ganhando 300 reais. E foi a primeira vez que eu vi a rapaziada disputar o espaço dentro do grupo: "não, tem que ser eu, e tal..." Isso foi seis meses. O "Morcegão" voltou nessa época e começou a se inserir no projeto, porque a gente estava tudo desempregado. Eu era o único que trabalhava. Aí eu queria sair do trabalho e ganhar a vida, fazendo militância no hip hop, era impossível naquela época. Então, a gente brigou, brigou. No final, o que aconteceu? Nós não éramos registrados. Eles pegaram, deram o projeto pra outro grupo, que é o pessoal da JR. Eles clonaram o projeto e executaram o projeto de grafite, e nós ficamos a ver navio.

Por essa razão, aconteceram acirradas discussões entre os dois *rappers*, resultando em fortes agressões e ataques entre eles. Moralmente, os integrantes do movimento resolveram tomar algumas providências, para evitar as dissensões no interior do grupo. Com a saída desses *rappers*, o QI ficou sob a responsabilidade dos manos: K-ED, Mano "C", Cazé, WG, Cley e Francisco Júnior. O *rapper* K-ED diz que as rodas não pararam, pois levava o toca-discos para a praça Pedro II, enquanto Mano "C" e Cley ficavam com a responsabilidade de providenciar o som. Conclui: "eles iam até numa bicicletinha pequena"[167]. O *rapper* "Preto MAS" guarda na memória esse contexto, quando diz: "Na Pedro II, no coreto, vinha gente de todas as áreas para curtir as rodas, independente se ia ter música, dança. Os caras iam pra curtir"[168].

No centro da cidade, os jovens ampliaram os espaços onde podiam exibir suas performances: praça Pedro II, Praça do Liceu, Teatro de Arena, Centro Artesanal do Piauí. Os integrantes do movimento decidiram também fazer suas reuniões na sede do Partido dos Trabalhadores (Foto 26) – não só porque contavam com o apoio do líder petista Francisco Júnior[169], membro da organização do movimento, mas também porque o espaço estava localizado no centro da cidade. Uma vez disponibilizado o lugar, os jovens MC's, depois dos confrontos de ideias, das acirradas discussões e da elaboração da agenda mensal, mandavam o *beat* pesado enquanto os *b-boys* dançavam.

---

[167] Entrevista concedida em 28 de janeiro de 2006.

[168] Entrevista concedida em 24 de janeiro de 2006.

[169] Francisco Chagas do Nascimento Júnior é formado em História pela Universidade Federal do Piauí; foi coordenador do Conselho Tutelar da Criança e do Adolescente de Teresina; considera-se um ativista político do Partido dos Trabalhadores, bastante crítico e de um formidável engajamento sociopolítico; enfim, desenvolve vários projetos sociais com adolescentes e jovens da periferia de Teresina; hoje, é um dos coordenadores do MP3, onde implantou o projeto "Estação Digital", onde atende centenas de adolescentes e jovens na inserção digital.

FOTO 26 - ANTIGA SEDE DO PT, ZONA CENTRO. *RAPPERS*, *B-BOYS*, DJS, GRAFITEIROS DAS DUAS "ESCOLAS"
FONTE: acervo do autor. Teresina, 1999

Em 1999, o Movimento *Hip Hop* perdia um dos grandes aguerridos e ícones *rappers*: Rick. Os manos choram a morte do líder. Na memória dos jovens *b-boys* e *rappers*, o nome do Rick tornou-se símbolo de luta e amor pelo movimento. Por isso, como seu nome era recorrente em todas as narrativas, eu passei a indagar sobre a morte dele. Diante do que ouvi, ele merece, neste livro, um tributo especial pelo seu incansável trabalho no movimento – no entanto deixo que seus próprios companheiros deem sua versão.

Assim relatou um dos integrantes do QI:

> Então, sempre antes de ir para a farmácia, eu passava lá na Praça do Liceu, e sempre via ele. Ele tinha me falado que havia deixado de beber, de fumar, porque tinha dado problema de saúde, mas ele mesmo não falava o que era. E ele teve uma recaída. Eu acho que uma namorada, aí ele brigou com ela, e voltou a beber, a fumar maconha, e começou a brigar na rua de novo. Eu sei que a coisa foi andando muito rapidamente. Ele já estava de novo, muito naquela vida noturna, bebendo. Eu acho que foi isso que agravou a vida dele. E ele sempre foi um cara muito magro, e depois que ele faleceu, eu não sabia disso, ele tinha reumatismo. A fragi-

lidade do corpo. Ele poderia ter tido hepatite, poderia ser infecção, mas que se agravou devido o uso da bebida e da maconha.[170]

Nesse relato, percebo alguns elementos que, possivelmente, tenham contribuído para apressar a morte do *rapper* Rick. Primeiramente, o *rapper*, sabendo do seu estado frágil de saúde, havia parado de beber e fumar, mas não tinha conhecimento real de sua doença; depois, não levando a sério seu estado de saúde, voltou a beber e fumar. Não se sabe, contudo, se simplesmente a briga com a namorada havia ocasionado o retorno tanto à bebida como ao uso de droga. Já a consequência foi seu retorno às brigas de rua. Tudo se desandou: a vida noturna agravou seu estado de saúde. Ainda segundo esse narrador, depois da morte do *rapper*, ficou sabendo que Rick era reumático. Alguns suspeitaram de hepatite ou qualquer "infecção interna". Ele aponta ainda a negligência no atendimento hospitalar, que, supostamente, contribuiu para apressar a morte de Rick. Diz o narrador:

> Eu tenho a certeza que a negligência no tratamento dos nossos lá naquele Getúlio Vargas [hospital] também agravou, porque ele passou uma semana no corredor, ou foi três? Isso foi o que Jean me falou. E aconteceu isso, porque o pai e a mãe dele estavam se separando; ele e o pai estavam morando juntos, mas para não brigarem, cada um estava na sua. O pai fazia a correria dele, o Henrique fazia a sua. Então, quando ele adoeceu, a família de repente não soube assim direito, que ele estava muito grave. Então, quando foi cair a ficha mesmo, ele já estava perto mesmo de morre.

Nesse depoimento, há uma questão social bastante realista segundo a qual as camadas populares estão destituídas de saúde pública. O quadro descrito pelo narrador é uma realidade pela qual passam os hospitais públicos brasileiros. Os corredores estão sempre superlotados de pacientes que aguardam o esvaziamento de um leito ou o atendimento. O narrador disse que soube por intermédio de outro *rapper* que Rick havia passado uma semana no corredor do Hospital Getúlio Vargas, sem acompanhamento familiar, pois vivia somente com o pai, que se separara da mãe. Descaso total, pois quando a família veio a se preocupar "ele já estava perto mesmo de morrer".

O *rapper* WG deu um testemunho bastante relevante sobre o mano Rick, quando narrou:

> Eu lembro do discurso do finado Henrique, e achei que ele foi muito feliz. Eu dei as cópias do texto de Malcolm X para ele. E ele, antes de cantar uma

---

[170] Depoimentos colhidos entre os integrantes, durante os eventos de *hip hop*, durante os quais alguns nomes não foram registrados. No entanto, assim mesmo, optei por utilizar seus discursos aqui pela importância e contextualização do presente trabalho.

música, falava exatamente sobre o racismo. Ele dizia: "Olhe quando você pensar na escravidão, você imagine a sua irmã sendo estuprada; você imagine sua mãe apanhando, seus irmãos sendo chicoteados. Não pense muito longe, pense agora, porque esse crime nunca foi ressarcido".[171]

O *rapper* K-ED guarda na memória a imagem de um Rick muito crítico, radical e sensível às necessidades do próximo, pois "estava sempre querendo ajudar"; não se negava a fazer alguma coisa pela "quebrada"; além disso, estava o tempo todo envolvido com os "moleques da quebrada". Na avaliação desse *rapper*, pessoas semelhantes ao Rick conseguem não apenas "muitos inimigos" como também "muitos amigos". Conta que esteve em seu velório, porém não teve coragem de se aproximar, dado o grau de emoção pela perda do mano companheiro. Sentia tudo como que num filme, vindo à sua cabeça as imagens do passado de luta misturada a um misto de alegria e tristeza.

O grafiteiro e *b-boy* Sebastian guarda boas recordações do Rick. Como "cara decidido", gostava de discutir a caminhada do movimento. Falou das viagens que fizeram juntos para Fortaleza e São Luís, representando o *hip hop* teresinense. Sente sua falta e revela que, depois de sua morte, não se juntou a mais ninguém para formar um grupo de *rap*. Diz: "Acho que se ele tivesse hoje aqui, a gente era um grupo muito potente em Teresina, porque quando a gente começou, o grupo mais forte era o da gente"[172].

Para Mano "C", o *rapper* Rick foi um conselheiro, um referencial para o *hip hop* teresinense, e conta que, certa vez, tomando como exemplo o seu conflito no movimento, Rick fez-lhe a seguinte observação:

> "Mano C, o hip hop, tanto aqui como aonde eu já fui, em São Paulo, é muito complicado. Você está aqui bonzinho com as pessoas, mas quando rola dinheiro, o interesse, os caras são muito espertos. Então, não quero que você se afaste do hip hop, mas quero que você conheça o que é realmente o hip hop." [...] Ele sempre dizia: "Rapaz, Mano C, o hip hop é bom, mas os caras são maus. Taí, o cara me bateu, me agrediu e tal."[173]

Carregado de sentimentos, Mano "C" traz à sua memória o passado do *rapper* Rick, destacando seu lado autêntico – de uma pessoa que acreditava no que fazia e no compromisso com o "outro". Essa atitude autêntica pode ser notada por meio do conselho que Rick deu ao seu amigo Mano "C". Talvez ele tenha observado essa realidade nas suas experiências por cidades, onde o movimento estava já organizado, como São Paulo, Fortaleza e São Luís. Disso, Rick percebeu as consequências que o dinheiro poderia trazer ao conjunto do movimento, porque os interesses pessoais passariam a ser colocados acima do bem

---

[171] Entrevista concedida em 1º de fevereiro de 2005.

[172] Entrevista concedida em 27 de janeiro de 2006.

[173] Entrevista concedida em 26 de janeiro de 2006.

comum da coletividade. Por isso, ele faz uma interpretação reducionista do ser humano quando afirma "o hip hop é bom, mas os caras são maus". Ou seja, ele coloca como se a estrutura do movimento fosse boa em detrimento da natureza do homem, que seria corrompida e má. Aqui, Mano "C" contraria o princípio de Rousseau, segundo o qual "o homem é bom, mas as estruturas o corrompem". O *rapper* guarda a imagem de uma pessoa que, além de cantar "muito bem" e ser um apaixonado pelo *hip hop*, "fez um bom trabalho no movimento".

Enfim, no dia 12 de novembro de 2005, nos aniversários de 32 anos da ONG Zulu Nation Brasil e de 31 anos do Movimento *Hip Hop* mundial, surgiu-me a oportunidade de conhecer os integrantes do Grupo DMN – Markão II, Max, Elly e L.F. –, na Casa do Hip Hop de Diadema-SP, onde cantaram para um grande público jovem. Na sala VIP, juntamente com os manos de Cuiabá, apresentei-me ao grupo como pesquisador do Movimento *Hip Hop* teresinense. Daí o Marcão II revelou-me: "eu conheci o Henrique, que já faleceu!" Então, fiquei bastante curioso, querendo saber mais informações sobre nosso *rapper*, e perguntei-lhe: "Como?" "Ah, ele dormiu em minha casa, certa vez", respondeu-me. Essas informações "caíram do céu", pois se tornaram importantes para meu trabalho de pesquisa. Continuei a perguntar quando havia sido a estada de Henrique em sua casa. Ele, então, sem muita segurança narrou:

> Foi em 96 ou 97, não estou bem lembrado. Ele era elétrico. Um cara que não se aquietava. Já estava dormindo, quando ele me acordava para sair para a rua. Depois, ensinei para ele como chegar aos lugares. Daí ele passou a ir sozinho [risos].[174]

Portanto, diante dos diversos relatos, eu não poderia deixar de fazer este singelo tributo ao *rapper* Rick por seu desempenho, sua dedicação e seu amor ao Movimento *Hip Hop*. Além disso, penso que o seu espírito acolhedor e altruísta para com as necessidades e defesa da cidadania do "outro" foi que o fez se tornar um líder orgânico, no sentido gramsciano, reconhecido hoje pela comunidade *hip hopper* teresinense.

Neste capítulo, percorri a trajetória do Movimento *Hip Hop* em Teresina, dando destaque a dois dos seus quatro elementos: o *breaking* e o *rap*. No capítulo seguinte, faço uma análise das letras de *rap*, deixando ressaltar, por meio das narrativas dos *griot* contemporâneos, o aspecto crítico-político que os *rappers* fazem da sua situação periférica. Mas a radiografia da periferia aponta para um lugar onde não só acontece a violência, a falta de atendimento médico, educação, trabalho, lazer e infraestrutura, como também para o lugar das relações de solidariedade e luta comum na construção da cidadania ativa dos seus habitantes e da vida de muitos jovens.

---

[174] Encontro com o Grupo DMN, em 12 de novembro de 2005, na Casa do Hip Hop de Diadema. Markão II é *rapper* desde 1983.

NAS ONDAS DO RAP: Surfar na arte de narrar

4

NAS ONDAS DO *RAP*: SURFAR NA ARTE DE NARRAR

> *O hip hop pra mim veio como uma salvação, uma redenção, porque foi no momento em que de repente minha vida estava no último fio devido o tráfico, devido à criminalidade e à rivalidade no meio da rua. Então, é como se fosse uma nova vida, um renascer de novo. O hip hop é minha alma; é a alma de qualquer um que busca a salvação pra si e a fé em Deus.*
>
> *(Rapper "Preto MAS")*[175]

O presente capítulo interpreta o *rap* como um estilo de narrativa contemporânea. Convida o leitor a surfar nas ondas das letras de *rap* e a compreender como esses atores revelam as representações que têm das suas próprias temporalidades e subjetividades vivenciadas nos mais diversos contextos existenciais. Por meio do texto poético, rimado e ritmado, esses *griot* contemporâneos narram[176] conteúdos que retratam as experiências do cotidiano no qual estão inseridos, quer nos bairros, nas vilas ou favelas, quer nas praças, nas ruas, nos embates conflituosos com a polícia, nos fracassos no namoro, nas tretas com as gangues, nos eventos culturais de Teresina.

O *rap*, para além de um discurso politizado e crítico da sociedade, é uma forma de narrativa, pois "salvar" a palavra e resgata aquilo que havia sido negado aos atores da periferia: a fala. Ademais, como elemento que mais sobressai no *hip hop*, o *rap* é um espaço de sociabilidade e de construção de identidade étnica. Nas ondas sonoras da música, o ouvinte surfa numa narrativa do cotidiano. Por isso, as letras de um *rap* não são – asseguram alguns críticos – "superficiais", "monótonas", "estúpidas", "comícios bocós", destinadas "a jovens inconformados pelo fato de terem espinhas" (CASTRO, 1999 apud AZEVEDO, 2000, p. 127). Segundo aqueles críticos, o *rap* seria um "gênero musical sem música", uma crônica do cotidiano que não mereceria o status de arte. Distanciando-me dessa concepção, um tanto simplista e preconceituosa, compreendo o *rap* como uma modalidade de narrativa contemporânea, uma arte, originariamente de rua e, como uma cultura urbana juvenil praticada, em sua maioria, por jovens negros e pobres da periferia.

---

[175] Entrevista concedida em 15 de setembro de 2003, na praça Pedro II, centro de Teresina.

[176] "Narrativa dos rappers" refere-se aos relatos de vida dos *rappers* que são narrados por meio de um estilo musical: o *rap*. Esse é um recurso metodológico, porque seus relatos – matéria-prima – retratam suas experiências e as dos outros, cujo conteúdo pode estar escrito ou simplesmente falado de forma improvisada.

Na primeira parte deste capítulo, há uma fundamentação teórica sobre narrativa segundo o pensamento benjaminiano, considerando Walter Benjamin (1892-1940) um dos grandes críticos da "atividade narrativa" contemporânea. A segunda analisa três *raps* sob o olhar dos *griot* a respeito da cidade de Teresina; e, finalmente, a terceira parte, consta-se de uma breve análise da emergência do *rap* feminino em Teresina.

4.1 "TERESINA PERIFÉRICA" NARRADA PELOS *GRIOT*

"Teresina Periférica" é título de um dos *raps* do grupo União de Rappers. Os atores, por meio da rima do *rap*, recuperam a palavra e falam das suas realidades em um espaço social real, inglório. Contudo se revelam como "novos" *griot* contemporâneos, porque reportam à comunidade africana onde, culturalmente, os *griot* eram os verdadeiros contadores de histórias, narradores dos acontecimentos passados e presentes da comunidade.

O *rap* é interpretado como narrativa cuja mensagem está estruturada numa "forma" (ritmo) e num "conteúdo" (poesia). Estruturalmente, essas duas dimensões – ritmo e poesia – são inseparáveis. Há colagens de diversidade de músicas e ritmos que dão vida a uma "nova" música, cujo conteúdo é transmitido por meio das "levadas", isto é, da maneira como o MC rima, seja de maneira lenta ou rápida, seca ou no compasso do *swing*. No Nordeste, as melodias utilizadas para cantar o "folheto de cordel" são conhecidas como *toadas*. "Existem centenas de toadas para se cantar sextilhas; são melodias anônimas, sem dono, sem origem certa. Passam de boca em boca, de memória em memória" (TAVARES, 2005, p. 130).

Narrar, aqui, significa contar, relatar os acontecimentos do cotidiano da vida de uma comunidade, de um grupo, de uma cultura, de um povo. Essa é uma das formas de sociabilidade típica da cultura africana. Nela, os anciãos têm a função social de transmitir o legado cultural da comunidade às novas gerações. Eles são os depositários privilegiados de experiências transmitidas aos mais jovens. Por meio da oralidade[177], perpetuaram-se costumes, ritos, normas religiosas e condutas sociais, enfim, tudo o que dizia respeito à comunidade no seu processo sociocultural. Para um dos grandes repentistas nordestinos, Bráulio Tavares (2005, p. 105), "o aspecto notável da cultura oral é o fato de que seus maiores guardiães são os velhos e estes velhos preservam essa cultura porque a absorveram na infância". No Nordeste, muitos "terreiros" de santo, por inter-

---

[177] A "oralidade" é um recurso especificamente linguístico das sociedades ditas sem escrita.

médio das pretas velhas, foram grandes baluartes transmissores da cultura, dos ritos religiosos, dos símbolos, da culinária e da medicina caseira africanos.

O *rapper* "Preto MAS" narrou:

> Eu canto a minha experiência, através do que eu vejo hoje, aqui na Vila da Paz e nos bairros vizinhos, que é termo da violência, tá entendendo? É da opressão, da casa caindo, é família que não tem o que comer [...]. Aqui no fundo da nossa casa passa uma grota, que quando chove é muito forte a água.[178]

Os *rappers* apropriaram-se da música "falada" para narrar os acontecimentos do cotidiano de suas próprias vidas e dos outros, da favela, do morro, da rua, da cidade, do confronto com a polícia, da escola, enfim, de tudo o que veem, sabem, sentem e escutam sobre o seu *locus*. Pode-se afirmar que o *rap* é um meio de comunicação pelo qual os atores sociais falam dos fatos que os envolvem, ou seja, projetam as imagens das experiências vividas no seu meio social.

Fernandes, analisando o *rap* como uma "modalidade de narrativa" contemporânea, afirma:

> A narrativa encaminha-se de forma a produzir um efeito catártico no leitor, ativando seu imaginário. Essa reflexão sobre o imaginário, nos tempos atuais, não pode ser realizada sem se descrever o lugar de onde se fala, e sem deixar de inscrevê-lo naquilo que se fala. O relato do rap, por se tratar de uma narrativa contemporânea explora o imaginário e a memória do ouvinte/leitor. (FERNANDES, 2000, p. 18).

Nesse mesmo sentido, a *rapper* Negra Li exprime sua visão sobre o *rap*:

> O rap é um estilo característico da periferia, a maneira como é falado, reivindicado, expressado, isso para mim é de uma importância muito grande, porque relata os fatos do nosso dia a dia, muitas coisas que vivi são faladas nas letras, não só nas minhas, mas de outras pessoas que me identifico. Sou fã dos Racionais pra caramba, gosto do Xis, do Rappin' Hood.[179]

Os *griot* de hoje tornaram-se os "porta-vozes" da periferia; os "profetas" que chamam e despertam a sociedade para "questões sociais" em que vivem suas famílias, os operários, os negros, as crianças, os jovens. Eles também têm a função de aconselhar os "iguais-diferentes", a fim de que não se envolvam no tráfico de droga e na violência; que voltem para a escola e respeitem os seus pais. O *rap* torna-se uma "máquina mortífera, uma energia que dá resis-

---

[178] Entrevista concedida em 24 de janeiro de 2006.
[179] RAP & CIA COLLECTION, 2005, p. 8-11.

tência"[180]. Para Leonardo Boff (2005, p. 85), "a narrativa costuma ser viva e perpassada de emoção. Possui um enredo que revela o sentido das coisas narradas. Não é algo meramente conceptual, embora use conceitos. É efetivo e obedece à lógica dos sentimentos".

A letra do *rap* é este enredo por meio do qual o narrador vai revelando os fatos ou acontecimentos e no qual se encontram personagens a atuar e um narrador a contar as ações dos personagens. Os MC's relatam as situações e ações dos personagens. No entanto, mesmo na posição de narradores, os MC's não ficam fora do enredo, como um "personagem-observador"; pelo contrário, fazem parte também dos fatos, são "personagens-subjetivos" na trama das ações. Nesse sentido, as letras dos *raps*, aqui analisadas, estão permeadas de subjetividades dos atores, pois narram fatos que revelam suas emoções, seus sentimentos e pensamentos, demonstrando, portanto, que também fazem parte do enredo.

Nas letras de um *rap* encontram-se elementos essenciais a uma narrativa, tais como: os personagens reais, o tempo e lugar, as causas que determinaram as situações vividas, o modo como tais situações acontecem e as consequências que, eventualmente, poderão trazer aos atores, às famílias, aos amigos, enfim, ao próprio bairro e à cidade, num contexto mais amplo.

Essa "atividade narradora" passa por uma "prática sociopolítica" (BENJAMIN, 1987), pois toma como base as experiências coletivas dos atores (*Erfarung* = experiência social). Benjamin contrasta essas experiências às modernas, as quais são compreendidas como experiências vividas do choque (*Chockerlebnis*). Ele as entende fragmentadas porque são típicas da sociedade capitalista e se caracterizam pelo indivíduo solitário. Nelas, segundo Benjamin, o homem está submetido à ditadura do "tempo homogênio e vazio" (BENJAMIN, 1987, p. 205). E isso, consequentemente, levou ao fracasso da *Erfahrung* e o ao "fim da arte de contar" (GAGNEBIN, 1987, p. 9).

A utopia de Benjamin fundamenta-se na esperança da reconstrução da "experiência autêntica" (*Erlebinis*) por meio de uma "nova forma de narratividade" espontânea, a qual somente seria viável a partir de uma "organização social centrada no artesanato". Isso implica que tal tipo de organização oferece condições para experiências coletivas vividas num tempo *descontínuo*. Esse recurso "construtivista" de Benjamin evita que o seu pensamento sobre a "experiência" não seja reduzido simplesmente a uma dimensão "nostálgica e romântica" do passado (GAGNEBIN, 1987, p. 10).

---

[180] DJ Erry-G, debate: "Políticas Públicas de Juventude – Hip hop e o poder público municipal", no Fórum Hip Hop e o Poder Público Municipal, realizado em 25 de março de 2006, na Galeria Olido, São Paulo.

Na teoria benjaminiana sobre a história, a categoria "memória" ganha relevância porque ele a compreende não só como ato de "lembrar" *(Erinnerung)* (sem rupturas, no sentido de que os fatos se sucedem como "as contas do rosário" e são recapitulados e catalogados pela memória voluntária, da inteligência), mas, sobretudo, como "rememoração" *(Eingedenken),* porquanto ela interrompe o fluxo contínuo do tempo, marcando nele o instante de ruptura no qual o passado salta no presente similar a um tigre (DOUEK, 2001, p. 113). Para o autor, é preciso romper o *"continuum da história"*, a história dos opressores. Essa história "repousa sobre o silêncio dos oprimidos, sobre o sufocar das revoltas dos vencidos, sobre as falhas e lacunas de uma história aparentemente lisa e sem fraturas, história contínua dos vencedores" (DOUEK, 2001, p. 114, grifo da autora).

A tradição dos oprimidos é necessariamente descontínua. Ela se inscreve no "tempo do agora" *(Jeiztzeit)*, que interrompe o *continuum* da história e "funda a cadeia da tradição, que transmite os acontecimentos de geração em geração" *(O narrador 13)* (BENJAMIN, 1987, p. 205). O conceito de tradição, nesse contexto, não carrega a ideia de "conformismo", nem é marcado por aquela "imagem 'eterna' do passado", mas se refere a algo que faz do passado uma "experiência única" (BENJAMIN, 1987, p. 205): isto é, à medida que esse momento do passado é recriado no solo de hoje e, mesmo que se repita, nunca o faz de modo igual (DOUEK, 2001, p. 115). Portanto, rememoração significa reatualização do passado na experiência presente.

Distanciando-me de uma análise romântica, analiso o *rap* como uma nova forma de narrativa contemporânea construída pelos atores inseridos em seus *locus* de vivências. Por meio de imagens reais, os *rappers* narram suas próprias experiências, tudo o que se passa a sua volta. Parafraseando Benjamin, eles gostam de começar sua história com uma descrição dos fatos que vão improvisar, atribuindo-os à sua própria experiência de vida (BENJAMIN, 1987, p. 205).

O *rap*, sendo uma arte de persuasão, resgata o poder da palavra de convencimento e legitimidade. Nele encontram-se indícios de recuperação da grande tradição narrativa. Essa possibilidade é visível. Os atores fazem shows objetivando divertir o público juvenil e chamar a atenção para temáticas importantes para sua socialização na quebrada: droga, sexo, prostituição, violência policial, desemprego, educação – e todo esse conteúdo é passado pela rima dos MC's. Há uma linguagem espontânea e informal que expressa o universo semântico dos atores socialmente excluídos. Mas, não permanecendo somente na denúncia, também promovem ações sociais de interesses coletivos e geração de renda por meio de projetos socioculturais.

Walter Benjamin, analisando os contos de fadas, concluiu que o "conselheiro" nunca morre, porque ele foi o primeiro da humanidade e sobrevive, secretamente, na narrativa. Para o filósofo, "o primeiro narrador verdadeiro é e continua sendo o narrador de contos de fadas" (BENJAMIN, 1987, p. 215). Tomando de empréstimo a ideia do autor, parece-me que os *rappers* tornaram-se esses verdadeiros "conselheiros" contemporâneos, pois em cada relato de vida encontra-se um conselheiro. Eles assumem as características de um homem prático, tal qual o narrador, e trazem consigo, às vezes de forma latente, uma dimensão utilitarista. Diz Benjamin: "Esta utilidade pode consistir seja num ensinamento moral, seja numa sugestão prática, seja num provérbio ou numa norma de vida – de qualquer maneira, o narrador é um homem que sabe dar conselhos" (BENJAMIN, 1987, p. 200).

Segundo Benjamin, a importância do "conselheiro" desapareceu na sociedade contemporânea porque a "sabedoria – o lado épico da verdade – está em extinção" e as "experiências estão deixando de ser comunicáveis". Contudo, na era da tecnociência, do consumo personalizado e dos diversos estilos de vida e de filosofia, a "arte de narrar" é resgatada pelos *griot*, os "novos" "conselheiros" da atualidade. Eles transmitem convincentes mensagens de sabedoria a seus ouvintes.

Os novos "conselheiros", quando alertam sobre o risco da drogadição, o envolvimento no tráfico, a violência policial, a necessidade de se investir na educação das crianças, estão comunicando sugestões práticas tanto aos jovens quanto às autoridades. Essas histórias são compartilhadas não apenas entre aqueles que as narram, como também entre outros atores que vivem as mesmas histórias, de forma que garantam "a existência de uma experiência coletiva, ligada a um trabalho e um a tempo partilhados, em um mesmo universo de prática e linguagem" (GAGNEBIN, 1987, p. 11).

Sintetizar essa dialética é o que os *rappers* fazem por meio dos relatos rimados, pois há uma relação direta entre o narrador e sua matéria – a vivência humana. Ou seja, eles trabalham a matéria-prima da experiência – a sua e a dos outros –, transformando-a num produto verdadeiro sólido, útil e único. Portanto, o narrador "retira da experiência o que ele conta: sua própria experiência ou a relatada pelos outros" (BENJAMIN, 1987, p. 201).

Nesse sentido, temos as palavras do *rapper* "Preto MAS", que, narrando suas experiências, aconselha seus ouvintes jovens em como proceder em relação aos pais:

> Eu sofri muita violência do meu pai, devido o alto consumo de álcool. Eu acredito que cada mãe, cada pai, sente a necessidade de agredir seu filho por alguma coisa que ele não admite. Às vezes, você passa do limite,

né, porque você no momento de raiva não consegue raciocinar; mas eu acredito que o relacionamento entre pai, mãe e filho tem que ter o maior respeito possível. Você deve amar o pai, a mãe, mesmo que o pai seja um cachaceiro; mesmo que a mãe lhe bata, lhe espanque. Ela está te batendo é para o seu próprio bem. Mesmo apanhando dos seus pais, nunca deixe de amar, porque eles vão ser a ponte do teu futuro.[181]

O *rapper* manifesta uma face da violência doméstica, resultante do alcoolismo, com a qual muitas famílias da periferia sofrem. Os indivíduos mais atingidos por essa violência são as crianças e suas mães, que sofrem agressões físicas, provocações, xingatórios, espancamentos, chutes, estupros. Consequentemente, as crianças se afastam do pai, desconhecendo mesmo sua autoridade.

O narrador aconselha que o relacionamento entre pais e filhos seja pautado pelo respeito. Cria-se, assim, um código ético de respeito como base para a (re)constituição da família; depois, ele lembra que o alcoolismo do pai e o espancamento da mãe não devem ser motivos para não amá-los, porque eles são ponte para o futuro do filho.

Para Benjamin, o narrador sabe dar conselhos, "não para alguns casos, como o provérbio, mas para muitos casos, como o sábio". O narrador figura entre os "mestres e sábios" porque sabe contar sua própria vida; sua "dignidade" é contá-la por inteiro. "O narrador é o homem que poderia deixar a luz tênue de sua narração consumir completamente a mecha de sua vida" (BENJAMIN, 1987, p. 221).

Segundo Gagnebin,

> Aquele que conta transmite um saber, uma sapiência, que seus ouvintes podem receber com proveito. Sapiência prática, que muitas vezes toma a forma de uma moral, de uma advertência, de um conselho; coisa com que, hoje, não sabemos o que fazer, de tão isolados que estamos, cada um em seu mundo particular e privado. (GAGNEBIN, 1987, p. 11).

Esse aspecto sapiencial, observamos na narrativa do *rapper* "Preto MAS", quando apresenta o *hip hop* como elemento de "salvação", "redenção", para sua vida. Na posição de conselheiro, ele se apresenta como "messias" para os seus ouvintes jovens, cuja responsabilidade é transmitir a sua experiência de redenção, uma vida diferente, qualitativamente marcada por mudanças de comportamento. Assim, narrou:

> O hip hop pra mim veio como uma salvação, uma redenção, porque foi no momento em que de repente minha vida estava no último fio devido ao tráfico, devido à criminalidade e à rivalidade no meio da rua. Então, é como

---

[181] Entrevista concedida em 15 de setembro de 2003.

se fosse uma nova vida, um renascer de novo. O hip hop é minha alma; é a alma de qualquer um que busca a salvação pra si e a fé em Deus.[182]

Para além desse desejo de redenção pessoal, há também nos relatos dos jovens um "desejo profundo de mudança da ordem vigente aqui e agora" (CHAUÍ, 1994, p. 76). E, no contexto dos atores, encontram-se dois aspectos de mudanças: primeiro, das estruturas sociais da "ordem vigente", a fim de que a justiça social seja estabelecida, e oportunidades sociais objetivas sejam alcançadas pelos atores da periferia; segundo, um convite à mudança da ordem pessoal que se revela no "deixar o mundo da droga e da violência". Isso não deixa de ser o nível da catarse, isto é, da liberação, da purificação, de um comportamento eticamente reprovado pela sociedade.

O resultado dessa catarse é que, hoje, há um grande incentivo para se voltar à escola. Alguns dos entrevistados garantiram que iriam retornar aos estudos, pois já haviam superado aquela ideia segundo a qual a escola seria para os burgueses, os "boys" da classe dominante. Este talvez seja o aspecto messiânico desse estilo de *rap*, porque, segundo Chauí, "exprime o sentimento dos oprimidos de que eles são mais fracos que os opressores e que só poderão alterar a ordem vigente pela união de todos, formando uma comunidade verdadeira e nova, indivisa, protótipo do mundo que há de vir" (CHAUÍ, 1994, p. 76).

Segundo alguns críticos, o avanço tecnológico trouxe uma fragmentação das experiências autênticas, levando assim ao "depauperamento da arte de contar". Entretanto, com o uso tecnológico, assiste-se também à reelaboração, à "reinvenção" (HOBSBAWM, 2002) de um estilo musical, cuja estrutura toma como elemento criativo as experiências coletivas. Nesse sentido, o *rap* – assumindo o papel de narrar a vida do grupo social – ganha o status de "arte como experiência de vida" (DEWEY, 1974), pois recupera as antigas narrativas cujas bases eram as experiências coletivas, conforme visto. Os narradores atuais surgem, portanto, nos interstícios da sociedade da alta tecnociência.

O estilo *rap*, além de resgatar a forma original de narrar a experiência social cotidiana, consegue, dialeticamente, unir os dois mundos das experiências: da vida e da arte. Aqui, o discurso é inseparável da ação. Mas isso somente torna-se possível porque a música, na comunidade africana, é bastante funcional. Conforme Calado, "um ponto importante para ser compreendido a respeito da música africana e que a faz, em certos aspectos, ser tão diferente da música europeia é justamente a sua natureza" (CALADO, 1990, p. 67).

Segundo o autor, a diferença desses estilos se confere na sua natureza, pois enquanto a música europeia é vista por meio do prisma de "obra de arte" –

---

[182] Entrevista concedida em 15 de setembro de 2003.

um artefato desvinculado da vida cotidiana, circunscrito ao mundo da estética – a música africana é puramente funcional; isto é, ela se presta fundamentalmente a determinados propósitos sociais e religiosos (CALADO, 1990, p. 68).

Então, a diferença encontra-se, basicamente, na funcionalidade, pois enquanto a primeira desvincula a vida da arte – estando presa ao mundo cartesiano, da racionalidade estética –, a segunda, pelo contrário, está vinculada à vida, ao cotidiano da comunidade. Essa funcionalidade da música africana está presente na diversidade de canções utilizadas por grupos de uma comunidade para influenciar outros grupos, ou mesmo deuses. Assim, não há uma separação entre música e arte, entre o público e o artista, entre a música e a linguagem.

Shusterman, buscando uma "estética"[183] na arte popular, analisa:

> Ver a arte como experiência responde a todos esses problemas colocados pela separação entre arte e vida. Como experiência, a arte é evidentemente uma parte de nossa vida, uma forma especialmente expressiva de nossa realidade, e não uma simples imitação fictícia dela. Em segundo lugar, dado que a experiência precisa combinar os diferentes motivos e materiais que constituem nosso meio, e visto que nós abordamos cada contexto através de uma percepção intencional, podemos esperar que a experiência artística acolha elementos práticos e cognitivos sem perder sua legitimidade estética. (SHUSTERMAN, 1998, p. 45).

O conceito de arte como "experiência de vida" está muito próximo do conceito africano, que não desvincula a arte da vida. Teoricamente, a dicotomização entre o mundo da arte e o da vida pode ser buscada no arcabouço teórico de dois dos pensadores gregos – Plantão e Aristóteles. Do primeiro, herdou-se a visão da arte "como algo completamente distante da realidade ou da vida". Colocando-a no nível do mundo do "irreal", do "ilusório", Platão temia que a arte "contaminasse a alma humana", corrompendo, assim, a sua "ação". Enquanto Aristóteles chegou a afirmar que a produção artística seria uma prática de criação, cujos fins são concebidos como objetos independentes, dissociados dos efeitos que possam ter nos seus criadores (SHUSTERMAN, 1998, p. 44).

Essa separação, a "arte da ação", resultou na arte sendo vista como uma "atividade racional de fabricação externa, como *poiésis*", contrastando com a "ação prática" (ou *praxis*), "que deriva do caráter interior do agente e ajuda, reciprocamente, a formá-lo". Para Shusterman, "separar a arte da realidade não apenas serviu para rotulá-la como algo sem valor cognitivo, mas também

---

[183] O termo *estética* entende-se ao sentido analisado pelos autores Laburthe-Tolra e Warnier (1997, p. 284, grifo dos autores) quando afirmam que "Todo o objeto feito pelo homem ou artefato pode ser apreendido num duplo nível: um *estético* no sentido exato do termo, isto é, segundo o *sentimento* imediato do prazer, do agrado (ou do desprazer, do desagrado) que dá ao que o percebe; e *conceitual* ou *semiológico*, isto é, o *sentido*, o papel, a utilidade que o autor ou utilizador (eventualmente um grupo) atribui a este objeto".

para isolá-la da vida prática e da ação sócio-política enquanto objeto meramente fictício" (SHUSTERMAN, 1998, p. 46, 44, grifo do autor).

A dicotomia entre arte e vida empobreceu a "experiência estética", pois, desligada dos apetites e energias corporais, seu prazer é definido em contraste com as satisfações sensoriais da vida (SHUSTERMAN, 1998, p. 45). Diferentemente dessas visões, os estilos musicais africanos ganham legitimidade de "arte" porque surgem como práticas socioculturais, cujas histórias estão centradas nas experiências de vida, na realidade histórica dos seus atores. Pois,

> Se a arte está contaminando toda a ação humana, ela pode ser um princípio ético a todo procedimento, agregando no mundo da diversidade e de fragmentos, um princípio e um fim de beleza totalizadora. Nada mais adequado a todas as épocas, pois todas as épocas e todos os povos, ainda que na dureza da vida primitiva, desenvolveram sistemas de representações artísticas. (SILVA, 2001, p. 6).

Partindo dessa perspectiva, o *rap* é compreendido como uma música de "conexão" entre arte, como "ato de produção", e "estética", como "percepção e apreciação" do que foi produzido. Porém formando uma unidade entre ambas. Essa "experiência vital" encontra-se na música da diáspora, cuja estrutura remonta à tradição africana da oralidade. Segundo Shusterman, pesquisas antropológicas nesse campo mostraram que:

> Afirmar uma posição social superior pelo poder verbal é uma tradição profundamente enraizada, que remonta aos *griots* da África Ocidental, tendo sido sustentada por muito tempo no Novo Mundo através de concursos e jogos verbais convencionais, tais como "signifying" [significar] ou "the dozens" [as dúzias]. (SHUSTERMAN, 1998, p. 146, grifo do autor).

Historicamente, no Brasil, a "habilidade verbal" dos nossos avós escravos – saindo das senzalas e "terreiros" – se expandiu até aos "novos quilombos negros urbanos". E esse referencial permite aos negros colocar-se em uma posição social "superior" pelo poder verbal, cuja "significação" – entendida como "figura de linguagem genérica" – foi (e ainda é) um meio pelo qual o negro, na diáspora, utilizou como estratégia de comunicação. Assim, o "batuque" e a música negra foram utilizados pelos escravos como manifestação de resistência contra o poder dominante.

A expressão musical teve um papel fundamental, já que, por meio da música, os negros africanos conseguiram preservar seus mitos, suas regras e tradições. Para Tella, "as manifestações musicais também foram sempre ligadas com os rituais religiosos do candomblé, servindo como núcleo de inspiração". Nese contexto, o batuque era empregado para todas as manifestações de um repertório musical acompanhado de percussão, que se relaciona também com a dança e o canto, com origem na África (TELLA, 2000, p. 31).

Para Tavares (2005, p. 99), "o Romanceiro Popular do Nordeste é uma literatura oral que fora transplantada para o mundo da literatura escrita". No Piauí, encontram-se os repentistas e emboladores que, de forma criativa, livre e espontânea, improvisam os mais diversos repertórios. Há uma habilidade verbal que se manifesta no modo livre de compor os versos, sejam estes em *quadrinhas*, *sextilhas* ou em *sete sílabas*. O Estado promove, anualmente, os "Festivais de Violeiros do Piauí" e publica a revista de divulgação cultural *De Repente*, a única dedicada à literatura de cordel do país. Toda essa cultura romanceira influencia os *rappers* teresinenses nas suas levadas.

A literatura de cordel nordestina "é uma parte do Romanceiro que adquiriu perfil próprio, embora o chamado "folheto de cordel" não tenha sido inventado no Nordeste" (TAVARES, 2005, p. 123). O repentista faz tal observação porque, historicamente, "herdamos dos portugueses e espanhóis um enorme conjunto de poemas escritos, falados e contados, a que damos o nome de Romanceiro" (TAVARES, 2005, p. 9). Porém as lições literárias que os nossos poetas nordestinos herdaram do "romance ibérico" foram muito bem aproveitadas e ressignificadas ao contexto sociocultural nordestino.

Considerando toda essa habilidade verbal, e entendendo-as como "figuras de linguagens tradicionais, convenções estilísticas e complexidades impostas na criação verbal do [*português afro-brasileiro*]" (SHUSTERMAN, 1998, p. 146, grifo meu), compreende-se que as letras de *rap* não são meros conteúdos "superficiais", "monótonos" e "estúpidos", mas

> expressões espirituosas, de aguda perspicácia, bem como formas de sutileza linguística e níveis diversos de significação, cuja complexidade polissêmica, ambiguidade e intertextualidade podem, muitas vezes, rivalizar com qualidades de obras ditas 'abertas' das artes maiores (SHUSTERMAN, 1998, p. 47).

A estrutura do *rap* nacional encontra-se numa matriz artística africana cuja manifestação dá-se por meio da tradição dos *griot* africanos, do *reggae* jamaicano, dos estilos do *jazz*, *soul*, *rhythm & blues* americanos, do batuque e do samba brasileiro e do repente nordestino. Existe um "status artístico" que é perceptível pela energia e pelo poder forte e talentoso, legitimado pelos seus intérpretes.

O historiador Tinhorão (2004, p. 96) afirma que o poeta e músico fluminense Domingos Caldas Barbosa (1740-1800) "foi o fundador da música popular brasileira". Conforme Tinhorão, o "Lundu e a modinha geraram choro, seresta, maxixe e samba". Para o autor, o *rap* marca a volta às origens do canto, porque ele representa a "redenção da palavra" por meio da música.[184]

A categoria "redenção" é importante nas análises deste estudo, porque, como pensa Walter Benjamin, ela compreende o resgate daquilo que fora negado aos atores. A redenção da palavra é uma necessidade urgente na contemporaneidade, pois, com a perda da experiência autêntica, entendida como "memória e tradição", assiste-se à impossibilidade de contar, isto é, de "transmitir uma palavra portadora de experiência" (DOUEK, 2001, p. 6). E no *rap* encontra-se a redenção da palavra, porquanto os atores jovens resgatam aquilo que lhes havia sido negado: a fala. Esse processo, como discute constantemente Benjamin, é dado pela *rememoração*. A "salvação" da palavra implica a recuperação das formas de contar as histórias vivenciadas no grupo social.

No texto *Sobre o conceito da história*, na busca de uma aliança entre *teologia judaica* e *materialismo histórico*, Benjamin indica uma alternativa que consiste na possibilidade de "salvar" o passado por meio de outra história: a "história a contrapelo" ou ao avesso. Tal história duvida da história oficial e quer dar voz à história dos vencidos e oprimidos. Porém isso somente será possível quando, ao fluxo do tempo monótono e contínuo, contrapuser-se um tempo histórico descontínuo e tecido de rupturas (DOUEK, 2001, p. 7). Nas palavras de Benjamin, "a história é objeto de uma construção cujo lugar não é o tempo homogêneo e vazio, mas um tempo saturado de agoras". (BENJAMIN, 1987, p. 205).

As histórias narradas pelos *rappers* surgem por meio das imagens que os envolvem numa mesma realidade sociopolítica – de jovens negros e pobres pertencentes às classes populares. Aquilo que Benjamin analisa: "o grande narrador tem sempre suas raízes no povo, principalmente nas camadas [mais excluídas]" (BENJAMIN, 1987, p. 214).

Os *rappers*, por intermédio das narrativas, não só leem e narram o contexto social da periferia – caracterizando este ou aquele objeto ou sujeitos sociais – como também põem em ação, em movimento, os verdadeiros personagens históricos. Estes são de "carne e osso", não são atores imaginados, abstratos, fantasmas do além, são reais, localizáveis num determinado tempo e espaço. E por serem atores históricos suas narrativas ganham legitimidade e poder, pois é um conhecimento produzido pelo modo como se veem e compreendem a si próprios e os outros em situações de excluídos. Nesse contexto, graças à redenção da palavra, os atores sociais resgatam o poder da fala.

Não há separação entre as duas atividades – a "poética" e a "práxis", tal como o Ocidente as dicotomizou. Há uma estreita ligação entre o fazer artístico e a atividade narradora. Uma síntese dialética entre o gesto e a palavra. Assim,

---

[184] FOLHA DE S. PAULO, 29 ago. 2004. p. 4-6.

os movimentos precisos dos antigos artesãos medievais, retomados nos textos críticos de Benjamin sobre a fragmentação da experiência autêntica, hoje, concretizam-se nas performances que fazem os MC's por meio das rimas e levadas (gestos/palavras). Eles dão forma à matéria narrável, ligando-a a uma linguagem gestual: movimento das mãos e da voz. Nesse caso, a alma, o olho e a mão, quando interagem, definem uma prática – "a antiga coordenação da alma, do olhar e da mão [...] é típica do artesão, e é ela que encontramos sempre, onde quer que a arte de narrar seja praticada" (BENJAMIN, 1987, p. 220).

Aqui o corpo ganha singularidade, pois, por si, comunica uma mensagem que se articula com a palavra, os gestos, os significados corporais e desejos. O corpo se torna sinal de rebeldia e grito de libertação, fugindo às regras que lhe são impostas pela sociedade. Se o corpo é expressão da cultura (MEAD apud KOFES, 1989, p. 58), os corpos desses jovens, então, expressam uma cultura de rua, quando os põem em movimento mediante os elementos artísticos do *breaking*, do *rap*, do grafite e da discotecagem. O corpo torna-se um espaço de transgressão. Para Kofes (1989, p. 60), "o corpo tem uma linguagem de afirmação ou transgressão. A linguagem do corpo é importante porque reformula, explicita, coloca questões que, às vezes, unicamente a fala é incapaz de expressar".

Segundo a autora, tem lugar, hoje, dois discursos sobre o corpo: um afirma que o corpo é disciplinado pela sua postura no trabalho, seja pela educação, seja pela socialização. O outro é um discurso "antidisciplinar" do corpo. Este último assenta-se na ideia de que o corpo é "liberado e solto". Para isso, os indivíduos deveriam não só transgredir e recodificar as normas e costumes sociais dados, como inventar outras possibilidades. Nesse sentido, o corpo, no *hip hop*, ganha essa conotação porque se torna um "espaço libertário", onde os atores inventam novas formas culturais. Seus integrantes, praticando os movimentos, liberam seus corpos por meio de gestos corporais. Se, por um lado, seus corpos são reprimidos no cotidiano pela sociedade, proibindo-os de perambular por espaços sociais ditos não permitidos; por outro, dão respostas a essa mesma sociedade com seus corpos, quando sentem o prazer de dançar e cantar, proporcionando-lhes uma visibilidade social, embora depois tenham que os aprisionar novamente.

Na narrativa do *b-boy* Piva – sobre sua passagem pelo Exército – fica evidente a discriminação que sofrera por parte dos companheiros, o medo de ser punido pelas autoridades militares e o consequente abandono do grupo com o qual dançava. Depreende-se o quanto o seu corpo estava sujeito à disciplina, às normas impostas pela instituição militar. O corpo deveria ser e se expressar no meio social a partir do discurso dado pela instituição que detém o poder para disciplinar o corpo, enquadrando-o numa linguagem que não o deixa ser livre.

Os gestos corporais dos *rappers* e *b-boys* tornam-se verdadeiras narrativas coletivas. Transgredindo a disciplina, reformulam, por meio dos seus corpos, questões que, às vezes, são impedidos de expressar. O corpo torna-se um meio de comunicação pelo qual denunciam as situações de exclusão social. Contudo a forma de dançar e a de cantar são ambas especificamente dos atores nordestinos, diferentemente dos jovens americanos, franceses ou mesmo de europeus que praticam essas mesmas atividades. Segundo Mauss (2003), os gestos corporais expressam uma cultura, e cada uma tem a sua específica compreensão do corpo.

Portanto, a voz não deixa de ser parte do corpo. Por intermédio da voz os *rappers* contam suas histórias, denunciando as marcas simbólicas que a sociedade imprimiu em seus corpos. Eles se utilizam do ritmo e da poesia para manifestar sua resistência contra o poder dominante. É uma "poética da exclusão" (FERNANDES, 2000). Evidentemente, no *hip hop* e no *rap* existem diferentes formas de performances estruturadas a partir de projetos individuais (FRADIQUE, 2003). Não obstante os *rappers* aqui estudados apresentam em suas performances um discurso político e socialmente construído, porque colocam em relevo questões sociais e raciais cujos contextos também fazem parte, e apontam ações para a solução, dessas questões, tendo em vista os atores da periferia. O *rap*, como arte, ganha o status de "combate político", porquanto as letras são verdadeiros protestos contra as estruturas sociais que os excluem de seus direitos de cidadãos. E esta constitui uma das suas tarefas: salvar a palavra.

A parte seguinte interpreta três *raps* e dois trechos do *rap* feminino cujos conteúdos consideramos recorrentes e contundentes, pois demonstraram as multifaces sociais da realidade em que vivem jovens negros e pobres teresinenses. Por meio da música, esses intérpretes tornam-se os "novos" narradores, os *griot* contemporâneos e "conselheiros" que, salvando a palavra, rompem o "continuum da história" e constroem uma "nova" história, elaborada na sua realidade social e racial.

4.2 UM OLHAR DOS *GRIOT* SOBRE A CIDADE

4.2.1 Grupo Flagrante

O grupo cognominado Flagrante, antes chamado Coquetel Molotov, foi formado em 1998, com a maioria de jovens da zona norte. Seus integrantes eram: Washington Gabriel (WG), Cley Franflin (Morcegão) (Foto 27), Gil BV,

Petecão, Bira e Jean. O grupo compôs vários *raps* e, em 2004, gravou o primeiro CD-demo. Além disso, o Flagrante se apresentou em shows na França e lançou um CD em parceria com *rappers* franceses.

FOTO 27 - *RAPPER* CLEY (E) E WG (D), DO GRUPO FLAGRANTE. AO FUNDO, JÚNIOR DO MP3 (E) E GIL, CRIADOR DO GRUPO BLACK HOUSE (D), NO CENTRO ARTESANAL DO PIAUÍ
FONTE: acervo do autor. Teresina, 2000

A primeira letra de *rap* analisada, "Setor", mostra um conjunto de situações reais nas quais se encontram as famílias da periferia, que, além de destituídas de condições objetivas, obrigam-se a conviver com situações críticas, de desproteção contra as drogas.

"Setor" (4'20")
Letra & Música: Flagrante – CD-demo *Pacto de sangue* (2002)

Eu fico aqui analisando o que eu mais preciso / grana pra poder respirar / esquecer de tudo ou pelo menos tentar / mas não dar, essa parada ainda fode a minha cabeça / só quem é do setor sabe do que **tou falando** / exploração, miséria, sangue, tudo rodando / na minha mente, na rima que tu sente um pouco da vida / que não aparece no episódio da novela de quebra, só no horário policial da programação / Caralho é foda ou não é, **eu moro** aqui faz tanto tempo, pode por fé / **eu já vi** tanta coisa fulano, e tou sabendo de outras que até me espanto / os caras muda de repente que você nem vê / da pelada na rua pra BO na DP / o passado da maioria e quase tudo igual / diferente pouca coisa mais na **média geral** / tem desgraça na família, ódio e tristeza / pouca coisa pra rangar em cima da mesa / alcoolismo hereditário de pai pra filho / uma cirrose de herança pra o menino / mãe desesperada de madrugada / pegando o seu moleque muito doido pra dentro de casa / lombrado demais, mal consegue andar a feição desta tia se desmancha em lágrimas / o que que eu fiz pra merecer isso / nossa Senhora me tire deste precipício até parece um coro que paira no ar / sofrimento desta forma é foda / a molecada desandando logo cedo e tal / 10, 11 anos com cara de mal / muito doido enquanto não faz 18, vai servido de escudo pros mais velhos, metendo pipoco / pro sistema é conveniente ou não é / se mude daqui se você puder / se não puder fique aqui como **eu estou** refletindo e rimando o meu setor.

(Ao telefone)

- WG: Alô!

- GIL: Oh! E aí cara, tamos aqui te esperando, um tempão, não vai aparecer aqui no ensaio, não, louco?

- WG: Aí BV, avisa aos caras aí que não vai dar não veio, eu arrumei aqui um bico nesse final de semana, passar todinho tampando, a casa tá daquele jeito. Falou vei.

- Gil: Vou dar um toque lá pra os caras. Então, correria aí, falou.

Quem sabe se eu tivesse o currículo escolar completo quem sabe cara mais não é bem certo / as chances aqui não são boas, de 100, você tira meia dúzia de pessoas pra se dar na escola / se é que são escolas / galpões abandonados, educação falida / uma sala, um professor e as cadeiras vazias / pois os moleques estão na rua engatilhando os canos, os ferro e o que der pra matar / periferia mais do que suicida / o cemitério da quebrada vai se encher de novo esse ano / eu me preocupo com isso, mas tem gente comemorando, faturando muita grana / a mídia faz a festa em cima da desgraça / fala de Deus pra enganar, mas eu te saco capeta / eu vou agüentar essa pressão ou não preste atenção / preste atenção o sistema já fechado não deixou opção quem sabe o meu destino e no boteco na esquina / enchendo a cara de cachaça, fudendo minha vida / ou talvez, em um trampo fulero / a mixaria mensal pra sair da lizera / diz só pro rango na cara dura / agüentando humilhação de um playboy cheio de frescura / ou de quebrada, (pá) de madrugada / caído da calçada, vendo o sangue escorrer / 15 facadas, moleque sangrando até morrer / aqui jaz uma cova a mais / o cara não era importante pro sistema, então, tanto faz / só uma lembrança pra família e pros chegados / talvez seria melhor problemas encerrados / mas eu não vou morrer assim, mano não vou, eu vou seguindo, refletindo e rimando o setor.

O *rap* "Setor" tem duração de quatro minutos e 20 segundos. O grupo colocou instrumentos convencionais: arranjos de guitarra, um contrabaixo, uma bateria e o atabaque, como instrumento de percussão. Ao fundo, por meio de uma chamada de celular, ouve-se a voz de um dos MC's, WG, que justifica o motivo por que não compareceu ao ensaio do grupo: havia arrumado um "bico" para o fim de semana. O grupo colocou esse arranjo para mostrar que seus integrantes são da periferia e, portanto, têm muitos problemas que devem solucionar. Finalmente, escutam-se os toques do sino de uma igreja, para dar um sentido "bem de periferia", como diz Gil BV. O grupo não utiliza a *pick-up* nem o *mixer*. A rima é dada pela levada vagarosa, tipo *swing*. Os versos são livres, porque seus tamanhos variam: às vezes, longos, outras, curtos, não repetindo a mesma extensão. Contudo a rima e o ritmo com as frases são perceptíveis à medida que vão narrando. Segundo Tavares, "a falta de cadência uniforme não quer dizer a falta de ritmo" (TAVARES, 2005, p. 57).

Utilizando-se de imagens reais do cotidiano, o grupo Flagrante projeta as representações do seu meio social: o setor. Certamente, a letra afeta os sentimentos e as emoções do ouvinte. Por meio de uma linguagem mais informal e rebuscada por gírias, o narrador explica o espaço onde se passa o drama das personagens: a periferia. Esse lugar geográfico é o bairro Mocambinho, onde o narrador observa suas ruas estreitas, as tretas entre as gangues juvenis, as escolas destruídas, a falta de energia, as tensões e os conflitos entre as personagens que nesse lugar vivem. O narrador revela quem são os atores sociais: a mãe desesperada, os moleques na rua, a tia se desmanchando em lágrimas, o pai alcoolizado, o menino drogado, os adolescentes entre 10 e 11 anos, já servindo de escudo para os mais "velhos" (falcões[185] dos traficantes), o professor, os estudantes, os moleques com armas de fogo, o *playboy*[186] cheio de "frescura", o "chefão", a polícia e um moleque sangrando até morrer.

O narrador é um analista de primeira. Seu tempo é o presente porque se envolve com a própria realidade: "eu fico aqui analisando o que eu mais preciso". E revela do que mais precisa: "de grana". Seu "eu" simboliza milhares de desempregados que vivem nas favelas da cidade e não dispõem de renda para suprir as necessidades básicas da família. Para Gil BV, esse *rap* quer revelar a realidade em que vivem as famílias da favela, que não conseguem sair da miséria e do desespero. "É um beco sem saída", afirma ele. Com a grana, eles poderiam "respirar, esquecer-se de tudo ou pelo menos tentar". Há uma tensão no interior do homem: entre a necessidade material e a destituição de condições econômicas para sobreviver. O dinheiro poderia fazê-lo "respirar"

---

[185] Falcão entende-se por criança ou adolescente que se envolvem com o tráfico, tornando assim dependente do chefão do tráfico de droga. Athayde Celso e MV Bill (2005, p. 33).

[186] O *playboy* representa o jovem branco da classe rica; ele torna-se um ator ignorado pelos jovens da periferia. O *boy*, para muitos jovens, traz as seguintes características: vive no asfalto; mora no bairro de classe média ou alta; possui carro ou moto; cursa os melhores estudos; fala uma língua estrangeira; frequenta academia, shopping, clube; veste as melhores grifes; sai para as baladas com meninas e dispõe de grana. No sistema capitalista, ganha status social quem atende aos princípios do hedonismo, individualismo e consumismo. Ele contrasta com o "mano" da periferia, que vive situações de pobreza e miséria, não tendo, muitas vezes, nem estudos e nem oportunidade de ascensão social.

por alguns instantes, isto é, deixá-lo mais tranquilo, chegando até a se esquecer da dor, das preocupações.

Porém, por falta de grana, o narrador sente-se inquieto e desabafa: "essa parada ainda fode a minha cabeça". Com a gíria – "fode" – ele manifesta não só insatisfação como também desespero e indignação que chegam a tirá-lo do sério. Devido a tal situação, propõe revelar, por meio da rima, tudo o que "rola" em sua mente, começando por imagens reais: "exploração, miséria, sangue". As temporalidades vividas se materializam nos corpos dos personagens, que se tornam matéria-prima de espetáculo no horário da programação policial na TV, que "fatura muita grana e faz festa em cima da desgraça". Os programas policiais expõem ao ridículo os jovens das favelas quando são presos por roubos, estupros, assaltos, brigas. Há uma espetacularização dos fatos. Para Santos,

> Simular por imagens como na TV, que dá o mundo acontecendo, significa apagar a diferença entre o real e o imaginário, ser e aparência. Fica apenas o simulacro passando por real. Mas o simulacro, tal qual a fotografia a cores, embeleza, intensifica o real. Ele fabrica um hiper-real, *espetacular*, um real mais real e mais interessante que a própria realidade. (SANTOS, 2004, p. 12, grifo do autor).

O narrador não é um mero telespectador, mas participante ativo dos fatos: "eu moro aqui faz tanto tempo". Ele é um personagem-subjetivo; seu testemunho é verdadeiro e sólido, porque não somente presencia os fatos, como os experimenta e sabe o que significam, chegando até mesmo a lhe causar espanto. A miséria do setor é simbolizada por meio do seguinte quadro: "A desgraça na família, o ódio e a tristeza, pouca coisa para rangar em cima da mesa, o alcoolismo hereditário de pai para filho, a cirrose de herança para o menino."

O tempo em que acontece a trama do enredo é à noite, quando a família é tomada pelo pesadelo, que consiste em imagens bastante fortes: "a mãe desesperada, de madrugada, pegando o seu moleque muito doido para dentro de casa". O moleque é caracterizado como "doido", "lombrado demais", "mal consegue andar". O jovem traz em si um vício, o alcoolismo, a única herança deixada pelo pai. Há uma pergunta indireta, complementada por uma prece de dor elevada a Nossa Senhora, cujos ecos parecem um coro pairando no ar: "A tia se desmanchando em lágrimas, o que é que eu fiz pra merecer isso (?!); Nossa Senhora, me tire deste precipício, até parece um coro que paira no ar...".

O narrador lamenta que "os caras" – os amigos de infância – que antes jogavam "pelada na rua" terminaram indo parar direto na DP (Delegacia de Polícia), sendo fichados no BO (Boletim de Ocorrência). Uma das causas que leva a "molecada" a se desandar apenas com 10, 11 anos, é o seu envolvimento com os mais "velhos", isto é, os traficantes de droga, tornando-os reféns[187] destes.

Algumas causas que levam crianças, adolescentes e jovens a envolver-se com o tráfico de droga são: a "educação falida", a miséria, a fome, o desemprego. A "educação falida" é retratada por meio da imagem da escola: "galpões abandonados", onde se encontra um professor e cadeiras vazias. Isso explica o caos no sistema educacional da periferia. O *rap* denuncia o descaso das autoridades e aponta a gravidade que isso pode trazer para a "molecada" da "quebrada" fora da escola: "os moleques na rua engatilhando os canos, os ferros e o que der pra matar". Ou seja, o narrador chama a atenção para a questão prática: a necessidade de a criança não ficar na rua, podendo cedo tornar-se "escudo pros mais velhos".

No livro *Cabeça de porco* (2005), MV Bill e Celso Athayde descrevem essa realidade, cujas informações colheram diretamente dos personagens que sobrevivem da venda de droga. Por meio de suas visitas às várias favelas do Brasil relatam os conflitos entre as gangues, a violência policial, a pobreza nos morros e favelas e como crianças e adolescentes – os chamados "falcões" – terminam se envolvendo com o mundo do tráfico. Há tantas mortes porque a disputa pelos territórios de circulação e venda de droga é bastante concorrida. Celso Athayde relatou:

> Num mesmo morro é possível conviverem várias quadrilhas rivais, controlando os pontos de venda de droga, todas elas inimigas umas das outras. O que naturalmente contribui para o grande número de mortes dos jovens envolvidos nesse submundo. (ATHAYDE; SOARES, 2005, p. 32).

O *rap* traz um tom denunciante e profético, quando o narrador diz: "O cemitério da quebrada vai se encher de novo nesse ano". Essa preocupação advém de três realidades que ele constata: primeira, os moleques que se tornam vítimas dos chefões do tráfico de droga, os "falcões", expondo suas próprias vidas; depois, a violência entre as gangues na disputa pelo domínio dos territórios de venda da droga; e finalmente, o próprio sistema social, fechado, que não oferece uma opção ao jovem, senão o destino do "boteco na esquina", onde enche a "cara de cachaça", resultando na tragédia: "caído na calçada, quinze facadas, moleque sangrando até morrer. Aqui jaz uma cova a mais". Parece-me que esse seja um tempo ficcional do narrador.

---

[187] No livro *Cabeça de porco* (2005), MV Bill, fazendo algumas "observações participantes" em várias favelas brasileiras, descreve a realidade em que centenas de crianças e adolescentes vivem quando se envolvem com gangues de traficantes de droga. Reféns dos chefes, tornam-se intermediários, "fiéis", entre estes e os consumidores de drogas. Segundo seus relatos, há lugares onde suas economias estão baseadas na droga, e que "90% dos moradores estão envolvidos".

Diante de todas as desgraças e de todos os males, o narrador termina o enredo garantindo que não vai morrer e, como um *herói*, segue refletindo e rimando o "setor". Esse seu comportamento deve servir de exemplo para os outros, é um "conselho" para os jovens do setor. Devem aprender a lidar com a realidade à qual estão expostos, sem se deixarem cooptar nem pelos mais "velhos" nem pelo "sistema fechado", pois enquanto um o expõe à morte precoce o outro não lhe oferece nenhuma opção senão o "boteco na esquina".

O conteúdo desse *rap* é realista e, ideologicamente, politizado, porque chama a atenção para questões tanto sociais – desemprego, miséria, exploração, falta de educação, tráfico de droga, violência – quanto familiares – alcoolismo, doença, fome e morte. Nesse contexto, os adolescentes, por questão de sobrevivência, são impelidos ao tráfico, a fim de obterem algum dinheiro para prover as necessidades familiares, sobretudo na ausência da figura paterna.

O segundo *rap* a ser analisado, "Chefão", revela um contexto sociopolítico de dominação e "mandonismo local" por parte de um personagem que aterrorizou toda a sociedade.

"Chefão" (3'30")
Letra & Música: Flagrante – CD-demo *Pacto de sangue* (2002)

> Diretamente do inferno suburbano / a verdade aqui no verso, na rima que eu mando / denunciando a face oculta do sistema / Não, tem jeito ao meu redor, já feito esquema / Vem comigo, vem, vem viaja / Reino do crime, parte superior do mapa / Nordeste onde o crime é tipo peste, prolifera, feito praga / Na terra de ninguém quem manda é a lei da bala / Não tou falando dos bandidos que a TV rotulou e você já conhece / Maluco de quebrada, assim tipo moleque, / marginalizado sem estrutura em casa / sem dinheiro, sem emprego, sem nada / Caindo por fumo, por treta ou homicídio / Eu vou falar de um criminoso muito acima disso / De patente e carta branca pra matar / Na cinta uma pt e na cabeça muita, grana, fama / Ninguém imaginava no seio da Polícia a besta fera se criava / Metendo bala passando por cima de tudo / Por grana, vichi, muita grana / Agora por aqui é o grande Chefão quem manda / Diretamente do comando da PM / O Chefão vai passando e todo mundo treme / Agora filma, filma, e diz se eu tou mentindo e mostra a verdadeira face do bandido. O verdadeiro bandido.
> **Ref.** Filma, filma, filma, então, e mostra a verdadeira face do ladrão / filma, filma, filma, então, nos estilo poderoso Chefão / Filma, filma, então, e mostra a verdadeira face do ladrão / Filma, filma, então, nos estilo poderoso Chefão.
>
> Saindo da escuridão o teu pior pesadelo se aproxima / Um tiro na testa do Chefão, fudeu Correia Lima Safado / Crime organizado só mais um caso que será arquivado / Tipo um indigente na gaveta do IML / O tempo passa, o povo esquece, é isso que eles querem / Muitos anos de impunidade / Assassinatos de prefeitos, vai Chefão, escolhe a cidade..../(barulho

de choro de criança) Articula o teu plano a Comissão Parlamentar não entende/ Não sabe de nada, não viu nada / Filho da puta mente, pente / A queda da patente farda, jaula já está próxima / Fica na frente que atrás a PM te escolta / Com dinheiro, a continência de Tenente, Sargento, soldadinho de bosta / Cumplicidade, dinheiro com facilidade, teve um fim esperado/ Irmão, mulher, filho tudo que é parente envolvido, organizado / Corrupção conseqüência advinha quem é a causa se a bomba estourou na "mão" que de "santa" aqui não tem nada / Agora filma, filma, depois enquadra / E mostra aí na tela a verdadeira face do canalha, do verdadeiro canalha, e aí, do verdadeiro canalha / Filma, filma, filma, então, e mostra a verdadeira face do ladrão / Filma, filma, filma, então (o todo poderoso Chefão) Filma, filma, filma, então, e mostra a verdadeira face do ladrão / Filma, filma, então (o todo poderoso Chefão). Ele é o rei latino-americano.

Esse *rap* tem a duração de três minutos e 30 segundos. O grupo inseriu instrumentos convencionais: arranjos de guitarra, contrabaixo, bateria, piano, instrumento de percussão. Utiliza-se a *pick-up* sobre a qual fazem os *scratches* e as mixagens. A rima é dada por meio da levada vagarosa, tipo *swing*. Os versos são longos e curtos. A extensão das linhas é irregular, porém os narradores fazem uma estrutura simétrica que obriga o ouvinte a ir e voltar, acompanhando a batida.

Segundo o *rapper* Gil BV, o *rap* tem o *sampler* de uma base que já existia e sobre ela agregou mais alguns elementos, como o toque de um piano, para "lembrar aquela ideia da máfia italiana que gostava de ouvir a música clássica". Depois, existe o *scratch* de uma música do Rap X, que fala sobre Escadinha como "rei do crime". Mas explica que pegaram tal versão porque Escadinha surgiu e se envolveu no tráfico na periferia, diferentemente do "chefão", coronel Correia Lima[188], que se originou no interior da incorporação militar, o qual, ao invés de combater o crime, nele estava infiltrado.

O "Chefão", premiado em 2003 pelo Festival Chapada do Corisco como Melhor Intérprete e Segundo Lugar Geral, é um verdadeiro manifesto de repúdio a um estado de dominação e "mandonismo local" por parte de um coronel militar que aterrorizou a sociedade teresinense. O narrador descreve os fatos a partir das circunstâncias vivenciadas. Por isso, ele chama os ouvintes para que viajem, envolvam-se nos acontecimentos que vai narrar. Ou seja, os

---

[188] José Viriato Correia Lima é tenente-coronel da Polícia Militar do Piauí. Em agosto de 2005, pelo Fórum do Tribunal Popular do Júri de Teresina, foi condenado à prisão por 23 anos e 9 meses de reclusão, que deveria ser cumprida em regime integralmente fechado, na Penitenciária de Vereda Grande; mas para isso deveria perder a patente. Ele é acusado de ser o autor intelectual da morte do seu caseiro, Zé Quelé, em nome do qual havia feito um seguro, onde entre os beneficiários estavam familiares do próprio coronel. Dois dos envolvidos nesse assassinato já estão condenados: o ex-policial civil Francisco Domingos de Sousa, o Domingão (18 anos de prisão), e o ex-soldado da Polícia Militar José Correia Braga Neto, o Zé Correia (11 anos). O seguro estava avaliado, à época, em R$ 1,2 milhão. Ainda segundo a Justiça, Correia Lima chefiou o comandante do crime organizado no Piauí. Pois se suspeita também que o coronel não só preparava a morte de autoridades que prestaram serviços ao Piauí, como também recebia promessas de favores de agentes públicos e políticos. (Disponível em: <http://www.portalaz.com.br/noticias.asp?secao=Correia%20Lima&noticias_id=36703>. Acesso em: 23 abr. 2005.

ouvintes são chamados a deixar-se contagiar pelas suas emoções e pelos seus sentimentos, entrando assim no tempo da ficção.

Assumindo a atitude de um observador e utilizando-se da primeira pessoa do indicativo do presente, o narrador anuncia o lugar em que se encontra: no "inferno suburbano". Desse *locus*, ele propõe não só denunciar os papéis sociais do personagem principal, como revelar "a face oculta do sistema" cuja estrutura parece não ter jeito de se transformar, pois é um "esquema" bastante hermético e perigoso. Para além de um esquema fechado, a sociedade está também diante de um "reino do crime". O lugar desse reino é o Nordeste, localizado na "parte superior do mapa" brasileiro. Pior ainda: nessa parte, o "crime é tipo peste, prolifera feito praga". Na metáfora – riquíssima em imagens – observa-se uma "terra de ninguém", onde quem "manda é a lei da bala".

Na figura do "chefão", concentram-se as características de um Estado em que os chefões são os verdadeiros mandantes e dominadores. O "chefão" é a própria lei; é a personificação do Estado e da estrutura social de "mando--obediência". O "chefão" é ainda a simbolização de um Estado autoritário, que guarda os resquícios da ditadura brasileira baseada no "aparato militar-repressivo" (CHAUÍ, 1994, p. 48).

Por meio da figura do "chefão" poder-se-ia dizer que, em 1985, a sociedade brasileira assistiu ao fim da "ditadura militar" em seu aspecto formal – a realidade, no entanto, é que ela permanece na repressão, cujos efeitos se percebem mediante um poder centralizado na "militarização da vida cotidiana" (CHAUÍ, 1994, p. 48). As instituições militares não foram genuinamente preparadas (e ainda não estão) para lidar com a sociedade em seu estado democrático. Os instrumentos de controle e repressão parecem ser os mesmos do tempo ditatorial. Isso pode ser constatado por intermédio da entrada da Polícia Militar nos morros e nas favelas não só do Rio de Janeiro, como trazem os meios de comunicação, mas também nos grandes centros urbanos, onde se concentram as populações de baixa renda econômica e negra.

Em uma de suas músicas, o Grupo Mandacaru narra:

> Polícia bate em inocente, bandido, mas nunca bate nos boys [...]. Já vivo é cabreiro com a porra da polícia. Eles não falam; eles batem. E se correr, vira carniça! [...] Te matam, te jogam dentro de um buraco fundo. Chegam pro delegado: "foi coisa de vagabundo. É nessa grande letra, que viemos relatar: a vida do ser humano é reduzida a nada"[189.]

A polícia tem a função de proteger o cidadão, no entanto passou a ser o terror para os moradores da periferia. O autoritarismo policial revela o lado

---

[189] Letra da música (ainda não gravada) "P.O.L.Í.C.I.A.", do grupo Mandacaru, que surgiu da fusão com o grupo Pretos Persistentes, criado em 1998. O grupo tem os seguintes integrantes: Mano "C", Bad, DJ Leandro, Cazé, Raquel, Raniele e Aliado.

estrutural violento do Estado, uma força que constrange e coage os cidadãos, sobretudo os pobres e negros. Não pode vacilar, porque os policiais não "falam", não há averiguação dos fatos, impõe-se o silêncio às vítimas, a lei é executada por meio da força da arma. Eles decidem quem deve permanecer vivo.

Ocupando as favelas, a polícia utiliza-se da força e da violência sem distinguir quem supostamente são os cidadãos "bandidos" dos que não são. Consequentemente, os sujeitos das favelas, ao invés de serem protegidos, tornam-se vítimas diretas da violência institucionalizada, exteriorizada pela brutalidade policial. Numa palavra, como escreveu Chauí, "as classes ditas 'subalternas' de fato o são, e carregam os estigmas da suspeita, da culpa e da incriminação permanentes, sendo consideradas potencialmente violentas e criminosas" (CHAUÍ, 1994, p. 57).

Para Oliven:

> É também notório a brutalidade que o aparelho estatal brasileiro tradicionalmente dispersa às classes populares, submetendo-as a maus tratos e torturas. Esta violência, que na República Velha era justificada pela ótica de que a questão social era um caso de polícia, tem sido uma constante em nossa história e, longe de ser uma "distorção" devido ao "despreparo" do aparelho repressivo, desempenha um papel essencialmente político, ajudando a manter o poder das classes dominantes. (OLIVEN, 2002, p. 20).

Nesse contexto, os inimigos da polícia já não são os comunistas, os sindicalistas, os políticos de esquerda, as associações, as CEB's, de um passado não muito distante; são os pobres e negros dos morros e das favelas, os moradores e menores de rua, as prostitutas, os homossexuais. Sobre estes recai o estigma de "inúteis" à estrutura social e à ordem vigente. Por essa razão, são expurgados do convívio social. Segundo algumas análises sociais, o que está acontecendo, tacitamente, é o extermínio de jovens negros das favelas e vilas dos grandes centros urbanos, cujos dados quantitativos terminam se generalizando, pois matar três, quatro, cinco ou dez parece nada representar para as autoridades do sistema de segurança. Porém, politicamente, esse estado de coisas muito representa aos quadros estatísticos, já que podem festejar a queda do índice dos supostos "violentos", "delinquentes" e indivíduos "perigosos" para os cidadãos de "bem".

O "chefão" traz em si características similares às dos antigos senhores fazendeiros piauienses, que, em um sistema "rural e patriarcal" (HOLANDA, 1995), eram os chefes autoritários de seus escravos, vaqueiros, agregados e posseiros. Para Medeiros (1996, p. 21), "é o mandonismo local que funde e confunde dominação social e poder político". Ou então, como diz Sérgio Buarque de Holanda (1995, p. 87), "a ditadura dos domínios rurais" em que a dimensão personalista invade a política.

Depois, a desforra do narrador acontece no momento em que se justifica dizendo que não tem como alvo os "bandidos que a TV rotulou"; isto é, os "malucos de quebrada", fichados na DP – algo que até já se tornou "natural" na quebrada –, senão um personagem central nos acontecimentos: "um criminoso muito acima disso". A fala "muito acima disso" refere-se aos fatos que estão relacionados à vida dos supostos "bandidos" da quebrada. O narrador compara o quanto o grau de envolvimento do "chefão" com o crime organizado é bem maior do que aquele alcançado pelos "bandidos" estigmatizados pela mídia, pois a organização do "chefão" é um "esquema", um "reino" poderoso, já proliferado como praga, cujos inimigos estão com as cartas marcadas para morrer.

O narrador, em seguida, identifica o lugar onde "a besta fera se criava"[190] – no interior da própria Polícia Militar. A suspeita paira na acusação segundo a qual se supõe que foi a própria instituição que lhe deu "carta branca pra matar". Portanto, há conivência e cumplicidade da corporação com o "bandido". Os superiores parecem legitimar o mando-desmando do "chefão", porque, portando "na cinta uma 'pt' e pensando em fama e grana", passa "por cima de tudo" e de todos. Consequentemente, quando ele circula, "todo mundo treme". Aqui se demonstra o grau de violência psicológica que o "chefão", simplesmente ao passar, impõe aos cidadãos. Mas o narrador não teme, protesta, faz uma provocação e desdenha do bandido, convidando os ouvintes a assistir às cenas inusitadas do espetáculo que precisa ser filmado, pois o "chefão" vai circular: "filma, filma, filma, então, a verdadeira face do bandido". Esse refrão não deixa de ser um aspecto ficcional do enredo, embora seja uma colagem da música "Fuga", que retratava a fuga do traficante Escadinha do Carandiru, em 1999.

Na segunda parte do *rap*, o narrador menciona o nome do "chefão" – Correia Lima "Safado". Dá-lhe como sobrenome "Safado"[191]. Moralmente falando, o "chefão" não se intimida com o que faz; pois seu posto lhe assegura uma moral fundada na força de mando e na convicção de que existe alguém para obedecer.

O "chefão" foi parar na "jaula". Na metáfora, o narrador identifica o lugar onde se encontra agora a "besta", na prisão. Contudo, mesmo na "jaula", ele tem poder, porque, não sendo exonerado de sua patente, continua recebendo os privilégios que o título de coronel lhe confere, tais como: "ser escoltado pela

---

[190] A "besta fera", animal irracional, é profetizada por Daniel, no Antigo Testamento. "O profeta Daniel teve uma visão de quatro bestas representativas de quatro sucessivos impérios que se destruíram uns aos outros, Dan 7,3" (DICIONÁRIO Compacto Bíblico. São Paulo: Rideel, 2001). Depois, a besta é mencionada também no Apocalipse, quando a profecia se cumpre, como símbolo do anticristo, dragão devorador dos primeiros cristãos.

[191] O termo "safado", segundo o dicionário da língua portuguesa Aurélio, significa "cínico", "imoral", "desavergonhado". E um dos significados dados pelo Houaiss é "que ou o que não tem vergonha de seus atos censuráveis".

PM", "com direito à continência de Tenente, Sargento" e dos "soldadinhos de bosta". O narrador, por meio da mídia, sabe que o "chefão" vive na mordomia porque, onde está preso – na sede do Grupo de Ações Táticas Especiais (Gate) –, tem, à sua disposição, vários utensílios como: ventilador, aparelhos de som e TV, frigobar, além de sala para visitas e assinatura de jornal. Esse quadro denuncia a "cumplicidade" da instituição em proteger o "chefão".

Daí instaura-se uma "Comissão Parlamentar" para investigar os fatos. Entretanto, o inusitado é que o "todo-poderoso" "não sabe de nada, não viu nada". Aqui se tece o simulacro do personagem, que, revestindo-se do papel de ator, simula a inocência diante dos fatos. Por causa desse comportamento cínico, o narrador se revolta e, em coro, grita: "filho da puta, mente".

As investigações dos crimes praticados pelo "chefão" são colocadas sob suspeita pelo narrador, porque, como tantos outros, poderão se tornar "mais um caso que será arquivado", e compara o arquivamento das investigações à "um indigente na gaveta do IML". Ou seja, "o tempo passa, e o povo esquece", e é "isso que eles querem, muitos anos de impunidade".

Finalmente, o narrador utiliza-se de outra metáfora para trazer ao cenário dos acontecimentos uma segunda personagem: o ex-governador do Piauí Francisco de Assis de Moraes de Sousa (PMDB), médico da cidade de Parnaíba, localizada ao norte do Piauí. Na rima do *rap* ele diz: "A bomba estourou na 'mão' que de 'santa' aqui não tem nada". Esse personagem político é conhecido com o cognome de "Mão Santa"[192] e foi cassado pelo Tribunal Regional Eleitoral (TRE), que o acusou de desvio de dinheiro público na campanha de 1998, quando se reelegeu para o governo estadual. Como vemos, há um trocadilho na sentença "'mão' que de 'santa' aqui não tem nada". Porque se fosse santa, o governador não teria se corrompido nem havia sido destituído do poder.[193]

O *rap* apresenta um texto relevante e rico em relação ao aspecto do léxico e também às marcas estilísticas. Há, na verdade, formas reduzidas da linguagem popular e informal, emprego de palavrões – "safado", "fudeu", "filho da puta" –, e traços da forma culta da língua – "impunidade", "cumplicidade", "corrupção", "face oculta do sistema", "Comissão Parlamentar". Ademais, identifica-se o uso de recursos estilísticos, tais como: a) *metáforas:*

---

[192] Em uma entrevista, o governador foi perguntado: "De onde vem o apelido "Mão Santa"? E ele respondeu: "Mão Santa": Esse é um tratamento carinhoso que eu recebi no início da profissão de médico. Eu operei um lavrador de Araiozes, cidade maranhense vizinha a Parnaíba, onde nasci. Muito grato com o sucesso da cirurgia, expressou esse sentimento em uma reunião do sindicato de sua categoria, que acatou sua opinião. A notícia se espalhou por toda a Parnaíba. As pessoas que passavam pelas minhas mãos, em cirurgias complexas, saíam do hospital gozando de plena saúde. Nos comentários, nas ruas de Parnaíba, essas pessoas diziam que eu tinha a mão santa. Um tratamento que se popularizou ao longo dos anos. Hoje, eu sou mais conhecido como "Mão Santa' do que como Francisco". (CIDADES DO BRASIL, 2001, s.p.).

[193] O governador "Mão Santa", que prometeu acabar com o coronelismo no Estado, terminou repetindo as práticas que condenava. Além dos crimes eleitorais, foi acusado de facilitar a vida do crime organizado no estado. Investigações policiais suspeitaram que coronéis da Polícia Militar, da mais alta confiança em seu governo, faziam parte de uma quadrilha de policiais, políticos e juízes responsável por assassinatos, corrupção e cobrança de propinas no Estado. (Leopoldo Silva, para a revista ISTOÉ Online, na coluna de Política).

"inferno suburbano", "besta fera", "jaula já está próxima", "a bomba estourou na mão", "o crime é tipo peste, prolifera feito praga"; b) *elipse* do sujeito e do verbo; c) *catacrese:* "face oculta do sistema"; d) *gírias:* "grana", "maluco", "quebrada", "jaula"; e) *pejorativos:* "soldadinho de bosta"; f) *repetição de um mesmo vocábulo*: "vem comigo, vem, vem, vem viaja", "reino do crime", "sem dinheiro, sem emprego, sem ensino, sem nada", filma, filma, filma".

Importante observar que o tempo do ator narrador é o presente, cujos acontecimentos giram em torno do "chefão", personagem muito violento e perigoso. O tempo ficcional não nega a narrativa real. Seu conteúdo é um manifesto crítico a respeito da história de um personagem que é temido porque é "todo-poderoso". Então, ele precisa ser filmado, "enquadrado", numa cena cinematográfica, para que toda a sociedade tenha conhecimento do verdadeiro impostor. Termina o narrador com um sorriso sarcástico e irônico, dizendo as palavras "ele é o rei latino-americano".

4.2.2 Grupo União de Rappers

O grupo União de Rappers surgiu em 1997. Suas letras expressam o cotidiano dos jovens da periferia do bairro Vila da Paz, zona sul. É formado pelos manos "Preto MAS", Mano "P" e "Preto Rima" (Foto 28). Mano "P" diz que, por meio do *rap*, estão gritando pelos seus direitos, por segurança, por uma vida melhor para todos aqueles que moram na periferia.

O *rap* "Teresina Periférica" dura três minutos. É uma música inédita, pois o grupo ainda não tinha gravado nenhum CD-demo. O texto foi gravado sem acompanhamento instrumental. "Preto MAS" a cantou no espaço de trabalho: o posto de lavagem de veículos. Percebe-se que a rima desse *rap,* como os anteriores, é sequenciada por meio da levada vagarosa, tipo *swing,* com versos longos e curtos, porém com uma estrutura simétrica que obriga o ouvinte a acompanhar a batida.

FOTO 28 - *Rappers* Mano "P" e "Preto MAS" (Grupo União de Rappers) na Praça Pedro II
FONTE: acervo do autor. Teresina, 2000

O *rap* estimula os ouvintes à discussão em torno da questão sociorracial teresinense. Por meio de imagens e ideias – a rima –, os narradores introduzem o ouvinte na realidade em que vivem as famílias e os jovens negros e pobres de Teresina. Por isso, concentro-me numa interpretação voltada para a questão racial. A música é o recorte de uma realidade que a sociedade tem pouco discutido.

"Teresina Periférica" (3')
Letra & Música: "Preto MAS" (União de Rappers)

Brincou com 'Preto MAS', mais um mano, que chegou na fita; mandando um som veneno em cima da base sinistra; tentando lhe despertar, e lhe conscientizar do mundo da droga, você querer evitar; o sintoma que ela dá é você ficar doidão; injetar em sua veia um milhão de idéia fria, roubo, assalto, estupro todo dia, marginalidade, é que o sistema queria, e é isso que ele quer: ver você numa pior, não liga pra sua mulher, não ligar pra o seu filho; está em sua casa, passando fome, **mas nós da raça negra temos o nosso valor**, mas tem muita gente que acha que a gente é o teor; bandido marginal e coisa e tal, ovelha negra, da classe social; o mais revoltante é que todo o mundo diz, que preto mata e rouba, seqüestra, e estupra; eu pessoalmente, fico muito invocado, será que só os brancos são honestos de verdade, como diz o ditado, 'quem vê cara não ver coração'; não se iluda com um branquinho, dentro de um carrão; com dinheiro na bolsa e nada de ladrão; só entra na favela atrás de diversão; carinha desse tipo é pura ilusão, pois o verdadeiro homem tem a bênção celestial. Quero ouvir, quem mora nas favelas em geral, é pobre, humilde, mas não é marginal. Pois aqueles que são talvez por precisão, por não ter oportunidade de trabalhar, os empresários fecham a porta e mandam você se danar.

Ref. Teresina Periférica, pode acreditar, aqui não é diferente de nenhum outro lugar Teresina Periférica, pode acreditar eu quero é a paz, aqui e em todo o lugar.

Nós da periferia somos povo, que passa desse humilde, que conseguimos rir, quando temos que chorar, que temos coração para **dividir um pedaço de pão com aquele pai de família que não tem nenhum tostão**; o emprego está difícil, com certeza, meu irmão, e a única solução é pedir ou roubar. Mas aí, vai querer se sujar, e seu filho em quem vai se espalhar; sua mulher vai ter que trabalhar na casa de grã-fino pra poder arranjar alguma coisa pra comer e pra dentro do seu lar. Seu marido tá trancado não sei quando vão soltar; mas ali é mulher de responsa, vale esperar, pois ela compreendeu a situação, naquele dia foi pegar um saco de pão e na hora, foi confundido com um tremendo de um ladrão que tinha entrado num Banco e roubado um milhão, caso desse tipo acontece de montão, o cara apanha que nem um jumento, coberto de razão, a justiça é cega mesmo, com certeza, meu irmão.

Refrão

A única solução é nos conscientizar, parar com a violência, parar de se drogar, acabar com o racismo e a discriminação; e do preconceito você tem que dizer, não; olhe para o outro e considere como irmão, porque Deus também vai tá dentro no seu coração; seja branco ou preto, não importa a religião, Deus é um só para todos, meu irmão.

O *rapper* "Preto MAS" – distanciando-se de uma história ficcional – traz um *rap* bastante realista, convidando seus interlocutores, em face das imagens e ideias, a não só refletir sobre a situação do negro e sua situação sociorracial, como também a se conscientizar da necessidade de se fazer em ações concretas contra tal situação. Com isso, haveria um "pacto social", e mudanças imediatas aconteceriam nas relações raciais.

A linguagem do narrador é a da oralidade do cotidiano, portanto bastante informal. Ele mostra a realidade do negro no meio urbano teresinense. Durante nossa entrevista, à noite, em frente à sua casa, ao pé de um poste de luz, ele narrou:

Eu canto a minha experiência, através do que eu vejo hoje, aqui na Vila da Paz e nos bairros vizinhos, que é termo da violência, tá entendendo? É da opressão, da casa caindo, é família que não tem o que comer [...]

Aqui no fundo da nossa casa passa uma grota, que quando chove é muito forte a água.[194]

Pelo "som veneno", o narrador inicia seu relato conscientizando o jovem do risco que a droga em suas veias pode lhe proporcionar: "um milhão de ideias frias" – roubo, assalto, estupro, prisão. Porém, moralmente falando, ele não culpa o jovem por tal situação; observa que isso é responsabilidade do sistema ("Estado"), que, não assumindo as suas atribuições sociais, ignora a família que passa fome. Aqui ele, sociologicamente, indica uma questão social.

Depois, nesse contexto de destituição social, o *rapper* identifica os personagens que residem na periferia – "nós da raça negra". Subjetivamente, assume sua negritude e exalta o valor da raça negra, quando completa a frase: "temos o nosso valor". Há uma autoestima, uma valorização da comunidade negra. Geograficamente, mora na favela, próximo a uma grota, é pobre e humilde, mas não é marginal. O narrador mostra que os qualificativos – favelado, pobre, humilde – em nada diminuem o valor do negro como cidadão, porém, por si mesmos, denunciam as desigualdades sociais entre os negros e brancos.

A frase "nós da raça negra temos o nosso valor" é reflexo de uma consciência cidadã ativa e politizada de quem assume a identidade étnica. Inclusive ouvimos do "Preto MAS" o seguinte relato: "Nós temos valor, temos força, nossa raça é muito poderosa pra se omitir à toa. Então, vamos lutar quem é negro e tem amor à sua raça"[195].

Toda essa autoestima diz-se fruto de um processo de luta do Movimento Negro teresinense, que, ao longo dos últimos 20 anos, vem trabalhando a questão racial nas escolas, nas igrejas, nas comunidades eclesiais de base, nas instituições políticas e no Movimento *Hip Hop*. Aqui, a dimensão étnica é utilizada como ponto referencial para a composição das letras dos *raps*, nas quais se revela a autoestima dos afrodescendentes e, sobretudo, o poder que a música tem para denunciar e transformar as estruturas de exclusão e discriminação.

Certa vez, eu ouvi de um dos MC's a seguinte frase: "a senzala está nova, pode crer, está bacana, virou favela urbana, no pé do morro". Esse grau de consciência de classe pobre demonstra o conhecimento que os jovens negros trazem da história do escravo no Brasil. Estudando as péssimas condições das senzalas do tempo da escravidão, comparam-nas, hoje, com o sistema de habitação dos morros, das encostas, das margens de córregos, onde se instalam as favelas. Portanto, atualmente, as novas senzalas estão nos morros da periferia.

Para Silvério (2002, p. 52),

---

[194] Entrevista concedida em 24 de janeiro de 2006.
[195] Entrevista concedida em 24 de janeiro de 2006.

No Brasil, no entanto, existiu e existe uma tentativa de negar a importância da raça como fator gerador de desigualdades sociais por uma parcela significativa dos setores dominantes. Só muito recentemente vozes dissonantes têm chamado a atenção sobre a singularidade de nossas relações raciais.

O *rap*, nesse contexto de luta social, situa a questão racial, convidando toda a sociedade brasileira à discussão de uma temática que, em razão de sua complexidade, suas implicações e seus deslizes nas suas várias formas de interpretação, precisa ser enfrentada a partir das estruturas sociais e educacionais. Além disso, os narradores manifestam que o *rap* e o *hip hop*, além de serem espaços de sociabilidade, são também espaços de construção das identidades étnicas. Por meio das entrevistas, compreende-se que muitos jovens negros passaram a gostar de si mesmos, depois que conheceram o movimento, e a lutar a favor da comunidade[196] afro-brasileira.

Algumas narrativas auxiliam a compreender essa análise. Para o *b-boy* "Re", o *hip hop* contribuiu muito para a construção de sua identidade. Narrou:

> Eu acho me assumindo realmente como negro; de gostar de ser negro e valorizar essa cultura tão bonita, né, que é a cultura negra. E eu acho que o hip hop foi fundamental nesta questão. Acho que não só aqui em Teresina, como no Brasil todo. A questão da informação da cultura negra, que a gente não sabia, foi muito fundamental para a autoestima de muitas pessoas; inclusive pra minha mesmo, foi fundamental essa questão do hip hop. O break em si ajudou muito na minha autoestima como negro e como uma forma de se defender também em alguns gestos, assim, vamos dizer, de preconceito, discriminação, racismo, de não abaixar a cabeça; e o hip hop me ajudou nesse sentido; é como eu digo: eu nunca ganhei nada financeiro com o rap, com o hip hop, mas eu acho o que eles contribuíram pra mim foi o que me ajudou bastante mesmo; que me ajuda bastante tanto na autoestima, como na cultura, no conhecimento de gostar tudo: de gostar de ser negro, ser negro mesmo, se assumir mesmo, acho que foi uma questão principal o hip hop aqui, em Teresina.[197]

Importante frisar que o narrador, depois que passou a "gostar de ser negro", descobriu o quanto a cultura negra não só é "bonita" como também fundamental por proporcionar a autoestima ao negro e estimulá-lo a resistir aos racismos e às discriminações de hoje. Por meio do adjetivo "bonita", o narrador demonstra o quanto a cultura afro-brasileira é rica em bens culturais. Daí ele constrói sua identidade. Esta não pode ser analisada como ente fixo, fechado

---

[196] O sentido de "comunidade", neste trabalho, ganha o sentido teorizado por Edgar Morin ao mostrar a distinção entre *sociedade* e *comunidade*. Diz ele: "definimos comunidade (Gemeinschaft) como um conjunto de indivíduos ligados afetivamente por um sentimento de pertencimento a um Nós..." (MORIN, 2005, p. 147).

[197] Entrevista concedida em 21 de janeiro de 2005.

em um conceito essencialista (HALL, 2003), senão como um construto social e cultural, porque os símbolos e significados são partilhados pelos sujeitos em discussão, entre eles, mas não dentro deles. Pois:

> Ela é um processo de construção que não é compreensível fora da dinâmica que rege a vida de um grupo social em sua relação com os outros mundos distintos, resultando, assim, de um processo e de uma construção em um contexto. (MONTES, 1996, p. 56 apud OLIVEIRA, 1999, p. 94).

Para Montes, "identidade étnica" é "a identidade de um grupo que se diferencia dos outros por um conjunto de características étnicas, cujas formas de cultura, costumes, valores, etc. lhes são próprios". E a construção da identidade étnica resulta da "tensão dialética entre o eu e o outro, no contexto social e pressupõe o reconhecimento das semelhanças e diferenças para a sua afirmação" (MONTES, 1996, p. 56 apud OLIVEIRA, 1999, p. 94-96). No entanto, no contexto social brasileiro, o diferente tornou-se sinônimo de "perigo" para a classe dominante.

A narrativa do *b-boy* "Re" aponta o lado educativo do Movimento *Hip Hop*. Graças ao *breaking*, ele conheceu melhor a cultura africana; criou gosto e se interessou por ela. Como ele, muitos jovens, depois que se envolveram no movimento, sentiram-se estimulados para a leitura de autobiografias de Malcolm X, Nelson Mandela, Zumbi dos Palmares, Martin Luther King e Esteve Biko.

Influenciados por tais personalidades negras, os atores passaram a se projetar nos espaços sociais, a compor músicas, a conscientizar-se de que, embora morando nas favelas e vilas, seriam sujeitos de uma cidadania ativa; outros, entrando no Movimento Negro, assumiram o "ser negro" e a estética negra; tantos outros se engajaram em partidos políticos. Mas esse referencial foi também uma estratégia social para se defender do preconceito social e lutar por direitos sociais e cidadania, como disse Mauro: "não abaixar a cabeça". O *rapper* WG falou que, após ter conhecido o *hip hop*, passou "a ver a coisa de outra forma", porque até então somente conhecia a história da África a partir dos livros "didáticos" oficiais.

O *b-boy* Mauro fala sobre sua postura diante da questão racial e como assumiu sua negritude, depois que se envolveu com a dança *breaking*:

> Sou negro. Graças a Deus, o hip hop me mostrou o quanto essa etnia é poderosa, o quanto de poder, primeiro, enquanto seres humanos; e, depois, com a classificação socialmente herdada. Mas foi muito bom. Eu tirei uma carga tão pesada de minhas costas, quando eu descobri meu valor como negro; foi um renascimento [...] ter descoberto meu valor

como negro, e o hip hop fez isso; ele me mostrou meu valor como negro: isto foi ótimo.[198]

Observa-se que a visão do *b-boy* de "etnia poderosa" veio por meio do *hip hop*. O movimento o fez ver o valor da cultura afro-brasileira, que sobreviveu ao longo do tempo, apesar da escravidão e da dominação da cultura europeia, imposta pelos brancos. Reconhece o legado herdado da cultura africana. Porém teve que fazer uma terapia mental, porque tirou de si um "peso", quando descobriu seu valor enquanto negro; foi um "renascimento". Aqui, pode-se dizer que houve um rito de passagem, ao assumir ser negro, de um estado anterior de ignorância para um nível de consciência e descoberta da "nova" vida.

O *rapper* Cley não nega sua mudança, depois que passou a conhecer o *hip hop*:

> Acho que o hip hop, a cultura, não salvam, mas eles ajudam a resgatar o jovem; ajudam a auto-estima do jovem, como eu que não estudava mais. Botei os pés, "cara eu vou voltar a estudar, porque eu tenho que continuar batendo de frente". [...] Eu me considero negro. Lá quando eu nasci até mesmo na lista do meu filho colocaram cor parda. Pô, eu fiquei puto, ele não é pardo, ele é mais preto do que eu ainda. Ele é preto, negão. Eu me considero preto. Pela raiz, porque meu avô, por parte de pai, era preto; meu avô, por parte da minha mãe, era preto; meu pai é branco porque puxou pra mãe dele; branco que eu digo assim, mestiço; mas minha mãe é negra; dos meus irmãos, o mais escuro sou eu; meus dois filhos todos dois são pretos. Pretão mesmo.[199]

A escola é uma das instituições tradicionais que reproduz a prática do racismo e dos preconceitos, logo as desigualdades sociais e raciais entre os indivíduos. Isso quem diz é o *rapper* Gil BV, que foi discriminado pela sua própria professora, quando, por causa do seu nome "Gil", comparou-o ao "macaco bugio". A consequência disso foi que o jovem abandonou a escola por causa tanto do constrangimento como da ridicularização que sofrera pelos colegas de sala. Aquilo que hoje se chama de *bulling*. Dessa experiência, Gil BV aprendeu a ver melhor as pessoas do seu bairro:

> A partir do momento que eu fui vítima dessa discriminação, né? Aí quando eu saí da sala da aula, comecei a olhar ao meu redor que a maioria também era negra que nem eu. Quando voltava para o bairro, Bela Vista, eu via os negros, como eu; então, comecei a imaginar: "se eu aqui sofri isso aí (racismo), imagine também o pessoal daqui, até porque não tenho um tom de pele tão escuro como outras pessoas". [...] Na época, eu usava o cabelo enrolado, não tão grande, mas cabelo limpo, baixo, mas ficava

---

[198] Entrevista concedida em 25 de janeiro de 2005.
[199] Entrevista concedida em 21 de janeiro de 2005.

> aquele encaracoradozinho, né? Já era uma forma de o pessoal discriminar; e eu comecei ver 'se eu estava passando aquilo ali', imagine os outros.[200]

Diante da experiência negativa, o *rapper* sentiu-se impotente, sem saber o que fazer para modificar aquela realidade de preconceito e racismo. Porém, adentrando no Movimento Negro, conheceu melhor a cultura africana e se engajou na luta por políticas sociais que atendessem aos problemas da juventude negra da periferia. Assim, ouvi do Gil BV:

> Naquela época, não conhecia o movimento negro, não conhecia o movimento hip hop; aí quando ouvi a música rap, eu comecei a ver aqui (bairro Bela Vista) através dela (da música rap) que eu poderia estar me colocando na sociedade, e isso poderia ser um eixo para eu contestar essa própria discriminação racial; mas não só discriminação racial, como também a discriminação contra a mulher. A partir daquele momento, eu fui querendo pesquisar a fundo; comecei a correr atrás de revista, livro e tal. Naquela época, eu vi falar sobre Malcolm X, mas não tinha livros, só tinha alguns textos. Lembro que foi a época mais confusa, a época em que o cara começa a descobrir tudo. Mas foi em 1998 que eu curti o hip hop no ato mesmo, como movimento organizado, realmente.[201]

A discriminação racial é denunciada pelo *rapper* "Preto MAS" ao observar que o negro é considerado "ovelha negra da classe social" dominante, pois sobre ele recaem os estigmas negativos, tais como: "bandido", "marginal", "ladrão", "homicida", "sequestrador" e "estuprador". Na Grécia Antiga, os sinais corporais, segundo Goffman (1980, p. 11), "eram feitos com cortes ou fogo no corpo e avisavam que o portador era escravo, um criminoso ou traidor – uma pessoa marcada, ritualmente poluída, que devia ser evitada; especialmente em lugares públicos".

Os sinais no corpo do escravo denunciavam que esse "outro" deveria ser evitado nos espaços públicos, pois as marcas identificavam-no como objeto poluidor. Nesse sentido, os estigmas se caracterizavam pelas marcas exteriores e eram imputados aos indivíduos ou grupos identidades. As marcas revelam, portanto, segundo Goffman, um atributo depreciativo do seu portador. Tais atributos formavam como que as identidades sociais dos escravos, um construto social legitimado pela classe dominante.

No Brasil, se as marcas da escravidão não mais se manifestam no corpo exterior do negro, no entanto, elas estão imprimidas no corpo simbólico que, socialmente construídas, são atributos depreciativos do seu portador, que precisa ser "limpado" do ambiente. Exemplificando essa realidade social, o

---

[200] Entrevista concedida em 18 de janeiro de 2005.
[201] Entrevista concedida em 18 de janeiro de 2005.

grupo Conspiração de Rua, em uma de suas músicas, narra: "A nossa raça é discriminada como se nós não tivéssemos pensamento, futuro, liberdade para conseguir uma carreira de verdade: um juiz, um professor; um juiz para ensinar os brancos, que não estão nem aí, que só querem curtir..."[202]

A análise desse trecho revela que a discriminação racial à brasileira é vista a partir de uma perspectiva "presumida", porque, empiricamente, observa-se a ausência de atores negros nas instituições (SANTOS, 2005). A categoria "cor" tornou-se um elemento racial que anulou e restringiu o exercício e a liberdade de participação do negro em várias instâncias da vida pública. Portanto, se, presumidamente, há essa discriminação racial é porque existe racismo. E o que o narrador aponta é uma realidade de exclusão racial, porquanto:

> A ausência ou a presença meramente simbólica de negros ou mulheres em certas profissões, em certos cargos ou em certos estabelecimentos de ensino, constituirá indicação de discriminação presumida caso o percentual de presença desses grupos em tais atividades ou estabelecimentos seja manifestamente incompatível com a representação percentual do respectivo grupo na sociedade. (GOMES, 2001, p. 31 apud SANTOS, 2005, p. 44).

Na sociedade brasileira, se, por um lado, não há um *racismo manifesto*, juridicamente assegurado e segregacional, por outro, há um *racismo presumido*, que se manifesta pela exclusão do negro em certos cargos ascendentes nas várias instâncias de poder. Então, a existência dessa forma de racismo impede ao negro a mobilidade social, logo, oportunidades dignas iguais às dos brancos. Por essa razão, a questão racial transforma-se numa categoria importante e necessária para a análise da estrutura social brasileira.

Nos EUA, há uma estreita relação entre o *hip hop* e os movimentos ligados à conquista de direitos civis pelos negros, sobretudo durante os anos de criação e consolidação do *rap* americano. No Brasil, de igual forma, os temas em torno tanto da discriminação quanto da opressão da raça negra foram, com efeito, uma constante desde o surgimento do *rap* nacional.

Em meados dos anos 90, a questão sociorracial passa a se inserir nas letras e nos discursos dos *rappers*. Uma postura agressiva e de enfrentamento à sociedade dominante encontra-se nas diversas letras dos pioneiros MC's: os Racionais MC's com as letras "Racistas otários" e "Negro limitado" ou então, um discurso mais afirmativo, como canta Rappin' Hood – "Sou negrão" e "Tributo às mulheres pretas". Isso reflete o resgate do orgulho de ser negro. Ademais, estabelece-se um nível de aceitação e apropriação maior ao termo "preto", transformando-o de designação depreciativa em motivo de orgulho.

---

[202] Letra & Música: MMBOM & FG. CD-Demo, 2005.

Considerando tal postura, o *hip hop* nacional é visto por meio de três perspectivas de engajamento sociorracial. Primeiramente, há, inseridos no movimento, militantes negros que, publicamente, assumem o referencial racial, porém sem nenhuma ação social; segundo, existem aqueles que são bem mais práticos, pois vão além do discurso racial, inserindo-se também nas lutas sociais e fazendo parcerias com os movimentos sociais; finalmente, encontram-se aqueles que, além da inserção social, são também militantes do Movimento Negro, como é o caso do *rapper* Lamartine, do Clã Nordestino do Maranhão.

O *rapper* Lamartine defende a perspectiva da inserção do *hip hop* ao Movimento Negro nacional e critica a tendência separatista. Para ele, a grande falha dos militantes foi "separar Movimento Hip Hop do Movimento Negro", e conclui:

> O Movimento Negro não conseguiu sentir a importância do Movimento Hip Hop; não conseguiu se adequar à realidade dentro do hip hop, salvo algumas exceções, e o que aconteceu? Hoje, está criado uma revanche: "Não, vocês são do Movimento Negro; nós somos Movimento Hip Hop". Eu não entendo dessa forma.[203]

O *rapper* Lama, como é cognominado, descreve a tensão no interior dos dois movimentos, porém aponta para uma possível integração entre ambos, dando como exemplo o movimento no Maranhão, quando narra:

> No Maranhão, entendemos o Movimento Hip Hop Favelado como mais uma entidade negra; só com uma única diferença, que a cultura é o pilar principal do processo, e essa cultura se chama hip hop, mas eu não faço essa separação. E hoje, dentro do hip hop, cada dia que passa está mais difícil de discutir etnia, está muito difícil. Tem gente superpolitizada dentro do movimento hip hop que bebe na fonte. E aí eu não quero dizer que não têm que beber na fonte, ou que têm que beber.[204]

A discussão étnica, no interior do movimento, diferentemente da década de 90 – quando assumia uma atitude mais afirmativa, até de "orgulho de ser negro", ou mesmo quando o termo "preto" passou a ser bastante difundido e aceito entre a maioria dos *Rappers*, que se apropriaram da palavra de forma a transformá-la em motivo de orgulho –, vem perdendo a sua força política. Aquela corrida dos pioneiros em busca de leituras sobre os líderes negros, símbolo da luta pelos direitos civis, parece perder força e forma de referenciais importantes para os integrantes da escola *hip hopper* de hoje.

---

[203] Entrevista concedida em 5 de fevereiro de 2005.

[204] Entrevista concedida em 5 de fevereiro de 2005.

Porém observa-se que há tensões no interior do movimento por questões ideológicas e raciais, e crescem as dificuldades sobretudo quando o *hip hop* atinge a classe média branca. Para Lamartine, o grande dilema é fazer com que o *hip hop* nacional, invadindo a classe média, não perca seu legado de herança étnica africana, ou seja, sua dúvida é se algumas músicas *rap*, como as do grupo DMN, 4P ("Poder Para o Povo Preto"), têm aceitação em uma discoteca de *playboy*. Aqui, por parte do *rapper*, manifesta-se uma reivindicação às origens do *hip hop*.

Em Teresina, no processo de consolidação do movimento, o grande dilema girou em torno das divergências: assumir a ideologia da luta de classe ou se afirmar a partir do referencial racial. No início, não fora fácil para os atores fazer uma escolha clara, pois se sentiram pressionados tanto pelo Movimento *Hip Hop* Organizado do Ceará (MH2O) quanto pelo Movimento *Hip Hop* "Quilombo Urbano" de São Luís. Isto é, entre o primeiro, que explorava mais um pensamento socioeconômico, e o segundo, que explorava diretamente a questão racial. Segundo as narrativas dos entrevistados, quando os militantes de ambos os movimentos se encontravam, as discussões eram bastante acirradas e acaloradas.

Lama é da seguinte opinião:

> Cada pessoa sabe como se formar [...]. Veja bem, tem os camaradas que são só artistas, mas que falam da questão racial; é muito louco, que não vão a passeata nenhuma; mas tem aqueles que são formados no berço tradicionalista socialista, bebem em Marx, Gramsci e Engels e começam a desprezar a questão racial. É muito louco isso, né?[205]

Para alguns defensores do *hip hop* é uma coisa paranoica ter que se decidir por uma coisa ou outra, ou então saber articular as duas questões. Mas a tensão surge na própria natureza do movimento – saber qual das perspectivas devem assumir. Observam-se, então, como aponta o próprio *rapper* Lama, dois tipos de militantes do Movimento *Hip Hop*: os que se consideram artistas, mas não desprezam a questão racial, como é o caso do *rapper* Rappin' Hood, que, em suas letras, identifica-se: "Sou Negão"; e outros que, dizendo-se socialistas, afirmam que, no Brasil, o problema não é racial, mas sim, socioeconômico, e, consequentemente, estes se distanciam do referencial racial.

O *rapper* Lama critica tal atitude quando narra:

> Não tem nenhum sentido, eu negro, não ter a minha herança de luta baseada nos meus princípios africanos. [...] a questão étnica é fundamental dentro do Movimento Hip Hop. Acho que o hip hop nasce de um ele-

---

[205] Entrevista concedida em 5 de fevereiro de 2005.

mento de influência, não de um elemento branco, mas que tinha muitos brancos praticando, que é o grafite. Os latinos praticavam bastante o elemento b-boy e os DJ's e rappers sempre foram, praticamente, dominados pelos negros. Quando África Bambaataa une tudo isso, ele quis dá um fim às brigas entre as gangues étnicas que tinham nos bairros da periferia.[206]

Ele amplia a discussão dizendo que, no Brasil, é preciso destruir todos os "ismos", como o capitalismo, o machismo e o racismo, porque estão ligados diretamente ao centro da discussão, que é o capitalismo. Sua utopia é assentada na ideia segundo a qual somente haverá uma revolução quando:

> [Quando] o centralismo democrático for colocado em prática, porque nele "reza que a maioria vence, então, se a maioria vence, e estamos construindo uma revolução no Brasil, e a maioria é negra, então, essa revolução aqui começa a partir da maioria" [portanto, a partir da população negra].[207]

Portanto, hoje, o dilema central do Movimento *Hip Hop* nacional gira em torno das questões racial ou socioeconômica. No campo ideológico, as divergências, os conflitos e as convergências em torno dessas questões podem ainda durar muito tempo. Observa-se que o movimento, em Teresina, mesmo tendo forte tendência para o referencial étnico, devido à influência dos *rappers* maranhenses, não se distanciou da luta social, fazendo até parcerias com organizações sociais, como narrou o *rapper* "Morcegão": "Sempre tivemos parceria com a Fetag, MNU, Coisa de Negô, Fórum de Entidades Negras, CUT, FAMCC, os movimentos sindicais. A gente sempre quis ter essa parceria"[208].

Todavia, retornando à análise final do *rap* "Teresina Periférica", o narrador descreve que a periferia não é somente o lugar da miséria, da dor, da violência, como geralmente o senso comum analisa, mas o lugar do sorriso e da sensibilidade humana. A dimensão da solidariedade encontra-se na divisão do "pão com aquele pai de família que não tem nenhum tostão". Entretanto essa realidade denuncia também o desemprego de indivíduos que, para sobre-

---

[206] Idem.

[207] Entrevista concedida em 5 de fevereiro de 2005.

[208] **Federação dos Trabalhadores da Agricultura (Fetag)**. O **Movimento Negro Unificado (MNU)** surgiu em 1979, cujo objetivo era lutar pelo fim do racismo brasileiro e pelos direitos iguais entre brancos e negros; implica uma política de justiça social e reparação da população negra deste país. **Coisa de Negô** é um movimento cultural que além de produzir bens culturais luta pelos direitos sociais e pela cidadania do negro piauiense. O **Fórum de Entidades Negras** é uma organização formada pelo conjunto de movimentos negros que, democraticamente, deliberam estratégias políticas tendo como objetivo lutar pelos direitos sociais da população negra; pela cidadania do negro e da negra; bem como produzir bens culturais, tendo como raízes a cultura afro-brasileira. A **Central Única dos Trabalhadores (CUT)** é uma organização sindical de massas em nível máximo, de caráter classista, autônomo e democrático, adepta da liberdade de organização e de expressão e guiada por preceitos de solidariedade, tanto no âmbito nacional, como internacional. A CUT foi fundada em 28 de agosto de 1983, na cidade de São Bernardo do Campo, no estado de São Paulo, no 1º Congresso Nacional da Classe Trabalhadora". (Site: <http://www.cut.org.br/>). A **Federação das Associações de Moradores e Conselho Comunitário do Piauí (FAMCC)** foi criada em 1986. Segundo uma de suas lideranças, este órgão nasceu depois da **Famepi** e de um "racha" no interior do movimento inicial, que pensava construir uma federação. Para esse líder, as "discordâncias tanto ideológicas quanto metodológicas" levaram à criação da **FAMCC**.

viver, são obrigados a esmolar ou roubar, e, por isso, tornam-se confundidos com assaltantes de banco, e, na prisão, apanham semelhante a "um jumento", denuncia o *rap*. Metáfora carregada de um tempo ficcional.

Há outro tempo real que está relacionado ao papel da mulher que, na ausência do esposo, "trabalha na casa de um grã-fino para sustentar o lar". Seu valor ético está em ser uma mulher de "responsa", isto é, séria, responsável, e que espera o marido retornar da prisão.

Finalmente, o narrador convoca a sociedade para um "pacto social", pois não convém viver um mundo de terror, de "todos contra todos", mas que a paz entre os "diferentes" seja implantada. Então apresenta a estratégia para tal pacto: conscientização geral – o sistema deve parar com a violência, o jovem deve deixar de se drogar, a sociedade deve acabar com o racismo, a discri-minação e o preconceito. O pacto deve ser estruturado sob a ética da solida-riedade e da responsabilidade (MORIN, 2005) pelo "outro", o qual deve ser visto não como "marginal e bandido", senão como "irmão". Essa postura ética evita qualquer "diabolização" desse "outro" como "inimigo" e "perigoso". Enfim, ele encerra o discurso com uma linguagem religiosa em que aponta um Deus que não faz acepção de pessoas, sejam elas brancas ou pretas, nem de religião, porque Ele é um só para todos.

O refrão revela uma "Teresina Periférica" que não é diferente de qualquer outra periferia das cidades brasileiras, onde, em sua maioria, moram os negros, pobres, desempregados, as mães solteiras. Não obstante tais desigualdades sociais e discriminação racial, faz-se necessário lutar pela paz tanto em Teresina quanto alhures.

4.2.3 Emergência do *rap* feminino

Visivelmente é forte a "masculinização" do *rap*. E isso somente foi pos-sível devido ao seu processo de comercialização e midiatização. Contudo, partindo de uma análise que leve em consideração a questão de gênero, as mulheres tiveram um papel relevante na criação e consolidação do Movimento *Hip Hop*, o qual, por sua vez, tem lhes possibilitado também uma visibilidade discursiva, onde exprime seus problemas, suas preocupações e críticas (FRA-DIQUE, 2003, p. 46).

Durante a pesquisa, observei a inexistência da presença feminina no *rap*. Isso denuncia o lado machista do *hip hop*. A questão de gênero é algo ainda bastante complexa, intrigante e instigante para os integrantes do movimento.

Entretanto as *rappers* "Preta" Cristiane, Amanda e Naira foram pioneiras no movimento e buscaram quebrar o poder da masculinização no interior do *hip hop*.

O grupo Atitude Feminina surgiu em 2000, denunciando o lado machista, discriminativo e preconceituoso da sociedade em relação à mulher negra. Desde então, o grupo passou a conscientizar as adolescentes negras e pobres das favelas e vilas a não se venderem como objeto de satisfação sexual. A postura do grupo Atitude Feminina é denunciar o *playboy* que vai à favela somente para iludir as adolescentes, que, seduzidas pela sua aparência, deixam-se explorar sexualmente. O grupo tem também sido referencial para outras adolescentes que não só simpatizam como também entram no movimento e, com o tempo, decidem praticar qualquer um dos elementos do *hip hop*.

Em um trecho do *rap* "Preta Sim!", o grupo manda o seu recado contra a exploração do *playboy*:

> Só Maria gasolina, se liga sua menina
> cai na real, essa não é minha sina,
> não quero, como mulher, servir de objeto
> pra 'fuder' e ser comida dentro do boteco
> o machismo impera aqui em minha volta
> eu tenho o meu valor, eu conheço a minha história
> playboy, bundão, cara de paca
> aqui é Preta Cristiane, venenosa na levada.
> Preta sim! Aí playboy, tu tá ferrado
> Atitude Feminina ignorando o teu carro![209]

"Preta" Cristiane (Foto 29) revela sua atitude feminina quando, não se deixando iludir com atitudes semelhantes às de uma Maria "gasolina", nega entregar-se como objeto sexual, "ser comida dentro do boteco". Ela se mantém consciente do seu valor e da sua história na condição de mulher negra e pobre; depois, critica o machismo que impera em torno dela; desconstrói o conceito que o *playboy* tem da mulher e desdenha seu instinto sexual, chamando-o de "bundão, cara de paca". E todo esse "veneno" é dado por meio da "levada" do ritmo e da poesia.

---

[209] Recorte da música "Preta Sim", feita por Leandro Silva (2002, p. 57).

FOTO 29 - "PRETA" CRISTIANE (TIARA AMARELA), AO LADO DO SEU ESPOSO, DJ CLEY, O *RAPPER* ALIADO G, DO GRUPO DE *RAP* FACE DA MORTE, E GIL BV (CAMISA VERMELHA). CENTRO ARTESANAL DO PIAUÍ
FONTE: acervo do autor. Teresina, 1999

Em 2004, surgiu outro grupo de *rap* feminino trazendo consigo duplo objetivo de reeducar as relações de gênero no interior do movimento e, por meio da mensagem do *rap*, resgatar a autoestima da mulher negra. O grupo se chama Preta Yaya, formado pelas irmãs "Preta Gil" e "Laura África". Para "Preta Gil", o grupo chama-se Preta Yaya porque "'Preta' lembra a mulher escrava e 'Yaya' era o nome que os nossos antepassados chamavam as filhas mais novas de casa".

A *rapper* explica as razões pelas quais o *hip hop* feminino assume uma postura política:

> O hip hop feminino vem quebrando as barreiras, porque, na verdade, o hip hop tem mais é homem, e o poder machista atua. Mas eu e minha irmã pretendemos criar um grupo para fazer uma reeducação, para quebrar mesmo as barreiras. O grupo Preta Yaya, vem fazer o resgate de toda nossa essência, falando mesmo da questão da estética preta, da mulher preta, da preta velha. A gente estuda muito a questão de gênero, a diversidade, fazendo uma reeducação com os homens, para que os homens aceitem que a mulher não é só pra cozinha, não é só pra tá em casa, que a

mulher é pra andar lado a lado. Então, esse grupo veio pra fazer isso, pra fazer essa diferença.[210]

Ela cantou um pequeno trecho de um dos *raps* do grupo:

Guerreira lava roupa, cria filho, pancada pelo marido,
não, não, pelo machismo, pelo machismo;
um dia eu fui chocada, por longo tempo, aí, acorrentada;
já me safei, livrei desses problemas, pra mulher preta, aí, fora sistema.

"Preta Gil" relata o lado guerreiro da mulher que, às vezes, sozinha, trabalha para sustentar a família e recebe, ainda, a violência do marido. Ela revela a dimensão do machismo ainda bastante estrutural na sociedade brasileira. Mas a redenção deve acontecer na história, onde a mulher, especificamente a mulher negra, luta para se libertar das correntes do sistema, que lhe nega o direito de igualdade e construção de sua cidadania. Portanto, o *rap* feminino ganha visibilidade à medida que as *rappers* se impõem e colocam a questão de gênero como uma bandeira de luta pela equidade social e defesa dos direitos iguais entre homens e mulheres.

---

[210] Gilvânia Márcia Santos Pinto, "Preta Gil", nasceu em 26 de dezembro de 1972. Tendo recebido influência de seu irmão, fundou com sua irmã, Laura Gigliola Santos Pinto, "Laura África", o grupo Preta Yaya. O grupo originado no final de 2004 tem mais de sete letras, porém somente cinco estão musicalizadas. O grupo também sonha em gravar um CD-demo. Preta Gil mora no bairro Lorival Parente, zona sul de Teresina. Entrevista concedida em 7 de abril de 2006, no espaço do Museu Afro-Brasil, São Paulo.

CONSIDERAÇÕES FINAIS

> *A vida me ensinou a caminhar / saber cair, depois se levantar / O tempo não espera / Não há espaço pra chorar / Andei no escuro e agora com brilhar / Sobreviver é necessário, também quero ser feliz / Permaneço no combate, meu resgate e a minha fé / Minha luta causa medo e alegria.*
>
> *(MV Bill)*[211]

A música *rap* (*rhythm and poetry*) é uma modalidade narrativa contemporânea e, sendo um dos elementos de maior poder e valorização dentro do movimento *hip hop*, resgata a palavra. Isso ocorre por meio das narrativas cuja base reside nas experiências coletivas dos atores. Não são "velhos", mas adolescentes, jovens e, em sua maioria, negros de classe baixa, porém, verdadeiros narradores, os novos *griot* contemporâneos. Eles constroem suas mensagens e comunicam-nas pelo *rap*, veículo acessível para atores socialmente excluídos. Identificando-se com esse gênero musical, eles revelam tudo o que experimentam no cotidiano: desemprego, fome, pobreza, analfabetismo, doença, morte, violência. O *rap* torna-se a "poética da exclusão".

O *rap* brasileiro não foge de uma influência cuja matriz encontra-se nos estilos musicais afro-caribenho-americanos, pois, sobre tais estilos, os narradores produzem uma "nova" música. "Nova" porque os DJ's e *rappers* criam um lugar de originalidade, diferenciando-se das músicas nas quais buscaram referências, e, por isso, tornam o *rap* algo diferente aos outros estilos, como o samba, o reggae ou o *soul*. O *rap* é um ritmo que está permanentemente sendo retrabalhado, tornado contemporâneo de forma criativa e inovadora. Essa matriz, originária da música negra africana na diáspora, resgata-se a partir da poética de atores negros, pobres e trabalhadores da periferia não só de Teresina como também de vários centros urbanos brasileiros. Ademais, com esse estilo musical, os atores constroem suas identidades.

Pode-se afirmar que – para além de um ponto de vista meramente técnico, isto é, de analisar o *rap* como uma música que se apropriou da tecnologia obsoleta da classe dominante e da cultura de massa – o *rap* retoma a "redenção" da palavra no instante em que os atores resgatam o direito de falar, isto é, de contar suas próprias histórias de oprimidos.

Há no *rap* aspectos que se entrecruzam entre o global e local, considerando que, do ponto de vista da comercialização, ele alcança contornos trans-

---

[211] Música "Marginal Menestrel", de MV Bill. Álbum *Declaração de guerra*, 2002.

nacionais, em virtude de sua "incorporação" ao mundo da indústria da cultura. Entretanto o *rap* não se confunde apenas como um movimento do mercado de consumo, porquanto os momentos de sua "incorporação" ao mercado devem ser interpretados como transformação na relação que o movimento sempre manteve com o consumo. Essa relação de consumo deve ser entendida segundo as atitudes de DJ's e *rappers* que vêm investindo muitos dólares, como o *rap* americano, em equipamentos tecnológicos, a fim de produzir "ritmos mais possantes".

Nas décadas de 70/80, havia um "mercado hip hop", "centralizado nas comunidades negras e hispânicas de Nova York" (ROSE, 1997, p. 250). Essa mudança na orientação do hip hop, em relação ao mercado, precisa ser ana-lisada a partir da modificação do escopo e da direção do processo de obtenção de lucro, que saiu de grandes empresários negros e hispânicos para as mãos de grandes empresários brancos de multinacionais.

No Brasil, a incorporação do movimento ao mercado de consumo ainda se encontra em processo de contínua expansão, que, saindo das camadas populares, começa a atingir as classes média e alta. Atores dessas classes já "curtem" em suas baladas alguns referenciais do *rap*, tanto norte-americano quanto brasileiro.

Contudo existem grupos de *rap underground* que trazem uma "atitude consciente" da responsabilidade de seus praticantes na luta por políticas alter-nativas, objetivando a geração de renda para atores pobres das classes popu-lares. Há então um trabalho de parceria na composição de letras, divulgação de shows, confecções de camisetas, venda de CDs e clipes dos grupos, rádios comunitárias, trabalhos coletivos por meio de oficinas de grafite, discote-cagem, *breaking* e *rapper*. Em sua maioria, é um trabalho de base socioedu-cativa por parte das "posses" e de entidades, como: CUFA, Zulu Nation Brasil, MH2O, MHHOB, MP3, Movimento Hip Hop do Piauí ("Questão Ideológica"), cujas estratégias políticas estão focadas na discussão em torno de questões sociais, quais sejam: gênero, raça, violência, educação, geração de renda, emprego, entre outras.

Na pesquisa, utilizou-se de "estudos urbanos" com o objetivo de com-preender o processo de urbanização por que passou Teresina, considerando as intensas e profundas transformações socioestruturais ocorridas na cidade, bem como a redução de políticas habitacionais das agendas governamentais nos últimos 30 anos. Ao lado disso, a verticalização da cidade favoreceu (e ainda favorecem) o surgimento das *imagens de "outra" cidade*, onde famílias pobres passaram a habitar junto a lagos, grotas, pontes e terrenos. Afastados dos bolsões de miséria, hoje, são habitados em sua maioria por famílias negras e pobres. Por causa dessa situação, os mais prejudicados são os atores jovens, pois são discriminados do mercado de trabalho formal, não só pela questão socioeducacional como também racial; são impedidos da mobilidade social e, portanto, forçados aos trabalhos subalternos.

No contexto da pesquisa, a etnografia investigou a trajetória do Movimento *Hip Hop* em seu processo de organização e consolidação. Por meio dessa técnica de investigação, foi possível mapear os espaços urbanos de sociabilidade juvenil, pontuando, especificamente, os mecanismos de mediações; identificar os atores e grupos tanto de *breaking* quanto de *rap* da "primeira escola", que influenciaram a "segunda escola" *hip hopperiana* teresinense; analisar os primeiros conflitos internos e os momentos de fragmentação do movimento; e descrever a realidade de duas entidades – Centro de Referência Hip Hop do Piauí e Movimento Pela Paz na Periferia (MP3) – que lidam diretamente com o hip hop, além de analisarem seus impactos e influências na sociedade teresinense, graças os projetos socioculturais por elas executados.

Os relatos de vida dos entrevistados ofereceram elementos significativos para a elaboração de um conhecimento por vezes desconhecido no meio acadêmico, devido à escassez de estudos mais abrangentes sobre a sociabilidade da juventude, especificamente a negra. Esse conhecimento somente foi possível graças à organização e à interpretação da história oral de vida dos atores jovens que falaram sobre a sua participação na gênese do movimento, sobretudo, nos episódios recorrentes ao lazer e aos espaços de sociabilidade urbana juvenil nas décadas 80/90.

Esse recorte histórico apontou cinco fases no processo de formação do Movimento *Hip Hop*: primeiro, em meados dos anos 80, apareceu a dança *breaking*, que se notabilizou depois dos eventos do "Lazer nos Bairros" e do "Circuito Jovem"; segundo, na década de 90, constatou-se o auge do *rap*, segundo as influências do *rap* americano e paulistano; terceiro, nesse período, aconteceu a organização do Movimento *Hip Hop* "Questão Ideológica"; quarto, a construção de novos espaços sociais; e, finalmente, os conflitos internos ao movimento. Portanto, tais momentos foram se constituindo em meio não apenas às constantes divergências, ambiguidades, contradições, violências simbólicas, mas também a entretenimentos, "felicidade", solidariedade e companheirismo.

Os "campos de significados", observados por meio dos relatos de vida, serviram como pontos de referências tanto para compreender as experiências vivenciadas pelos atores no passado quanto para reconstruir o passado com as ideias e imagens do presente. Suas memórias individuais foram construídas coletivamente pelos fatos que registraram na trajetória de vida, no interior da sociedade e do Movimento *Hip Hop*.

O estudo identificou os territórios nos quais os pioneiros atores do *hip hop* transitaram e construíram suas estratégias de resistência social, quais sejam: os eventos do "Lazer nos Bairros" e do "Circuito Jovem", as apresentações nas escolas, nas rodas de hip hop na praça Pedro II, como também em quadras, ruas e bairros da periferia, os bailes *hip hoppers*, como espaços de lazer e entretenimento, as reuniões de dimensões políticas e decisórias nos bairros Mocambinho e Dirceu, na Sede do PT e na Praça do Liceu, entre outros. Esses espaços devem ser compreendidos como *locus* significativos das experiências de sociabilidade e construção da cidadania e dos laços de pertencimento ao movimento. Graças à *rememoração* do passado dos jovens *b-boys* e *rappers*, foi possível reconstruir e 'salvar' as palavras dos sujeitos envolvidos, que revelaram suas formas de agir diante tanto dos desafios de construir o movimento quanto do conflito social na cidade.

As interpretações das letras revelam que os *rappers* resgatam as formas antigas de narrativa, pois se tornaram os verdadeiros "conselheiros" da sociedade contemporânea. A "redenção" da palavra acontece no momento em que os jovens resgatam o direito de falar, de contar suas experiências aos seus "iguais-diferentes", propondo soluções práticas para problemas dos quais são vítimas, como: preconceitos, discriminações, violências policiais, confrontos e mortes entre si, miséria, falta de educação e desemprego. Por meio do ritmo e da poesia, cria-se uma história que leva em consideração os sofrimentos acumulados dos oprimidos, dando "nova face às esperanças frustradas" e fundando outro conceito de tempo, "tempo de agora" (*Jetztzeit*), caracterizado por sua "intensidade e sua brevidade". Aqui, a história dos oprimidos é necessariamente descontínua.

No *rap* encontra-se a sintetização da arte com a vida. É arte social, porque os seus intérpretes constroem isso por meio dos relatos rimados, cuja relação direta se estrutura a partir do narrador e sua matéria: a vida humana. Eles retiram da experiência o que contam: sua própria experiência ou a relatada pelos outros.

Embora o avanço tecnológico seja causa da fragmentação das experiências coletivas, implicando o "depauperamento da arte de contar", os *rappers*, em uma constante reelaboração e "reinvenção" do *rap*, assumem o papel de narradores da vida social e recuperam as antigas narrativas concernentes à "experiência autêntica" *(Erfharung)*. Os narradores atuais surgem nos interstícios da sociedade capitalista em que se vive a experiência do choque, ou seja, do isolamento e da fragmentação. Esse estilo musical, além de resgatar a forma original de se narrar experiências sociais cotidianas, consegue, dialeticamente, unir os dois mundos das experiências, uma vez que o discurso é inseparável da prática.

Constatou-se o significado e a relevância do Movimento *Hip Hop* em face dos atores aqui pesquisados, pois o *hip hop* transformou a violência destrutiva, entre si, em força criativa, mobilizando-os para novas relações socioculturais. As rodas *hip hoppers*, em vários pontos da cidade, tornaram-se importantes não tanto pela visibilidade social do *hip hop*, mas sobretudo pela criação e revitalização de espaços em que os atores jovens pudessem criar e intercambiar símbolos, gestos, palavras e partilhar os problemas semelhantes. As dinâmicas dos encontros – reuniões, discussões políticas, formação de uma agenda coletiva de apresentações, decisões coletivas para o movimento e performances – foram espaços de construção da cidadania e das identidades étnicas.

Por outro lado, as tensões no interior do movimento foram fatores notáveis de amadurecimento e conscientização não só na sua organização e consolidação, mas também no processo de construção das identidades étnicas. A identificação de alguns dos seus integrantes com o referencial étnico, deu-se graças às influências do Movimento *Hip Hop* de São Luís, cuja parceria permanece até hoje por meio dos projetos sociais e nas práticas de bens culturais entre os dois movimentos. Tal tendência ficou bastante evidente nas narrativas dos entrevistados, os quais se assumiram como negros e descobriram suas identidades étnicas a partir da cultura *hip hop*.

Contudo faz-se necessário, por meio de estudos posteriores, problematizar os fatores que resultaram no distanciamento entre o Movimento *Hip Hop* e o Movimento Negro, seja em sua dimensão regional ou nacional. Apreende-se a escassez de projetos sociais ou de estratégias políticas comuns, direcionados à comunidade afro-brasileira ou afro-regional, se assim devo chamar. Outro grande desafio aponta para os estudos sociais pautados no resgate da história sociocultural do negro urbano em Teresina. Enfim, observou-se também que a sociedade e os meios de comunicação foram e são responsáveis pela reprodução de estereótipos negativos, sobretudo quando associam os atores do Movimento *Hip Hop* à violência, à droga, ao assalto, ao roubo, às gangues. O olhar de "pureza" social frente às coisas ou aos indivíduos que parecem causar desordem.

Os estudos teóricos – sobre narrativa, memória, identidade, o negro na estrutura social teresinense, a música africana na diáspora e o Movimento *Hip Hop* nacional – possibilitaram-me uma compreensão do *rap* em sua extensão: uma modalidade de narrativa contemporânea, um espaço de sociabilidade juvenil e de construção das identidades étnicas, e a desenvolver toda a análise do objeto durante toda a investigação, por meio da teorização progressiva em um processo interativo com a coleta de dados.

Minhas considerações finais indicam que os estudos – embora eu esteja consciente de que os objetivos foram alcançados – permanecem em aberto para possíveis contribuições, alterações, correções, em virtude de sua riqueza e complexidade. Contudo representa valiosa contribuição para a elaboração de novos projetos sociais no âmbito da universidade e dos atores *hip hoppers* teresinenses, bem como se transformando, todavia, em fonte inspiradora para a construção de projetos socioeducativos, visando à produção de bens culturais e à promoção social de crianças e jovens excluídos das escolas e comunidades de Teresina e das demais cidades circunvizinhas.

BIBLIOGRAFIA

ABRAMO, Helena Wendel. *Cenas juvenis – punks e darks no espetáculo urbano*. São Paulo: Scritta, 1994.

ADORNO, Theodor W. *Indústria cultural e sociedade*. São Paulo: Paz e Terra, 2002.

ALBUQUERQUE, Carlos. *O eterno verão do* reggae. São Paulo: Editora 34, 1997.

ANDRADE, Elaine Nunes (Org.). *Rap e educação. Rap é educação*. São Paulo: Summus, 1999.

APPADURAI, Arjun. Disjunção e diferença na economia cultural global. In: _____. *Cultura global*: nacionalismo, globalização e modernidade. 3. ed. Petrópolis: Vozes, 1999.

ATHAYDE, Celso; Bill, MV. *Falcão*: meninos do tráfico. Rio de Janeiro: Objetiva, 2006.

ATHAYDE, Celso; Bill, MV; SOARES, Luiz Eduardo. *Cabeça de porco*. Rio de Janeiro: Objetiva, 2005.

AZEVEDO, Amailton Magno 'Grillu'. *No ritmo do rap*: música, cotidiano e sociabilidade negra - São Paulo 1980-1997. 2000. Dissertação (Mestrado em História) – PUC, São Paulo, 2000.

BATISTA, Janice Débora de Alencar; CARVALHO, Susana Silva. As múltiplas formas de expressão da sociabilidade juvenil. In: DAMASCENO, Maria Nobre; MATOS, Kelma S. L de.; VASCONCELOS, José Gerardo (Org.). *Trajetórias da juventude*. Fortaleza: UFC, 2001. (Cadernos de Pós-Graduação em Educação, p. 57-83).

BECKENKAMP, Joãosinho. Walter Benjamin e as passagens da modernidade. In: *Seis modernos*. Pelotas: Ed. Universitária/UFPel, 2005.

BENJAMIN, Walter. O narrador – considerações sobre a obra de Nikolai Leskov. In: _____. *Magia e técnica, arte e política*. Ensaios sobre literatura e história da cultura. 3. ed. São Paulo: Brasiliense, 1987. (Obras escolhidas, v. 1, p. 197-221).

_____. Sobre o conceito de história. In: _____. *Magia e técnica, arte e política. Ensaios sobre literatura e história da cultura*. 3. ed. São Paulo: Brasiliense, 1987. (Obras escolhidas, v. 1, p. 222-232).

BERNARDO, Teresinha. *Memória em branco e preto*: olhares sobre São Paulo. São Paulo: Educ; Unesp, 1998.

_____. *Negras, mulheres e mães – lembranças de Olga de Araketu*. São Paulo: Educ; Rio de Janeiro: Pallas, 2003.

BOCK, Silvio D. A inserção do jovem no mercado de trabalho. In: ABRAMO, Helena Wendel; FREITAS, Maria Virgínia de; SPÓSITO, Marília P. (Org.). *Juventude em debate*. 2. ed. São Paulo: Cortez, 2002.

BORDA, Francisco. *O evangelho das ruas*. Monografia apresentada ao Departamento de Ciências Sociais. Universidade Federal do Pará, 2004.

BOSI, Ecléa. *Memória e sociedade*: lembranças de velhos. 2. ed. São Paulo: T. A. Queiroz/Edusp, 1987.

_____. *Cultura de massa e cultura popular – leituras de operárias*. 9. ed. Petrópolis: Vozes, 1996.

BOURDIEU, Pierre. *A economia das trocas simbólicas*. 5. ed. São Paulo: Perspectiva, 1999.

_____. *O poder simbólico*. 5. ed. Rio de Janeiro: Bertrand Brasil, 2002.

BRANDÃO, Carlos Antônio; DUARTE, Milton Fernandes. *Movimentos culturais de juventude*. São Paulo: Moderna, 1990.

CALADO, Carlos. *O jazz como espetáculo*. São Paulo: Perspectiva, 1990.

CALDEIRA, Teresa Pires do Rio. *Cidade de muros*: crime, segregação e cidadania em São Paulo. 2. ed. **São** Paulo: Edusp; Ed. 34, 2003.

CAMARGO, Aspásia. *História oral*: catálogo de depoimentos. Rio de Janeiro: FGV; CPDOC, 1981.

_____. Usos da história oral e da história de vida: trabalhando com elites políticas. *Dados* – Revista de Ciências Sociais, Rio de Janeiro, v. 27, n. 1, p. 5-28, 1984.

CAMPOS FILHO, Cândido Malta. *Cidades brasileiras*: seu controle ou o caos. O que os cidadãos devem fazer para a humanização das cidades no Brasil. São Paulo: Nobel, 1989.

CARMO, Paulo Sérgio. *Culturas da rebeldia*: a juventude em questão. São Paulo: Senac, 2001.

CASTELLS, Manuel. *A questão urbana*. São Paulo: Paz e Terra, 1983.

_____. *A sociedade em rede*. São Paulo: Paz e Terra, 1999.

CASTORIADIS, Cornelius. *A instituição imaginária da sociedade*. 3. ed. Rio de Janeiro: Paz e Terra, 1982.

CASTRO-POZO, Tristan. Teatro do Oprimido: A encruzilhada do corpo e a trilha do autoconhecimento. Revista Eletrônica *Ghrebh* [on-line], São Paulo, Cisc, n. 7, out. 2005.

CHALHOUB, Sidney. Diálogos políticos em Machado de Assis. In: CHALOUB, Sidney; PEREIRA, Leonardo A. de Miranda (Org.) *A história contada*. Rio de Janeiro: Nova Fronteira, 1998. p. 95-122.

CHAUÍ, Marilena. *Conformismo e resistência*: aspectos da cultura popular no Brasil. 6. ed. São Paulo: Brasiliense, 1994.

_____. *Brasil*: mito fundador e sociedade autoritária. São Paulo: Perseu Abramo, 2000.

CHAVES, Joaquim Mons. Como nasceu Teresina. In: *Cadernos históricos*. Teresina: Fundação Cultural Monsenhor Chaves, 1993. p. 25-54.

CLIFFFORD, James. *A experiência etnográfica*: antropologia e literatura no século XX. Rio de Janeiro: UFRJ, 1998.

CORRÊA, Roberto Lobato. *O espaço urbano*. 4. ed. São Paulo: Ática, 2002.

COSTA, Márcia Regina. *Os "carecas do subúrbio"*: caminho de um nomadismo moderno. Petrópolis, Vozes, 1993.

_____; PIMENTA, Carlos Alberto Máximo. *A violência*: natural ou sociocultural? São Paulo: Paulus, 2006.

DAYRELL, Juarez. O rap e o funk na socialização da juventude. *Educação e pesquisa*, São Paulo, v. 28, n. 1, p. 117-136, jan./jun. 2002.

DEWEY, John. A arte como experiência. In: *Os pensadores*. Trad. Murit O. R. Paes Leme. São Paulo: Abril, 1974. v. XV, cap. III, p. 247-263.

DIAS, Maria Odila Leite da Silva. Política e sociedade na obra de Sérgio Buarque de Holanda. In: CÂNDIDO, Antônio (Org.). *Sérgio Buarque de Holanda e o Brasil*. São Paulo: Fundação Perseu Abramo, 1998.

DIÓGENES, Glória. *Cartografias da cultura e da violência*: gangues, galeras e o movimento hip hop. São Paulo: Annablume; Fortaleza: Secretaria da Cultura e Desporto, 1998.

DOUEK, Sybil Safdie. *Memória e exílio*: reflexões inspiradas em Benjamin, Rosenzweig, Blanchot e na tradição judaica sobre tempo, memória e história. 2001. Dissertação (Mestrado em Filosofia) – PUC, São Paulo, 2001.

DUMAZEDIER, Joffre. *Lazer e cultura popular*. 3. ed. São Paulo: Perspectiva, 2001.

FAÇANHA, Antônio Cardoso. *A evolução urbana de Teresina*: agentes, processos e formas espaciais da cidade. 1998. Dissertação (Mestrado) – Universidade Federal de Pernambuco, Recife, 1998.

FERNANDES, Maria das Graças. Conto e música: diálogo com as periferias. In: LITERATURA e crítica: estudos contemporâneos. *Cadernos de Pesquisa*, Belo Horizonte, UFMG, Faculdade de Letras, Núcleo de Assessoramento à Pesquisa, n. 39, out. 2000.

LINDOLFO FILHO, João. *Tribos urbanas – o rap e a radiografia das metrópoles*. 2002. Tese (Doutorado em Ciências Sociais) – PUC, São Paulo, 2002.

FONTES IBIAPINA, João N. de Moura. *Palha de Arroz*. 4. ed. Teresina: Corisco, 2004.

FRADIQUE, Teresa. *Fixar o movimento – representações da música rap em Portugal*. Lisboa: Publicações Dom Quixote, 2003.

FREITAS, Maria Virginia; ABRAMO, Helena Wendel; SPOSITO, Marilia Pontes (Org.). *Juventude em debate*. 2. ed. São Paulo: Cortez, 2002.

GAGNEBIN, Jeanne Marie. Prefácio: Walter Benjamin ou a história aberta. In: BENJAMIN, Walter. *Magia e técnica, arte e política. Ensaios sobre literatura e história da cultura*. 3. ed. São Paulo: Brasiliense, 1987. (Obras escolhidas, v. 1).

_____. *História e narração em Walter Benjamin*. São Paulo; Campinas: Perspectiva; Fapesp, 1994, p. 142. (Coleção estudos).

GASKELL, George. Entrevistas individuais e grupais. In: BAUER, Martin W.; GASKELL, George. *Pesquisa qualitativa com texto, imagem e som*. Petrópolis: Vozes, 2002.

GEERTZ, Clifford. *A interpretação das culturas*. Rio de Janeiro: LTC, 1989.

_____. *O saber local*: novos ensaios em antropologia interpretativa. 5. ed. Petrópolis: Vozes, 2002.

GENNEP, Arnold van. *Os ritos de passagem*. Petrópolis: Vozes, 1978.

GILROY, Paul. *O atlântico negro*. São Paulo: Editora 34, 2001.

GOFFMAN, Erving. *Estigma*. Rio de Janeiro: Zahar, 1980.

GOMES, Joaquim B. Barbosa. *Ação afirmativa e princípio constitucional da igualdade*. Rio de Janeiro: Renovar, 2001.

GONÇALVES, Tânia Amara Vilela. *O grito e a poesia do gueto*: rappers e movimento hip hop no Rio de Janeiro. 1997. Dissertação (Mestrado) – UFRJ, Rio de Janeiro, 1997.

HALBWACHS, Maurice. *Memória coletiva*. Petrópolis: Vozes, 1990.

HALL, Stuart. *A identidade cultural na pós-modernidade*. 8. ed. Rio de Janeiro: DP&A, 2003.

_____. *Diáspora*: identidades e mediações culturais. Org. Levi Sovik. Belo Horizonte: UFMG, 2003.

HANNERZ, Ulf. Fluxos, fronteiras, híbridos: palavras-chave da antropologia transnacional. *Mana*, Rio de Janeiro, v. 3, n. 1, abr. 1997.

_____. Cosmopolitas e locais na cultura global. In: *Cultura global*: nacionalismo, globalização e modernidade. 3. ed. Petrópolis: Vozes, 1999.

HERSCHMANN, Micael (Org.). *Abalando os anos 90 funk e hip-hop*: globalização, violência, e estilo cultural. Rio de Janeiro: Rocco 1997.

_____. *O funk e o hip hop invadem a cena*. Rio de Janeiro: Editora UFRJ, 2000.

_____. Mobilização, ritmo e poesia: o hip hop como experiência participativa. In: FONSECA, Maria Nazareth Soares (Org.). *Brasil afro-brasileiro*. Belo Horizonte: Autêntica, 2000.

HOBSBAWM, Eric; RANGER, Terence. *A invenção das tradições*. 3. ed. São Paulo: Paz e Terra, 2002.

HOLANDA, Sérgio Buarque de. *Raízes do Brasil*. São Paulo: Cia. das Letras, 1995.

JOSSO, Marie-Christine. *Experiências de vida e formação*. São Paulo: Cortez, 2004.

KOFES, Suely. E sobre o corpo, não é o próprio corpo que fala? Ou, o discurso desse corpo sobre o qual se fala. In: BRUHNS, Heloisa Turini (Org.). *Conversando sobre o corpo*. 3. ed. Campinas: Papirus, 1989.

LABURTHE-TOLRA, Philippe; WARNIER, Jean-Pierre. *Etnologia – Antropologia*. Petrópolis: Vozes, 1997.

MAFFESOLI, Michel. *A conquista do presente*. Natal: Argos, 2001.

_____. *O tempo das tribos*: o declínio do individualismo nas sociedades de massa. 3. ed. Rio de Janeiro: Forense Universitária, 2002.

MATOS, Kelma S. L. de. Identidade e representações sociais: construções do eu com o outro. In: THERRIEN, Ângela de S. T.; MATOS, Kelma S. L. de (Org.). *Identidade e representações sociais*. Fortaleza: UFC, 1998. Cadernos de Pós-Graduação em Educação.

MAUSS, Marcel. *Sociologia e antropologia*. São Paulo: Costa & Naify, 2003.

MORIN, Edgar. *Cultura de massas no século XX*. 9. ed. Rio de Janeiro: Forense Universitária, 1997. v. 1: Neurose.

_____. *Sociologia*: a sociologia do microssocial ao macroplanetário. Portugal: Mira-Sintra; Europa-América, 1998.

_____. *Terra-pátria*. Porto Alegre: Sulina, 2002.

_____. *O método 6*: ética. Porto Alegre: Sulina, 2005.

NASCIMENTO, Ana Paula; GONÇALVES, Maria dos Reis V. O cortiço: Aluísio de Azevedo. *Revista Cultural de Sacramento e Região*, ano 11, n. 62, p. 26-27, mar./abr. 2005.

OLIVEIRA, Sílvia Cristina de. *Para uma análise sociossemiótica do discurso presente no texto da música rap*. 1999. Tese (Doutorado) – USP, São Paulo, 1999.

OLIVEN, Ruben George. *A antropologia de grupos urbanos*. 5. ed. Petrópolis: Vozes, 2002.

POUTIGNAT, Philippe; STREIFF-FENART, Jocelyne. *Teorias da etnicidade*. Seguido de grupos étnicos e suas fronteiras de Fredrik Barth. 2. ed. São Paulo: Unesp, 1998.

PIMENTA, Carlos Alberto Máximo. O cotidiano dos grupos de jovens da periferia de São Paulo: visões de um mundo e manifestações de ética e violência. *Demandas sociais*, Taubaté, NIPPC, v. I, n. 2, p. 35-47, jul./dez. 1998.

ROCHA, Janaina; DOMENICH, Mirella; CASSEANO, Patrícia. *Hip hop*: a periferia grita. São Paulo: Fundação Perseu Abramo, 2001.

ROSE, Tricia. Um estilo que ninguém segura: política, estilo e a cidade pós-industrial no hip hop. In: HERSCHMANN, Micael (Org.). *Abalando os anos 90 – funk e hip hop*: globalização, violência e estilo cultural. Rio de Janeiro: Rocco, 1997.

SAMPAIO, Airton. *Contos da terra do sol*. Teresina: Corisco, 2002.

_____. *Aula-palestra*, proferida em 19 de maio de 2002, no I Ciclo de Estudos de Autores Piauienses. Teresina, 7 abr. 2002-2 jun. 2002.

SANTOS, Antônio César de Almeida. Fontes orais: testemunhos, trajetórias de vida e história. Departamento de História Universidade Federal do Pará. *Via Atlântica*, n. 4, p. 1-10, 2000.

SANTOS, Boaventura de Sousa (Org.). *Globalização e as ciências sociais*. 2. ed. São Paulo: Cortez, 2002.

_____. *Pela mão de Alice social e o político na pós-modernidade*. São Paulo: Cortez, 1996.

SHUSTERMAN, Richard. *Vivendo a arte*: o pensamento pragmatista e a estética popular. São Paulo: Ed. 34, 1998.

SILVA, Armando. *Imaginários urbanos*. São Paulo: Perspectiva, 2001.

SILVA, Arnaldo Eugênio Neto da. *A bruxa má de Teresina*: um estudo do estigma sobre a Vila Irmã Dulce como um "lugar violento" (1998-2005). 2005. Dissertação (Mestrado em Políticas Públicas) – Universidade Federal do Piauí, Teresina, 2005.

SILVA, José Carlos Gomes da. *Rap na cidade de São Paulo*: música, etnicidade e experiência urbana. 1998. Tese (Doutorado) – Unicamp, São Paulo, 1998.

SILVA, Leandro Souza da. *Traficando informações – do Bronx ao Piauí*: itinerários do movimento hip hop. Trabalho de conclusão do curso de História. Teresina: UFPI, 2002.

SPOSITO, Marilia Pontes. A sociabilidade juvenil e a rua: novos conflitos e ação coletiva na cidade. *Tempo Social*: Rev. Social, São Paulo, USP, 5 (1-2), p. 161-178, 1993. Editado em nov. 1994.

TAVARES, Bráulio. *Contando histórias em verso – poesia e romanceiro popular no Brasil*. São Paulo: Editora 34, 2005.

TELLA, Marco Aurelio Paz. *Atitude, arte, cultura e autoconhecimento*: rap como voz da periferia. 2000. Dissertação (Mestrado em Antropologia) – PUC, São Paulo, 2000.

TINHORÃO, José Ramos. *Pequena história da música popular*: modinha e canção de protesto. Petrópolis: Vozes, 1978.

_____. *Domingos Caldas Barbosa*: o poeta da vida, da modinha e do lundu (174-1800). São Paulo: Ed. 34, 2004.

VELHO, Gilberto (Org.). *Antropologia urbana*: cultura e sociedade no Brasil e em Portugal. Rio de Janeiro: Zahar, 1999.

VERNANT, Jean-Pierre. *O universo, os deuses, os homens*. São Paulo: Cia. das Letras, 2000.

VIANNA, Hermano (Org.). *Galeras cariocas – territórios de conflitos e encontros culturais*. Rio de Janeiro: UFRJ, 2003.

VIEIRA, Stâneo de Sousa. *Documento sobre as atividades acadêmicas desenvolvidas pelo Núcleo de Pesquisa sobre Africanidades e Afrodescendência - Ifaradá*. Teresina: UFPI, 2005.

ZALUAR, Alba. *A máquina e a revolta*: as organizações populares e o significado da pobreza. 2. ed. São Paulo: Brasiliense, 2000.

_____. Gangues, galeras e quadrilhas: globalização, juventude e violência. In: VIANNA, Hermano (Org.). *Galeras cariocas*: territórios de conflitos e encontros culturais. Rio de Janeiro: UFRJ, 2003.

_____. *Integração perversa*: pobreza e tráfico de drogas. Rio de Janeiro: FGV, 2004.

1. Sítios sobre *Hip Hop*:

REAL HIP HOP. Disponível em: <http://www.realhiphop.com.br/institucional/historia.htm>. Acesso em: 20 abr. 2006.

RAP NACIONAL. Disponível em: <www.rapnacional.com.br>. Acesso em: 20 mar. 2005.

TERRA. Disponível em: <http://paginas.terra.com.br/arte/massivereggae/steady.htm>. Acesso em: 15 jun. 2005.

UOL. Disponível em: <http://paulo.ensinos.sites.uol.com.br/index.html>. Acesso em: 15 jun. 2005.

2. Revistas:

CARTA CAPITAL. *Brown, o mano Charada*. Por Phydia de Thayde. Ano XI, n. 310, p. 10-17, 29 set. 2004.

CAROS AMIGOS. Especial. *Hip hop hoje*: o grande salto do movimento que fala pela maioria urbana. n. 24, jun. 2005.

CAROS AMIGOS. Especial. O hip hop é um instrumento de transformação. Ano IX, n. 99, p. 30-36, jun. 2005.

CAROS AMIGOS. Especial. *O movimento hip hop:* a periferia mostra seu magnífico rosto novo. n. 3, set. 1998.

ISTOÉ [on-line]. *Política*. Disponível em: <www.terra.com.br/istoé>. Acesso em: 13 mar. 2005.

CIDADES DO BRASIL [on-line]. Edição 17, fev. 2001. Disponível em: <http:/www.cidadesdobrasil.com.br>. Acesso em: 13 mar. 2005.

RAÇA. *MV Bill*: o vendedor de sonhos. Por Sandra Almada. Ano B, n. 79, p. 8-13, out. 2004.

RAP & CIA COLLECTION. *Helião & Negra Li*. Por Alexandre de Maio. n. 1, p. 8-11, out. 2005.

RAP BRASIL. Ano IV, n. 22, 2005.

3. Jornais:

Teresina-PI

MEIO NORTE (MN). Cidades. 29 jan. 1995. p. 1.

_____. For tens. Segunda-feira, 30 jan. 1995. p. 7.

_____. Polícia. Terça-feira, 31 jan. 1995. p. 8.

_____. Cidades. Quarta-feira, 11 jan. 1995. p. 1.

_____. Cidades. Sábado, 28 jan. 1995. p. 3.

_____. Cidades. Quinta-feira, 19 jan. 1995. p. 4.

_____. Cidades. Quinta-feira, 19 jan. 1995. p. 3.

_____. Cidades. Quarta-feira, 18 jan. 1995. p. 1.

_____. Cidades. Sábado, 4 fev. 1995. p. 1.

_____. Cidades. Quarta-feira, 15 maio 1996. p. 3.

_____. Cidades. Quarta-feira, 15 maio 1996. p. 3.

_____. Cidades. Domingo, 2 jun. 1996. p. 3.

_____. Cidades. Segunda-feira, 10 jun. 1996. p. 4.

_____. Caderno Imobiliário. Sábado, 13 jun. 1998. p. 1.

_____. Cidade. Quarta-feira, 10 jun. 1998. p. 5.

_____. Cidade. Quarta-feira, 10 jun. 1998. p. 5.

_____. Cidade. Quinta-feira, 4 jun. 1998. p. 1.

_____. Cidade. Terça-feira, 16 jun. 1998. p. 1.

_____. Cidade. Segunda-feira, 22 jun. 1998. p. 3.

DIÁRIO DO POVO. Ano V, n. 1.659, terça-feira, 25 maio 1993. Capa, p. 1.

São Paulo-SP

ESTAÇÃO HIP HOP. São Paulo, ano 5, n. 26-28, 2005.

FOLHA DE S. PAULO.

Fora do gueto. Por Diego Assis. E 1, São Paulo, sexta-feira, 13 de agosto de 2004.

_____. *Novos poetas do rap.* Por Adriana Ferreira Silva. E 1, segunda-feira, 3 abr. 2006. Folha Ilustrada.

SANCHES, Alexandre. Tinhorão, José Ramos. *Era uma vez uma canção.* São Paulo, domingo, 29 ago. 2004. *Caderno Mais!*, p. 4-6.

O ESTADO DE S. PAULO. *No olho do furacão.* Segunda-feira, 20 mar. 2006. Caderno 2.

_____. *Um rapper milionário chamado 50 Cent.* Ano XIV, n. 6.200, terça-feira, 24 ago. 2004. Caderno 2.

_____. *50 Cent faz hip hop para multidões.* Ano 3, n. 1.555, 17 set. 2004. Caderno 2, p. 14-15.

4. Filmes:

BEAT STREET. 1984.

Direção: Stan Lathan. Elenco: Rae Dawn Chong, Guy Davis, Jon Chardiet. Música: Arthur Baken, Harry Belafonte. EUA, 1984. Cor, 105 min.

BOYZ N THE HOOD (*Os donos da rua*), 1991.

Direção: John Singleton. Produção: Steve Nicolaides. Roteiro: John Singleton. Elenco: Larry Fishburne, Ice Cube. Música: Stanley Clarke. Gênero: Drama. EUA: Columbia Pictures, 1991, cor, duração: 112 min.

BREAKIN 1. 1984.

Direção: Joel Silberg. Produção: Allen DeBevoise

David Zito. Música: Michael Boyd e Gary Remal. EUA: Cannon Films Golan-Globus, 1984, cor, 87 min.

BRONX WAR. 1989.

Direção: Elizabeth Frankel. Roteiro e Produção: Joseph B. Vasquez. São Paulo: Discovídeo Fonográfico LTDA, 1989. Gênero: Aventura. 91 min. Colorido.

COLORS: as cores da violência. 1992.

Direção: Dennis Hopper. Produção: Robert H. Solo e Paul Lewis. Roteiro: Michael Schiffer. Gênero: Policial. São Paulo: Sistema de Globo de Vídeo Comunicação LTDA, 1992. 120 min., colorido.

JUVENTUDE TRANSVIADA, 1955.

Direção: Nicholas Ray. Produção: David Weisbart. Roteiro: Stewart Stern, Irving Shulman. Música: Leonard Rosenman. Elenco: James Dean (Jimmy Stark). EUA, 1955. Cor, duração: 111 min.

OS SELVAGENS DA NOITE (*The Warriors*).

Direção: Walter Hill. Produção: Lawrence Gordon. Roteiro: David Shaber e Walter Hill. Música: Barry De Vorzon. Nova York: Paramount Pictures, 1979. Cor, 93 min.

PANTERAS NEGRAS, 1995.

Direção: Mario Van Peebles. Elenco: Kadeem Hardison e Bokeem Woodbine. EUA: PolyGram Filmed, 1992. 119 min., legendado, cor. DVD.